O GUARDIÃO DAS COISAS PERDIDAS

RUTH HOGAN

O GUARDIÃO DAS COISAS PERDIDAS

Tradução
Ana Rodrigues

1ª edição
Rio de Janeiro-RJ / São Paulo-SP, 2023

VERUS
EDITORA

Título original
The Keeper of Lost Things

ISBN: 978-65-5924-183-5

Copyright © Ruth Hogan, 2017
Todos os direitos reservados.

Tradução © Verus Editora, 2023
Direitos reservados em língua portuguesa, no Brasil, por Verus Editora. Nenhuma parte desta obra pode ser reproduzida ou transmitida por qualquer forma e/ou quaisquer meios (eletrônico ou mecânico, incluindo fotocópia e gravação) ou arquivada em qualquer sistema ou banco de dados sem permissão escrita da editora.

Verus Editora Ltda.
Rua Argentina, 171, São Cristóvão, Rio de Janeiro/RJ, 20921-380
www.veruseditora.com.br

CIP-BRASIL. CATALOGAÇÃO NA FONTE
SINDICATO NACIONAL DOS EDITORES DE LIVROS, RJ

H656g

Hogan, Ruth
 O guardião das coisas perdidas / Ruth Hogan ; tradução Ana Rodrigues. - 1. ed. - Rio de Janeiro : Verus, 2023.

Tradução de: The Keeper of Lost Things
ISBN 978-65-5924-183-5

1. Ficção inglesa. I. Rodrigues, Ana. II. Título.

23-84726   CDD: 823
                  CDU: 82-3(410)

Gabriela Faray Ferreira Lopes - Bibliotecária - CRB-7/6643

Revisado conforme o novo acordo ortográfico.

Seja um leitor preferencial Record.
Cadastre-se no site www.record.com.br e receba informações sobre nossos lançamentos e nossas promoções.

Atendimento e venda direta ao leitor:
sac@record.com.br

A Bill, meu fiel braço direito,
e à princesa Tilly Bean

*Mas ele, que não ousa tocar no espinho,
nunca deve almejar a rosa.*

Anne Brontë

1

Charles Bramwell Brockley seguia sozinho e clandestinamente no trem das 14h42, saindo da Ponte de Londres para Brighton. A lata de biscoitos Huntley & Palmers na qual viajava se inclinou precariamente na beira do assento quando o trem sacolejou até parar em Haywards Heath. Entretanto, no instante em que a lata caía na direção do piso do vagão, foi agarrada por um par de mãos salvadoras.

Ele se sentia feliz por estar em casa. Padua era uma sólida *villa* vitoriana de tijolos vermelhos, com madressilvas e clematites emoldurando a varanda de telhado inclinado. O espaço fresco e ressonante do hall de entrada, que cheirava a rosas, acolheu o homem, protegendo-o do olhar implacável do sol da tarde. Ele pousou a bolsa no chão, guardou novamente as chaves na gaveta da mesa do hall e pendurou o chapéu-panamá no cabideiro. O homem estava exausto até os ossos, mas a quietude da casa o acalmou. Quieta, mas não silenciosa. Havia o tiquetaquear constante de um relógio de pêndulo e o zumbido distante de uma geladeira antiga. E, em algum lugar no jardim, um melro cantava. Mas a casa permanecia intocada pelo zumbido da tecnologia. Não havia computador, televisão, aparelho de CD ou de DVD ali. As únicas ligações com o mundo externo eram um antigo telefone de baquelite no hall de entrada e um rádio. Na cozinha, ele deixou a torneira aberta até a água sair gelada, então encheu um copo. Ainda era cedo demais para gim com limão e quente demais para tomar chá. Laura já tinha ido embora, mas deixara um bilhete e uma salada de presunto na geladeira para o jantar. Boa moça. Ele tomou a água em poucos goles.

De volta ao hall, tirou uma única chave no bolso da calça e destrancou a porta pesada de carvalho. Então pegou novamente a bolsa que havia deixado no chão e entrou no escritório, fechando a porta com delicadeza ao passar. Prateleiras e gavetas, prateleiras e gavetas, prateleiras e gavetas. Três paredes estavam completamente obscurecidas, as prateleiras cheias e as gavetas ocupadas por uma miscelânea triste recolhida ao longo de quarenta anos, etiquetada e guardada. Cortinas de renda protegiam as janelas francesas e suavizavam a luz intensa do sol da tarde. Um único raio que conseguia penetrar no espaço fazia cintilar o ar empoeirado na penumbra do ambiente. O homem pegou a lata de biscoitos Huntley & Palmers na bolsa e a colocou com cuidado em cima de uma mesa grande de mogno, a única superfície vazia no lugar. Levantou a tampa da lata e examinou o que havia ali dentro, uma substância de um cinza pálido, da textura de areia granulada. Ele havia espalhado algo parecido anos antes no roseiral nos fundos da casa. Mas não era possível que aquilo fossem restos humanos, era? Deixados em um trem, dentro de uma lata de biscoitos? Ele voltou a tampar a lata. Havia tentado entregá-la na estação, mas o cobrador, convencido de que era apenas sujeira, aconselhou que ele jogasse a lata na lixeira mais próxima.

— Você ficaria surpreso se soubesse a quantidade de lixo que as pessoas deixam nos trens — disse o cobrador, dispensando Anthony com um encolher de ombros.

Nada mais era capaz de surpreender Anthony, mas a perda sempre o comovia, não importava se pequena ou grande. Em uma gaveta ele pegou uma etiqueta de mala de papel pardo e uma caneta-tinteiro com a ponta de ouro. E escreveu com todo o cuidado, em tinta preta, a data, a hora e o lugar — sendo bem específico:

> *Lata de biscoitos Huntley & Palmers*
> *contendo as cinzas de uma pessoa?*
> *Encontrada no sexto vagão a partir da frente,*
> *no trem das 14h42, indo da Ponte de Londres para Brighton.*
> *Morto desconhecido. Que Deus o abençoe e que descanse em paz.*

Ele acariciou com ternura a tampa da lata antes de encontrar um lugar para ela em uma das prateleiras e colocá-la ali, com todo o cuidado.

O badalar do relógio no hall avisou que era hora do gim com limão. Anthony pegou gelo e suco de limão na geladeira e levou para o jardim de inverno em uma bandeja de prata, com um copo verde de coquetel e um pratinho com azeitonas. Não estava com fome, mas tinha a esperança de que as azeitonas abrissem seu apetite. Ele não queria desapontar Laura deixando intocada a salada que ela preparara com tanto cuidado. Pousou a bandeja e abriu a janela que dava para o jardim nos fundos da casa.

O gramofone era uma bela peça de madeira, com uma campânula dourada vistosa. Ele levantou a agulha e a pousou com delicadeza sobre o disco cor de alcaçuz. A voz de Al Bowlly se elevou no ar e escapou para o jardim para competir com o melro.

"The very thought of you". Só de pensar em você.

Aquela fora a música deles. Anthony acomodou os membros longos no conforto da poltrona de couro. Na juventude, seu corpo havia sido proporcional à sua altura, e ele fora uma figura impressionante, mas a idade lhe encolhera as carnes, e agora a pele ficava colada demais aos ossos. Ele ergueu o copo com uma das mãos e brindou à mulher que estava na foto emoldurada de prata que segurava na outra.

— Tim-tim, minha menina querida!

Anthony deu um gole na bebida e beijou o vidro frio do porta-retratos com muito amor, muita saudade, antes de voltar a pousá-lo na mesa lateral perto da poltrona. Ela não era de uma beleza clássica, era uma jovem com cabelos ondulados e grandes olhos escuros que cintilavam, mesmo em uma antiga fotografia em preto e branco. Mas era maravilhosa, formidável, com uma presença que ainda se impunha tantos anos depois e o cativava. Ela morrera havia quarenta anos, mas ainda era a vida dele, e sua morte dera a Anthony o propósito de sua existência. Fizera de Anthony Peardew o Guardião das Coisas Perdidas.

2

Laura passara um longo tempo perdida, totalmente à deriva. Tinha conseguido manter a cabeça fora d'água, com dificuldade, graças a uma combinação infeliz de Prozac, pinot grigio e fingir que as coisas não estavam acontecendo. Coisas como o caso amoroso de Vince. Anthony Peardew e a casa dele a salvaram.

Enquanto estacionava o carro diante da casa, Laura calculou quanto tempo trabalhava ali — havia cinco, não, quase seis anos. Ela estava sentada na sala de espera do médico, folheando ansiosamente as revistas disponíveis, quando um anúncio na *Lady* chamou sua atenção.

Precisa-se de diarista/assistente pessoal
para escritor.
Favor se candidatar escrevendo para
Anthony Peardew — Caixa postal 27312

Laura entrara na sala de espera com a intenção de implorar por mais remédios que tornassem mais tolerável sua existência infeliz, e deixara o lugar determinada a se candidatar a um emprego que acabaria transformando a sua vida.

Ela enfiou a chave na fechadura, entrou pela porta da frente e a paz da casa a abraçou como sempre. Laura foi até a cozinha, encheu a chaleira com água e colocou para ferver. Anthony provavelmente saíra para sua caminhada matinal. Ela não o vira durante todo o dia anterior.

Ele fora a Londres ver o advogado. Enquanto esperava a água ferver, Laura examinou a pilha organizada de papéis que Anthony deixara a cargo dela: algumas contas para pagar, cartas para serem respondidas em nome dele e o pedido para marcar uma consulta com o médico particular. Laura sentiu um arrepio de ansiedade. Havia tentado não reparar em como ele vinha decaindo fisicamente nos últimos meses, como um retrato deixado tempo demais sob o sol forte, que acaba perdendo a luminosidade e a cor. Quando Anthony a entrevistara para o emprego, quase seis anos antes, era um homem alto e musculoso, os cabelos escuros e cheios, olhos de um azul quase violeta e uma voz que lembrava a de James Mason. Laura achou que ele parecia muito mais jovem que os sessenta e oito anos que tinha na época.

Ela se apaixonara tanto pelo sr. Peardew como pela casa instantes depois de ter entrado pela porta. O amor que sentia por ele não era do tipo romântico, era mais como o sentimento de uma criança pelo tio favorito. Sua força gentil, os modos tranquilos e a civilidade impecável eram qualidades que Laura aprendera a apreciar em um homem, embora um pouco tarde. A presença de Anthony sempre a animava e a fazia apreciar a vida de uma forma que não acontecia fazia muito tempo. Ele era um conforto constante, como a Radio 4, o Big Ben e o hino não oficial inglês "Land of Hope and Glory". Mas sempre ligeiramente distante. Havia uma parte de Anthony que ele nunca revelava, um lado secreto que guardava para si. Laura ficava feliz com isso. A intimidade, tanto física como emocional, havia sido um desapontamento para ela. O sr. Peardew era o patrão perfeito, que se tornara Anthony, um amigo querido. Mas um amigo que nunca se aproximava demais.

Quanto a Padua, foi a toalhinha da bandeja de chá que fez Laura se apaixonar pela casa. Anthony servira chá na entrevista de emprego dela. Ele havia levado o chá para o jardim de inverno — chaleira com abafador, jarra de leite, cubos de açúcar e pinça para servi-los, xícaras e pires, colheres de prata, coador e pratinho com acompanhamentos.

Tudo arrumado em uma bandeja coberta por uma toalhinha. De um branco imaculado, de linho com barra de renda. A toalhinha foi decisiva. Padua claramente era uma casa onde todas aquelas coisas, incluindo toalhinhas de chá, eram parte da vida cotidiana, e o sr. Peardew era um homem cuja vida cotidiana era exatamente do tipo que Laura ansiava. Logo depois de se casarem, Vince costumava zombar das tentativas dela de introduzir hábitos daquele tipo na casa deles. Se Vince se visse forçado a preparar o próprio chá, abandonava o saquinho usado no escorredor, não importava quantas vezes Laura lhe pedisse para jogá-lo no lixo. Ele tomava leite e suco direto da embalagem, comia com os cotovelos em cima da mesa, segurava a faca como se fosse uma caneta e falava com a boca cheia. Cada um desses hábitos era um detalhe, como os muitos outros detalhes que Vince praticava ou dizia e que Laura tentava ignorar, mas mesmo assim arranhavam sua alma. Ao longo dos anos, o acúmulo desses detalhes, tanto em número como em frequência, endureceu o coração dela e bloqueou as aspirações pelos mais modestos fragmentos da vida que tinha experimentado na casa de colegas de escola. Quando as brincadeiras zombeteiras de Vince se transformaram em deboche, uma toalhinha de chá se tornou apenas um objeto de escárnio para ele. Assim como Laura.

A entrevista de emprego acontecera no dia do aniversário de trinta e cinco anos de Laura e havia sido surpreendentemente breve. O sr. Peardew perguntara como ela tomava chá e a servira. Houve outras poucas e preciosas perguntas de ambas as partes antes que ele lhe oferecesse o emprego e ela aceitasse. Tinha sido o presente perfeito e o começo da esperança para Laura.

O assovio da chaleira interrompeu suas reminiscências. Laura tomou o chá, enquanto espanava e polia um pouco os móveis do jardim de inverno. Ela odiava limpar a casa, especialmente durante o tempo em que a dividira com Vince. Mas, ali, a limpeza era um ato de amor. Assim que começara a trabalhar para Anthony, a casa estava ligeiramente negligenciada. Não suja, ou deteriorada, apenas vagamente ignorada. A maior parte dos cômodos não era usada. Anthony passava muito tempo no jardim de inverno ou no escritório, e nunca recebia nenhum hóspede para ocupar os quartos extras. Aos poucos, gentilmente, cômodo por cômodo, Laura trouxera a casa de volta à vida com dedicação e amor. Menos o escritório. Ela nunca havia estado ali. Anthony a avisara desde o início que ninguém entrava no escritório a não ser ele, e, quando não estava ocupando o cômodo, mantinha-o trancado. Laura nunca questionara isso. Mas todos os outros cômodos estavam sempre limpos, arejados e prontos para que qualquer um desfrutasse deles, mesmo que ninguém jamais visitasse a casa.

No jardim de inverno, Laura pegou a fotografia no porta-retratos de prata e limpou o vidro e a prata até brilharem. Anthony lhe contara que o nome da mulher era Therese, e Laura sabia que ele provavelmente a amara muito porque aquela era uma das três únicas fotos à mostra em toda a casa. As outras duas eram cópias de uma foto de Anthony e Therese juntos — uma ele mantinha em uma mesinha ao lado da cama e a outra sobre a cômoda do quarto grande, no fundo da casa. Em todos os anos em que Laura conhecia Anthony, nunca o vira tão feliz quanto parecia estar naquela fotografia.

Quando Laura deixou Vince, a última coisa que fez foi jogar no lixo a fotografia grande, emoldurada, do casamento deles. Mas não sem antes pisoteá-la, arrebentando o vidro em cima do sorriso presunçoso dele com o salto do sapato. Que Selina, a garota que trabalhava na "Manutenção", fizesse bom uso dele. Vince era um perfeito imbecil. Aquela foi a primeira vez que ela realmente admitiu isso, mesmo para si mesma. E não a fez se sentir melhor. Só a deixou triste por ter desperdiçado tantos anos com ele. Mas com os estudos interrompidos, sem qualquer experiência concreta de trabalho e nenhum outro modo de se sustentar, lhe restara pouca escolha.

Quando terminou de arrumar o jardim de inverno, Laura atravessou o corredor e subiu a escada, limpando o corrimão de madeira curva no caminho, fazendo-o brilhar. Ela pensava com frequência no escritório de Anthony, curiosa, claro que sim. Mas respeitava a privacidade dele, assim como ele respeitava a dela. No andar de cima, o quarto maior também era o mais bonito e tinha uma janela saliente que dava para o jardim de trás. Era o quarto que Anthony havia compartilhado com Therese, mas agora ele dormia no quarto menor, ao lado. Laura abriu a janela para arejar o cômodo. As rosas do jardim abaixo estavam em plena floração, as pétalas ondulando em tons de vermelho, rosa e creme, cercadas por peônias tremulando e alguns caules de esporas cor de safira. O aroma das rosas se erguia no ar quente, e Laura inspirou fundo o perfume forte. Mas aquele quarto sempre cheirava a rosas. Mesmo no meio do inverno, quando o jardim estava congelado e adormecido, e as janelas seladas com o gelo. Laura endireitou o corpo, alisou a colcha já perfeitamente esticada e afofou as almofadas na poltrona. O conjunto de acessórios de vidro verde em cima da penteadeira cintilava sob a luz do sol, mas foi espanado com capricho assim mesmo. Mas nem tudo no quarto era perfeito. O reloginho esmaltado azul havia parado de novo. Às 11h55. Todo dia parava no mesmo horário. Laura checou o próprio relógio e acertou os ponteiros do relógio do quarto. Então girou com cuidado a chavinha até voltar a escutar o tique-taque baixinho e devolveu o relógio ao lugar, em cima da penteadeira.

O som da porta da frente se fechando anunciou a volta de Anthony de sua caminhada. E foi seguido por outro som, da porta do escritório sendo destrancada, aberta e fechada novamente. Laura já estava bem familiarizada com aquela sequência de ruídos. Ela preparou um bule de café na cozinha e o colocou em uma bandeja, com uma xícara e um pires, um jarrinho com creme e um prato de biscoitos. Então atravessou o corredor, bateu suavemente na porta e, quando ela foi aberta, passou a bandeja para Anthony. Ele parecia cansado, pálido em vez de revigorado pela caminhada.

— Obrigado, minha cara.

Laura reparou, preocupada, no leve tremor das mãos de Anthony quando ele pegou a bandeja.

— Gostaria de alguma coisa em particular para o almoço? — perguntou ela, tentando animá-lo com a ideia.

— Não, não. Eu sei que o que você decidir estará uma delícia.

A porta foi fechada. Laura voltou para a cozinha e lavou a xícara que havia aparecido na pia — deixada, sem dúvida, por Freddy, o jardineiro. Freddy começara a trabalhar em Padua uns dois anos antes, mas Laura raramente esbarrava com ele, o que ela achava decepcionante, pois tinha a sensação de que talvez gostasse de conhecê-lo melhor. Freddy era alto e moreno, mas não tão bonito a ponto de ser um clichê. Ele tinha uma cicatriz sutil que descia verticalmente entre o nariz e o lábio superior e entortava um pouco a boca para um dos lados, mas de alguma forma o efeito acabava sendo lisonjeiro, dando um charme especial ao seu sorriso. Freddy era gentil quando os dois se encontraram, mas não mais do que exigia a educação, o que desencorajava Laura a insistir em uma amizade.

Ela começou a examinar a pilha de documentos. Levaria as cartas para casa, para digitá-las no notebook. Quando começara a trabalhar para Anthony, costumava revisar os manuscritos dele e digitá-los em uma antiga máquina de escrever elétrica, mas ele parara de escrever fazia alguns anos e Laura sentia falta disso. Quando era mais nova, pensara em ter uma carreira escrevendo — romances, ou talvez jornalismo. Tinha feito todo tipo de plano. Era uma garota inteligente, com uma bolsa de estudos para a escola só para meninas local, seguida por uma vaga na universidade. Poderia — deveria — ter construído uma boa vida para si mesma. Em vez disso, conhecera Vince. Aos dezessete anos, ainda era vulnerável, imatura, insegura quanto o próprio valor. Era feliz na escola, mas a bolsa de estudos sempre a fazia se sentir ligeiramente deslocada. O pai, operário de fábrica, e a mãe, vendedora de loja, tinham um orgulho enorme da filha inteligente. Eles conseguiram dinheiro — juntando centavo por centavo — para comprar todos os itens do uniforme caro de Laura, incluindo futilidades como sapatos para usar dentro do colégio e outros para o ar livre. Tudo tinha de ser novo. Nada de segunda mão para a filha deles, e Laura sentia-se grata, de verdade. Ela sabia muito bem os sacrifícios que os pais haviam feito. Mas não era o bastante. Ser inteligente e ter boa aparência nunca tinha sido o suficiente para que Laura se encaixasse naturalmente na sociedade que se organizava no pátio da escola. Garotas para quem férias no exterior, idas ao teatro, jantares elegantes e fins de semana velejando eram uma banalidade. É claro que ela fez amigas, garotas boas e generosas, e aceitava os convites delas para visitar suas casas grandes, onde moravam com os pais e mães bons e generosos. Casas grandes onde o chá era servido em bules, as torradas em grades especiais, a manteiga em pratinhos, o leite em jarras e a geleia com uma colher de prata. Casas com nome no lugar de número, que tinham varanda, quadra de tênis e topiaria. E toalhinhas de chá. Laura conheceu um tipo diferente de vida e ficou encantada. Suas expectativas ficaram mais altas. Em casa, o leite na garrafa, a margarina na bisnaga, o açúcar no saco e o chá na caneca eram como pedras em seus bolsos, puxando-a para baixo. Aos dezessete anos, Laura caíra no espaço entre os dois mundos e não pertencia mais a lugar algum. Então, conheceu Vince.

Ele era mais velho, bonito, cheio de si e ambicioso. Laura se sentiu lisonjeada por Vince lhe dar atenção e ficou impressionada com a segurança dele. Vince era seguro em relação a tudo. Tinha até um apelido para si mesmo: Vince, o Invencível. Ele trabalhava com venda de carros e dirigia um Jaguar E-Type vermelho — um clichê sobre rodas. Os pais de Laura ficaram discretamente perturbados. Os dois tinham a esperança de que os estudos fossem a chave de uma vida melhor para a filha, melhor que a deles. Com mais vida e menos sacrifícios. Eles talvez não entendessem nada de toalhinhas de chá, mas sabiam que o tipo de vida que desejavam para Laura incluía mais que apenas dinheiro. Para Laura, nunca teve a ver com dinheiro. Para Vince, o Invencível, sempre tinha a ver com dinheiro e status. O pai de Laura logo arranjou um apelido secreto para Vince Darby: DV, de doença venérea.

    Alguns anos infelizes mais tarde, Laura costumava se perguntar o que Vince tinha visto nela. Era bonitinha, mas não era linda, e certamente não tinha a combinação de dentes, peitos e bunda que ele costumava preferir. O tipo de garota com quem Vince costumava sair baixava a calcinha com a mesma naturalidade com que baixava o nível da conversa. Talvez ele a tivesse visto como um desafio. Ou uma novidade. Fosse o que fosse, bastou para que Vince imaginasse que Laura daria uma boa esposa. No fim, ela acabou achando que o pedido de casamento tinha sido motivado tanto pelo desejo por status como pelo desejo físico. Vince tinha bastante dinheiro, mas só isso não era o bastante para que conseguisse ser aceito como membro da maçonaria, ou para entrar para o conselho do clube de golfe. Com seus belos modos e a educação recebida na escola particular, Laura supostamente lhe garantiria um verniz de sofisticação social. Vince acabou amargamente desapontado. Mas não tanto como Laura.

    Quando ela descobriu que ele estava tendo um caso, foi fácil culpá-lo por tudo. Foi fácil impingir a Vince o papel do cafajeste ao estilo de Jane Austen, enquanto ela mesma se colocava como a heroína deixada em casa, tricotando capas para papel higiênico ou costurando fitas no chapéu. Bem no fundo, porém, Laura sabia que aquilo era ficção. Desesperada por uma fuga da realidade que não a satisfazia, ela pedira que o médico lhe receitasse antidepressivos, mas ele insistira que ela consultasse um psicólogo antes de lhe prescrever os remédios. Laura encarou a terapia como um meio para um fim. Ela só esperava, sinceramente, engambelar uma Pamela qualquer de meia-idade, acinzentada e com roupas de poliéster. O que acabou encontrando foi uma loira bem-vestida e ousada chamada Rudi, que a forçou a encarar alguns fatos bastante indigestos. Rudi orientou Laura a ouvir a voz dentro de sua mente, a voz que dizia verdades inconvenientes e provocava debates desconfortáveis. Rudi chamava isso de "entrar em contato com sua linguística interna" e dizia que seria uma "experiência gratificante" para Laura — que, por sua vez, chamava aquilo de se associar à Fada da Verdade e achava tão gratificante quanto ouvir um disco favorito com um arranhão profundo. A Fada da Verdade tinha uma natureza muito desconfiada. Ela acusou Laura de ceder ao peso das expectativas do pai e da mãe, e de se casar com Vince em parte para evitar ir para a universidade. Na opinião dela, Laura tinha medo de ir para a universidade e fracassar, medo de ficar firme sobre os próprios pés e cair de cara no chão. Ela também trouxe à tona a memória infeliz do aborto que Laura havia sofrido e da jornada que se seguiu, quase obsessiva e, no fim, infrutífera, para ter um bebê. Na verdade, a Fada da Verdade perturbava Laura. Mas, quando ela tomava Prozac, parava de ouvir.

O relógio no hall de entrada badalou uma vez e Laura começou a separar os ingredientes para preparar o almoço. Ela bateu os ovos e o queijo, adicionou ervas frescas da horta, virou a mistura em uma frigideira quente no fogão e a observou espumar e borbulhar até se transformar em um omelete dourado e fofo. A bandeja foi arrumada com um guardanapo de linho branco, garfo e faca de prata e um copo de refresco de flor de sabugueiro. Quando chegou à porta do escritório, Laura trocou a bandeja que levava pela outra, com os restos do café da manhã de Anthony. Os biscoitos não tinham sido nem tocados.

3

Eunice

Quarenta anos antes... Maio de 1974

Ela se decidira pelo chapéu de feltro azul-cobalto. Sua avó uma vez havia dito que era possível colocar a culpa da feiura nos genes da ignorância no acesso à educação; mas não havia absolutamente desculpa alguma para ser uma pessoa chata. A faculdade tinha sido chata. Eunice fora uma aluna inteligente, mas inquieta — ficava entediada demais com as aulas para se sair bem. Ela queria empolgação, uma vida menos comum. O escritório onde trabalhava era chato, cheio de pessoas chatas, assim como era chato o trabalho que fazia: eternamente datilografando e arquivando. Os pais dela diziam que era um emprego respeitável, mas essa era apenas outra palavra para chato. A única fuga de Eunice eram os filmes e os livros. Ela lia como se sua vida dependesse disso.

Eunice vira o anúncio na revista *Lady*:

Precisa-se de assistente para casa editorial.
O salário é lastimável, mas o trabalho nunca é chato!

O emprego obviamente era feito para ela, que se candidatou no mesmo dia.

A entrevista para o cargo era às 12h15, e Eunice saiu de casa com bastante antecedência. Assim, quando já estava quase chegando pôde andar o restante do caminho em um passo tranquilo, reparando no que havia para ver e ouvir na cidade, para alimentar futuras lembranças. As ruas estavam cheias e ela se deixou levar pelo fluxo homogêneo de gente, sendo ocasionalmente atingida por alguém que, por alguma razão, se erguia acima da superfície daquela maré indeterminada. Eunice cumprimentou com um aceno de cabeça o garçom que assoviava enquanto varria a calçada do lado de fora do restaurante The Swish Fish, e desviou o corpo para evitar uma colisão desagradável com uma turista gorda e suada que estava ocupada demais estudando o guia que levava na mão para olhar por onde andava. Ela reparou no homem alto esperando na esquina da Great Russell Street e sorriu para ele, que parecia gentil, mas preocupado. No momento em que passou pelo homem, já havia recolhido várias informações sobre ele. Tinha um corpo bem proporcionado e era bonito, os olhos azuis, e parecia ser um bom sujeito. Ele não parava de checar o relógio, ansioso, então levantava os olhos de um lado para o outro da rua. Claramente esperava por alguém, e essa pessoa estava atrasada.

Eunice, por sua vez, ainda estava adiantada para o seu compromisso. Eram apenas 11h55. Ela seguiu a passo lento. Seus pensamentos se concentraram na entrevista que tinha pela frente, e no entrevistador. Ela esperava que ele tivesse a aparência do homem esperando na esquina. Mas talvez fosse uma mulher: uma mulher elegante e rígida, com cabelo escuro cortado na altura do pescoço e usando batom vermelho. Quando chegou à porta de vidro verde do endereço que haviam dado na Bloomsbury Street, mal reparou na aglomeração de pessoas na calçada oposta, e no som distante de uma sirene. Eunice apertou a campainha e esperou — as costas retas, os pés juntos, a cabeça erguida. Ela ouviu som de passos descendo escadas e a porta foi aberta.

Eunice se apaixonou pelo homem no momento em que pousou os olhos nele. Suas características físicas não eram marcantes se vistas individualmente: altura média, constituição média, cabelo castanho-

-claro, rosto agradável, dois olhos e duas orelhas, um nariz e uma boca. Juntas, no entanto, essas características se transformavam magicamente em uma obra de arte. Ele segurou a mão dela como se para salvá-la de se afogar e a levou escada acima. Ofegante por ter descido a escada correndo e pelo entusiasmo que sentia, o homem a cumprimentou enquanto subiam:

— Você deve ser Eunice. Prazer em conhecê-la. Pode me chamar de Bomber. É como todos me chamam.

O escritório em que entraram no alto da escada era grande, claro e muito bem organizado. As paredes eram cobertas de estantes com prateleiras e gavetas e havia três armários de arquivo embaixo da janela. Eunice ficou intrigada ao ver que cada um estava etiquetado com "Tom", "Dick" e "Harry".

— Em homenagem aos túneis — explicou Bomber, seguindo o olhar dela e vendo a curiosidade em seu rosto. A curiosidade permaneceu.

— *Fugindo do inferno?* Steve McQueen, Dickie Attenborough, sacos de terra, arame farpado e uma motocicleta?

Eunice sorriu.

— Você *assistiu*, não é mesmo? Maravilhoso! — Ele começou a assoviar o tema musical do filme.

Eunice estava determinada. Aquele com certeza era o emprego certo para ela. Estava disposta a se acorrentar a um dos armários ali se fosse necessário, para garantir a vaga. Felizmente, não foi o caso. O fato de ela ter visto *Fugindo do inferno* e de ser fã do filme aparentemente foi o bastante. Bomber preparou um bule de chá para eles na cozinha minúscula anexa ao escritório, a fim de celebrar a admissão dela. O estranho barulho de um chocalho rolando o seguiu de volta ao escritório. O som vinha de um pequeno terrier castanho e branco, com uma das orelhas a meio mastro e um tapa-olho marrom cobrindo o olho esquerdo. Ele estava sentado em um carrinho de madeira com duas rodas e se deslocava pelo chão com as patas dianteiras.

— Eu lhe apresento Douglas. É meu braço direito. Na verdade, minha pata direita.

— Boa tarde, Douglas — cumprimentou Eunice, em tom solene. — Douglas Bader, presumo.

Bomber bateu na mesa, encantado.

— Eu soube que era você assim que a vi. Vamos lá, como prefere o seu chá?

Enquanto tomavam chá com biscoitos (Douglas bebeu o dele em um pires), Eunice soube que Bomber havia encontrado Douglas abandonado quando era filhote, depois de ter sido atingido por um carro. O veterinário o aconselhara a dar uma injeção letal no cãozinho, mas Bomber resolvera levá-lo para casa.

— Eu mesmo fiz o carrinho. Está mais para um calhambeque que para um Mercedes, mas resolve o problema.

Eles combinaram que Eunice começaria na semana seguinte, com um salário que na verdade era perfeitamente adequado, não tinha nada de "lastimável", e seus deveres incluiriam basicamente tudo o que precisasse ser feito. Eunice ficou eufórica. Mas, quando estava pegando suas coisas para ir embora, a porta foi aberta de repente e a mulher imaginária, elegante e rígida, que temera encontrar antes de chegar entrou pisando firme. Na verdade ela era um zigue-zague nada elegante de nariz, cotovelos e joelhos, sem nenhuma carne para suavizar e um rosto que, ao longo dos anos, assumira uma expressão de permanente desdém.

— Vejo que esse seu ratinho deformado ainda está vivo — exclamou a mulher, indicando Douglas com o cigarro enquanto jogava a bolsa em uma cadeira. Ao ver Eunice, abriu um sorrisinho torto. — Santo Deus, irmão! Não me diga que arrumou uma amante. — Ela cuspiu a palavra como se fosse um caroço de uva.

Bomber se dirigiu à mulher com uma paciência cansada.

— Esta é Eunice, a minha nova assistente. Eunice, esta é a minha irmã, Portia.

Portia a examinou de cima a baixo com uma expressão fria nos olhos cinza, mas não estendeu a mão.

— Eu deveria dizer que é um prazer conhecê-la, mas provavelmente seria mentira.

— Igualmente — retrucou Eunice. Ela falou muito baixo, e Portia já tinha voltado a atenção para o irmão, mas poderia jurar que viu Douglas abanar a ponta da cauda.

Eunice deixou Bomber com a irmã desagradável e desceu a escada, saindo do prédio para a tarde ensolarada. A última coisa que ouviu quando fechou a porta foi Portia dizendo, em tom bastante diferente, mas ainda assim desagradável e bajulador:

— E então, meu bem, quando vai publicar o meu livro?

Eunice parou por um momento na esquina da Great Russell Street e se lembrou do homem para quem sorrira. Ela torceu para que a pessoa que ele ia encontrar não o tivesse deixado esperando por muito tempo. Naquele momento, no meio do pó da rua, bem aos pés dela, o brilho de ouro e vidro chamou sua atenção. Eunice se abaixou, pegou o objeto pequeno e redondo da sarjeta e o colocou em segurança no bolso.

4

Era sempre a mesma coisa. Com os olhos voltados para baixo, sem nunca erguê-los para o céu, ele procurava nas calçadas e sarjetas. As costas ardiam, os olhos lacrimejavam, cheios de poeira e lágrimas. Então ele caía — atravessando a escuridão até se ver em meio aos lençóis úmidos e emaranhados da própria cama. O sonho era sempre o mesmo. Uma busca interminável sem nunca encontrar a única coisa que finalmente lhe daria paz.

A casa estava impregnada pelo breu suave e profundo de uma noite de verão. Anthony virou as pernas cansadas para fora da cama e se sentou, afastando da mente os restos teimosos do sonho. Teria de levantar. O sono não retornaria naquela noite. Ele desceu a escada, o ranger da madeira ecoando a sensação dos ossos doloridos. Não foi necessário acender qualquer luz até chegar à cozinha. Anthony preparou um bule de chá, mas teve mais prazer no ritual do preparo que em tomar o chá, que levou para o escritório. A luz pálida da lua se refletia na beira das prateleiras e se acumulava no centro da mesa de mogno. No alto de uma prateleira de quina, a tampa dourada da lata de biscoitos cintilou para ele do outro lado do cômodo. Anthony pegou-a com cuidado e a pousou dentro do círculo cintilante de luz, em cima da mesa. De todas as coisas que já encontrara, aquela era a que mais o perturbava. Porque não era uma "coisa", mas "alguém", disso ele tinha certeza. Mais uma vez, Anthony abriu a tampa e examinou o conteúdo da lata, como havia feito todos os dias da última semana, desde que a levara para casa. Ele já mudara a lata de lugar no escritório várias vezes — tinha colocado mais alto, ou escondida da vista —, mas continuava a sentir uma atração irresistível pelo objeto. Não conseguia deixá-la parada. Anthony enfiou a mão dentro da lata e deixou os grãos ásperos e cinzentos escorrerem por entre seus dedos. A lembrança o invadiu, deixando-o tão sem fôlego como se tivesse levado um soco no estômago. Mais uma vez, estava segurando a morte nas mãos.

A vida que eles poderiam ter levado juntos era uma fantasia autodestrutiva que ele raramente se permitia. Já poderiam ser avós àquela altura. Therese nunca falara sobre o desejo de ter filhos, mas os dois haviam presumido que podiam contar com todo o tempo do mundo. Uma trágica complacência, como se pôde ver. Therese sempre quisera um cachorro. Anthony adiara a decisão pelo máximo de tempo possível, alegando que o bicho estragaria os canteiros de rosas e escavaria o gramado. Mas ela vencera no final, como sempre fazia, com um misto letal de charme e da mais pura determinação. Eles iriam pegar o cachorro no abrigo em Battersea, na semana seguinte à da morte dela. Em vez disso, Anthony havia passado o dia vagando pela casa vazia, buscando desesperadamente qualquer traço da presença dela — a marca deixada pela cabeça de Therese em um travesseiro; fios de cabelo avermelhado na escova e uma mancha de batom vermelho em um copo. Provas insignificantes, mas preciosas, de uma vida agora extinta. Nos meses terríveis que se seguiram, Padua se esforçara para manter os ecos da existência dela dentro de suas paredes. Anthony costumava entrar em um cômodo e ter a sensação de que ela havia acabado de sair dali. Dia após dia, ele brincava de esconde-esconde com a sombra de Therese. Ouvia sua música tocando no jardim de inverno, capturava o som de sua risada no jardim e experimentava a sensação de seu beijo no escuro. Mas aos poucos, de forma imperceptível, infinitesimal, Therese o deixou. Deixou que Anthony seguisse na vida sem ela. O único traço restante da presença dela, que permanecia até aqueles dias, era o perfume de rosas em lugares onde o aroma não fazia o menor sentido.

Anthony limpou o pó cinza da ponta dos dedos e tampou novamente a lata. Um dia ele seria assim. Talvez fosse por isso que as cinzas o perturbassem tanto. Não podia se perder como aquela pobre alma na lata. Tinha de se juntar a Therese.

Laura permaneceu deitada, forçando os olhos a continuarem fechados, em uma busca infrutífera pelo sono que não vinha. As dúvidas e preocupações que as atividades do dia a dia mantinham à parte se esgueiravam de volta sob a proteção da noite, desfazendo a trama da vida confortável que ela levava, como traças em um suéter de cashmere. A batida de uma porta e vozes altas e risadas vindo do apartamento ao lado acabaram com qualquer frágil esperança de sono que ainda restasse. O casal que se mudara recentemente ao lado tinha uma vida social agitada, turbulenta, à custa da paz dos vizinhos. Poucos minutos depois de chegarem, acompanhados por mais de uma dezena de amigos também festeiros, as paredes finas do apartamento de Laura começaram a pulsar com a batida intensa do baixo e da bateria.

— Meu bom Jesus... de novo, não!

Laura se sentou na cama e bateu com os calcanhares contra a lateral do móvel, frustrada. Era a terceira vez naquela semana. Ela já tentara apelar para o bom senso deles. Já os ameaçara com a polícia. No fim, e para sua vergonha, acabara recorrendo a xingamentos aos berros. A resposta dos vizinhos era sempre a mesma: pedidos de desculpas efusivos, entremeados com promessas vazias, seguidas por nenhuma mudança de atitude. Eles simplesmente ignoravam Laura. Talvez ela devesse considerar a ideia de furar os pneus do Golf deles, ou de encher a caixa de correspondência dos dois com estrume de cavalo. Laura sorriu para si mesma, apesar da raiva. Onde diabo conseguiria estrume de cavalo?

Na cozinha, ela aqueceu leite em uma panela para fazer chocolate quente e usou outra para bater irritada na parede que a separava da festa ao lado. Um pedaço de reboco do tamanho de um prato caiu e se esfarelou no chão.

— Merda!

Laura olhou com uma expressão acusadora para a panela que ainda segurava. Então ouviu o som sibilante de leite fervendo e o conteúdo da outra panela transbordou.

— Merda! Merda! Merda!

Depois de limpar a bagunça e de aquecer mais leite, Laura se sentou diante da mesa com a caneca quente nas mãos. Conseguia sentir as nuvens se aglomerando ao redor, o chão escapando sob seus pés. Estava certa de que uma tempestade se aproximava. Não eram só os vizinhos que a perturbavam, também havia Anthony. Ao longo das últimas semanas, algo mudara. O declínio físico dele tinha sido gradual — inevitável com a idade, mas havia alguma coisa mais. Uma alteração indefinível. Laura tinha a sensação de que ele a estava afastando, como faz um amante desencantado que arruma as malas secretamente, preparando-se para partir. Se ela perdesse Anthony, então perderia Padua também, e os dois a protegiam da loucura que era o mundo real.

Desde que Laura se divorciara, os poucos e preciosos pontos de referência que haviam determinado seu curso ao longo da vida tinham desaparecido. Quando abandonara a universidade e a oportunidade de seguir uma carreira como escritora para se casar com Vince, contara com a possibilidade de se dedicar aos filhos e a tudo o que a maternidade lhe trouxesse. Mais tarde talvez terminasse os estudos de alguma forma. Mas nada daquilo acontecera. Laura só engravidara uma vez. A perspectiva de um filho melhorara temporariamente o casamento já aos frangalhos com Vince. Na semana seguinte à descoberta da gravidez, ela abortara. Os anos seguintes foram passados em uma tentativa obstinada de substituir a criança que não chegara a nascer. O sexo se tornou um dever amargo. Ela e Vince se sujeitaram a todas as intervenções médicas invasivas e indignas para determinar qual era o problema, mas os resultados foram todos normais. Vince começou a ficar mais bravo que triste por não poder ter o que achava que queria. No fim, e àquela altura para alívio de Laura, o sexo cessou de vez.

Foi então que ela começou a planejar a fuga. Quando se casara com Vince, ele insistira que não havia necessidade de Laura trabalhar, e, quando finalmente ficou claro que ela não seria mãe, a falta de experiência se tornou um problema sério assim que Laura começou a procurar por emprego. E ela precisava de um emprego, porque precisava de dinheiro. Precisava de dinheiro para deixar Vince. Só queria o bastante para conseguir alugar um apartamento e se sustentar, para sair de casa um dia, quando Vince estivesse no trabalho, e não voltar mais. E então pedir o divórcio a uma distância segura. Mas só conseguiu um emprego de meio período, com salário muito baixo. Não era o bastante e, por isso, Laura começou a escrever, sonhando com um best-seller. Ela trabalhava no romance que estava escrevendo todo dia, por horas, sempre escondendo qualquer evidência de Vince. Em seis meses, o livro estava terminado, e Laura começou a submetê-lo a agentes, cheia de esperança. Seis meses mais tarde, a pilha de cartas de rejeição e os e-mails acumulados somavam quase o número de páginas do romance. E eram consistentes de uma forma deprimente. O texto de Laura tinha mais estilo que substância. Ela escrevia "lindamente", mas o argumento do livro era "tranquilo" demais. Desesperada, Laura respondeu a um anúncio publicado em uma revista feminina. Oferecia pagamento para escritores que pudessem produzir contos para um formato específico de uma publicação de nicho, que estava expandindo rapidamente seu número de leitores. O depósito para o aluguel do apartamento de Laura acabou sendo pago por um embaraçoso e extenso catálogo de nauseantes textos eróticos escritos para a *Feathers, Lace and Fantasy Fiction* — "uma revista para mulheres quentes com desejos ardentes".

Quando começou a trabalhar em Padua, Laura parou de escrever. Felizmente, o dinheiro dos contos não era mais necessário, e o romance ela jogou na lata do lixo. Havia perdido toda a confiança para começar outro. Em seus momentos mais depressivos, Laura se perguntava até que ponto era a responsável pelos próprios fracassos. Havia se tornado a covarde clássica, com medo de subir e cair? Em Padua, com Anthony, ela não precisava pensar naquilo. A casa era a fortaleza física e emocional de Laura, e Anthony, seu cavaleiro de armadura brilhante.

Ela enfiou o dedo na nata que se formara na superfície do chocolate quente, que já esfriava. Sem Anthony e sem Padua, estaria perdida.

5

Anthony girou o gim com limão no copo e ouviu os cubos de gelo tilintarem dentro do líquido transparente. Mal passava do meio-dia, mas a bebida alcoólica gelada despertava o pouco fogo que restava nas veias de Anthony, e ele precisava daquilo no momento. Ele deu um gole e pousou o copo sobre a mesa, entre as quinquilharias etiquetadas que tirara de uma das gavetas. Estava dando adeus às coisas. Sentiu-se pequeno diante do móvel nodoso de carvalho entalhado, como um menino usando o sobretudo do pai, mas, como estava ciente do encolhimento do próprio corpo, não teve medo. Porque agora tinha um plano.

Quando começara a recolher coisas perdidas, tantos anos antes, não tinha um plano de verdade. Só queria mantê-las em segurança para o caso de algum dia elas poderem retornar às pessoas que as haviam perdido. Com frequência, Anthony não sabia se o que havia encontrado era lixo ou um tesouro. Mas alguém, em algum lugar, sabia. Então, ele começara a escrever de novo, criando contos com base nas coisas que encontrava. Ao longo dos anos, Anthony enchera gavetas e prateleiras com fragmentos da vida de outras pessoas, e de alguma forma elas o haviam ajudado a consertar um pouco sua própria vida, tão cruelmente estilhaçada, e torná-la inteira outra vez. Não uma imagem perfeita, é claro que não, depois do que acontecera — mas sim uma vida ainda marcada, rachada e deformada, e que valia a pena ser vivida assim mesmo. Uma vida com retalhos de céu azul em meio ao cinza, como o retalho de céu que ele segurava na mão naquele momento. Havia encontrado aquilo na sarjeta da Copper Street doze anos antes, de acordo com a etiqueta que colocara. Era uma única peça de um quebra-cabeça — azul brilhante com uma nesga de branco em uma das beiradas. Era só um pedaço de cartolina colorida. A maior parte das pessoas não teria nem reparado naquilo, e as que reparassem teriam encarado como lixo. Mas Anthony sabia que, para alguém, a perda daquela peça poderia ter sido incalculável. Ele virou a peça do quebra-cabeça na palma da mão. Onde se encaixaria?

Peça de quebra-cabeça, azul, com nesga branca.
Encontrada na sarjeta, na Copper Street, em 24 de setembro...

Elas tinham os nomes errados. Maud era um nome tão modesto, como o de um ratinho, totalmente diferente da mulher a quem pertencia. Chamá-la de estridente teria sido um elogio. E Gladys soava tão vivo e animado. Mas a pobre mulher a quem pertencia o nome raramente tinha alguma razão para ficar feliz no momento. As irmãs viviam infelizes juntas, em uma casa geminada na Copper Street. Aquela havia sido a casa dos pais delas e o lugar onde ambas haviam nascido e sido criadas. Maud entrara no mundo do modo como continuaria a se deslocar por ele: estridente, nada atraente e sempre exigindo atenção. Como primogênita, fora mimada até ser tarde demais para injetar qualquer sensibilidade ou altruísmo em seu caráter. Ela se tornara a única pessoa importante no próprio mundo, e permaneceu assim. Gladys foi um bebê tranquilo e satisfeito, o que foi ótimo, já que a mãe mal conseguia cuidar de suas necessidades básicas enquanto atendia às exigências inesgotáveis da irmã dela, então com quatro anos. Quando, aos dezoito anos, Maud encontrou um pretendente tão desagradável quanto ela, a família soltou um suspiro de alívio coletivo, ainda que ligeiramente culpado. O noivado e o casamento de Maud foram encorajados com entusiasmo, particularmente quando se descobriu que o noivo de Maud teria de se mudar para a Escócia por causa de seus negócios. Depois de um casamento caro e exuberante, escolhido e logo criticado por Maud, e totalmente pago pelos pais, ela partiu para se impingir a uma cidade desavisada no extremo oeste da Escócia, e a vida na Copper Street se tornou tranquila e satisfeita. Gladys e os pais viviam felizes e em paz. Comiam peixe com batatas fritas no jantar das sextas-feiras, e sanduíches de salmão com salada de fruta e creme enlatado no chá de domingo. Iam ao cinema toda quinta-feira à noite e passavam uma semana em Frinton no verão. Às vezes Gladys saía para dançar na Cooperativa, com amigos. Ela comprou um periquito-australiano, batizou-o de Cyril e nunca se casou — não por escolha, apenas como consequência de nunca ter tido essa escolha. Gladys havia encontrado o homem certo para ela, mas infelizmente a mulher certa para ele acabara sendo uma das amigas dela. Gladys costurara o próprio vestido de dama de honra e brindara à felicidade do casal com champanhe e lágrimas salgadas. Permaneceu amiga de ambos e se tornou madrinha dos dois filhos deles.

Maud e o marido não tiveram filhos.

— Excelente trabalho também — comentava o pai delas com Cyril, baixinho, se o assunto vinha à tona em algum momento.

Quando os pais ficaram mais velhos e frágeis, Gladys tomou conta deles. Ela serviu de enfermeira, dando banho, alimentando, mantendo os dois confortáveis e seguros. Maud permaneceu na Escócia, e eventualmente mandava um presente inútil. Quando os dois morreram, ela achou os funerais muito desagradáveis. O valor das economias dos pais foi dividido igualmente entre as duas irmãs, e, em reconhecimento por sua devoção aos pais, a casa foi deixada para Gladys. Mas o testamento tinha um aditamento catastrófico. Ele determinava que, se Maud algum dia se visse sem um lar, poderia viver na casa em Copper Street até suas circunstâncias melhorarem. Fora um modo gentil de prever uma circunstância que os pais delas acreditavam ser muito improvável, e por isso incluíram a cláusula sem preocupações. "Muito improvável" não significa impossível, contudo, e, quando o marido de Maud morreu, deixou-a sem teto, sem dinheiro e sem fala de tanta raiva. Ele perdera tudo o que possuíam no jogo e, em vez de encarar Maud, morrera deliberadamente.

Maud voltou para a Copper Street, agora um frasco de veneno na forma de uma mulher velha. A vida feliz e pacífica de que Gladys desfrutava foi destruída no momento que Maud apareceu na porta da frente, exigindo da irmã dinheiro para pagar o táxi. Sem demonstrar qualquer traço de gratidão, Maud convidou a infelicidade como hóspede permanente da casa. Com seu repertório consumado de pequenas torturas, ela atormentava a irmã o tempo todo. Colocava açúcar no chá de Gladys, mesmo sabendo muito bem que a irmã não gostava. Aguava demais as plantas da casa e deixava uma trilha de bagunça e caos em sua esteira. Recusava-se a levantar um dedo para ajudar nas tarefas da casa e passava o dia todo sentada, gorda e flatulenta, comendo doces, montando quebra-cabeças e ouvindo rádio no último volume. Os amigos de Gladys pararam de aparecer na casa e ela saía com o máximo de frequência que ousava. Mas ao voltar para casa sempre encontrava uma "punição" — um enfeite precioso que "acidentalmente" quebrara, ou um vestido favorito que o ferro de passar queimara inexplicavelmente. Maud se dava o trabalho até de deixar comida para atrair o gato do vizinho e, assim, espantar do jardim os pássaros que a irmã alimentava com tanta dedicação. Gladys jamais desconsideraria o desejo dos pais, e qualquer tentativa de argumentar ou reclamar com a irmã era recebida com desdém ou violência. Para Gladys, Maud era um besouro moribundo, uma parasita indesejável que invadira a casa dela e transformara sua felicidade em pó.

E ela fazia os mesmos barulhos que faria um besouro moribundo, os dedos gordos tamborilando na mesa, no braço da poltrona, na beira da pia. Aquele tamborilar se tornou a pior tortura de todas: incessante e invasivo, assombrava Gladys de dia e de noite. Macbeth assassinara o sono, mas Maud assassinava a paz. Naquele dia, ela estava sentada diante da mesa da sala de jantar, tamborilando enquanto examinava o enorme quebra-cabeça incompleto à sua frente. Era uma reprodução de A carroça de feno, o quadro de John Constable — uma reprodução monstruosa de mil peças, a maior que ela já tentara. Seria sua obra-prima. Maud se acomodou como um sapo diante do quebra-cabeça, o traseiro exagerado escapando pelas laterais da cadeira, que gemia sob o peso dela. E tamborilou.

Gladys fechou silenciosamente a porta da frente ao sair, e desceu a Copper Street, sorrindo enquanto o vento erguia as folhas secas de outono que descansavam na sarjeta, fazendo-as girar. Seus dedos, enfiados no bolso, se fecharam ao redor das bordas de um pedacinho de cartolina, cortado a máquina, azul, com uma minúscula nesga de branco.

Os dedos de Anthony correram pelas bordas da peça de quebra-cabeça na palma de sua mão e ele se perguntou da vida de quem aquele objeto tinha sido uma pequena parte. Ou talvez não tão pequena. Talvez a perda da peça do quebra-cabeça tenha sido desproporcionalmente desastrosa para seu tamanho, provocando lágrimas, ataques de raiva ou corações partidos. Fora assim com Anthony e a coisa que ele perdera tanto tempo antes. Aos olhos do mundo, era uma bugiganga, pequena e sem valor, mas para Anthony era preciosa, inestimável. Sua perda era um tormento diário, cutucando seu ombro: um lembrete implacável da promessa que ele quebrara. A única promessa que Therese pedira a ele, e Anthony falhara com ela. E assim ele começara a recolher as coisas que outras pessoas perdiam. Era sua única chance de expiação. E o preocupava terrivelmente o fato de não ter conseguido encontrar um modo de devolver alguma daquelas coisas aos seus proprietários. Ao longo dos anos, ele tentara: anúncios nos jornais locais e boletins informativos, e até mesmo apelos a colunas pessoais nos melhores jornais, porém nada disso tivera qualquer retorno. E agora restava muito pouco tempo. Mas esperava ter finalmente encontrado alguém para assumir aquele papel: alguém jovem e inteligente o bastante para ter novas ideias, alguém que encontraria um modo de devolver as coisas perdidas a quem pertenciam. Anthony já se reunira com o advogado e fizera os ajustes necessários em seu testamento. Ele se inclinou na cadeira e esticou o corpo, sentindo a madeira dura pressionar sua coluna. Em sua prateleira no alto, a lata de biscoitos cintilou, iluminada pelo sol do crepúsculo. Anthony se sentia tão cansado. Sentia que já ultrapassara seu tempo, mas será que fizera o bastante? Talvez estivesse na hora de conversar com Laura, de contar a ela que estava partindo. Ele deixou a peça do quebra-cabeça sobre a mesa e pegou o copo de gim com limão. Precisava contar logo a ela, antes que fosse tarde demais.

6
Eunice

Junho de 1974

Eunice colocou as chaves da caixinha onde guardavam o dinheiro em seu lugar correto e fechou a gaveta. A gaveta dela. Na mesa dela. Eunice já trabalhava para Bomber havia um mês, e ele lhe mandara comprar pãezinhos doces para os três, para que pudessem celebrar. O mês passara voando, mesmo com Eunice chegando cada vez mais cedo e saindo cada vez mais tarde, esticando o tempo dela em um lugar, e com uma companhia, que a faziam se sentir febril com as possibilidades empolgantes à sua frente. Naquelas meras quatro semanas, ela aprendera que Bomber era um chefe justo e generoso, apaixonado pelo trabalho que fazia, pelo cachorro dele e por filmes. Ele também era o ídolo das matinês de Eunice. Bomber tinha o hábito de citar frases de seus filmes favoritos, e Eunice vinha fazendo o mesmo. O gosto dela era mais contemporâneo, mas Bomber estava começando a ensiná-la a apreciar o que havia de melhor da Ealing Studios, e ela também já conseguira despertar o interesse dele o suficiente para que assistisse a alguns dos lançamentos mais recentes no cinema local. Os dois concordavam que *As oito vítimas* era absolutamente maravilhoso, e que *Desencanto* era trágico. *O exorcista* era chocante, mas a girada de cabeça era meio engraçada. *O homem de palha* era arrepiante e *O otimista* era mágico, enquanto *Inverno de sangue em Veneza* era envolvente e marcante, mas com uma exposição excessiva do traseiro nu de Donald Sutherland.

Eunice estava até considerando a compra de uma capa vermelha, como a que usava a anã do filme, para também assombrar alguém. E, é claro, *Fugindo do inferno* era a perfeição. Bomber dizia que a grande maravilha em relação aos livros era o fato de eles serem filmes sendo projetados dentro da mente. Eunice também aprendera que Douglas gostava de sair para um rápido passeio às onze da manhã, principalmente se no caminho passassem por uma padaria que vendia deliciosos pãezinhos doces com glacê — dos quais ele sempre comia primeiro a cobertura de glacê, e então o pãozinho. E, por fim, ela aprendera que a venenosa Portia era tão odiosa quanto uma tigela de tripa estragada.

Bomber estava na cozinha fazendo chá e Douglas o estava importunando, babando em seus sapatos marrons estilosos, na expectativa de um pãozinho com cobertura de glacê. Da janela, Eunice observava a rua abaixo, que estava cheia de vida naquele dia, mas que um mês antes fora paralisada por uma morte — o trânsito e os pedestres estacaram diante de um coração parando bem diante de seus olhos. De acordo com a sra. Doyle, da padaria, Eunice estava lá naquele dia. Mas ela não vira nada. A sra. Doyle se lembrava exatamente da data e da hora, e de cada detalhe do que acontecera. Uma fã ardorosa dos dramas policiais na televisão, ela se orgulhava de ser uma excelente testemunha ocular em potencial, caso a ocasião para isso algum dia se apresentasse. A sra. Doyle examinava com atenção fregueses desconhecidos, guardando na memória olhos preguiçosos, bigodes finos, dentes de ouro e cabelos partidos para o lado esquerdo — todas informações que ela acreditava serem sinais de um caráter moralmente questionável. E nunca se devia confiar em mulheres de sapatos vermelhos e bolsas verdes. A jovem que morrera não usava nenhum dos dois. Estava vestida com um casaco leve, azul-claro, sapatos e bolsa combinando, e caíra no chão bem ali, do lado de fora da padaria, despencando diante do cenário dos mais finos bolos e doces da sra. Doyle. Tudo acontecera no dia da entrevista de emprego de Eunice, exatamente às 11h45. A sra. Doyle tinha certeza da hora porque estava com um tabuleiro de pãezinhos de Bath no forno, naquele dia, que ficariam prontos ao meio-dia.

— Os pãezinhos viraram carvão — contou a sra. Doyle a Eunice. — Eu estava ocupada demais telefonando para chamar uma ambulância para me lembrar dos pães, mas não a culpo. Não foi culpa da moça cair morta daquele jeito de repente, pobrezinha. A ambulância chegou rápido, mas ela já se fora. Não havia qualquer marca nela, acredite. Desconfio de que tenha sido um ataque cardíaco. Meu Bert diz que pode ter sido um aneurisma, mas eu aposto em ataque cardíaco. Ou um derrame.

Eunice se lembrava de uma aglomeração, e de ouvir o barulho distante de uma sirene, mas só isso. Ficava triste ao pensar que o melhor dia da vida dela até ali tinha sido o último dia da vida de outra pessoa, e que tudo o que as separara foram alguns metros de asfalto.

— O chá está pronto! — Bomber pousou a bandeja sobre a mesa. — Posso servir?

Ele serviu o chá e colocou os pãezinhos doces nos pratos. Douglas se acomodou com seu pãozinho entre as patas e se dedicou a lamber a cobertura.

— Agora, minha cara jovem, diga-me o que acha da mais recente oferta do velho Pontpool. Tem alguma qualidade ou devemos deixar que escorregue ladeira abaixo?

Aquela era a forma como Bomber se referia à pilha de manuscritos rejeitados. A pilha de histórias invariavelmente ficava tão alta, tão rapidamente, que desmoronava no chão antes que alguém transferisse os papéis para a lixeira. Percy Pontpool era um aspirante a autor infantil, e Bomber pedira a Eunice para avaliar o último manuscrito. Pensativa, Eunice mastigou seu pãozinho. Ela não precisava de muito tempo para saber o que achara, apenas para decidir quanto seria sincera. Por mais camarada que Bomber fosse, ainda era o chefe dela, e ela ainda era a moça nova tentando fazer jus ao emprego. Percy havia escrito um livro para menininhas, chamado *Tracey se diverte na cozinha*. As aventuras de Tracey incluíam lavar e enxugar a louça com a ajuda de Daphne, o pano de prato; varrer o chão com Betty, a vassoura; limpar as janelas com Sparkle, a esponja; e esfregar o forno com Wendy, a palha de aço. Lamentavelmente, Pontpool perdera a oportunidade de fazer Tracey desentupir a pia com Portia, a bomba desentupidora, o que poderia lhe garantir uma mínima redenção. Tracey se divertira tanto na história como um pônei em uma mina de carvão. Eunice tinha a terrível sensação de que Percy devia estar trabalhando em uma sequência chamada *Howard se diverte na oficina* — com Charlie, o cinzel; Freddy, o serrote; e Dick, o martelo. Era um monte de besteiras sexistas. Eunice traduziu seus pensamentos em palavras.

— Estou tendo dificuldade para visualizar um público adequado para o livro.

Bomber quase se engasgou com o pão doce. Ele deu um gole no chá e colocou uma expressão devidamente séria no rosto.

— Agora me diga o que realmente acha.

Eunice suspirou.

— É um monte de besteira sexista.

— Exatamente — concordou ele.

Então, pegou o manuscrito horroroso na mesa de Eunice e o jogou pelo ar, na direção da ladeira de textos rejeitados e despencados. Os papéis caíram sobre a pilha com um baque surdo. Douglas havia terminado seu pão doce e estava farejando o ar, esperançoso, para o caso de ainda haver alguma migalha no prato dos amigos.

— Sobre o que é o livro da sua irmã? — Eunice estava louca para perguntar isso desde o primeiro dia dela ali, mas, antes que Bomber pudesse responder, a campainha da porta no andar de baixo soou.

Bomber ficou de pé em um pulo.

— Devem ser os meus pais. Eles disseram que apareceriam para uma visita rápida, enquanto estão na cidade.

Eunice estava ansiosa para conhecer o casal que produzira filhos tão opostos, e Godfrey e Grace foram um prazer duplo. Bomber era a mistura perfeita das características físicas de ambos, com o nariz aquilino e a boca generosa do pai; e os olhos cinza, a cor da pele e os cabelos da mãe. Godfrey estava espetacular em uma calça larga de veludo cotelê rosa-salmão, combinada com colete amarelo-canário, gravata-borboleta combinando e um chapéu-panamá bem usado, mas ainda decente o bastante. Grace exibia um vestido de algodão discreto, com uma estampa que talvez fosse mais apropriada para um sofá, um chapéu de palha com várias flores grandes amarelas aplicadas na aba e sapatos também discretos, com um pequeno salto, mas confortáveis para andar. A bolsa de couro preta era grande e pesada o bastante para acertar com força qualquer possível batedor de carteiras — que Grace estava convencida de que espreitava em todos os becos e batentes de portas da cidade, aguardando para atacar gente do interior como ela e Godfrey.

— Essa deve ser a moça nova, então. — Grace pronunciou "moça" com um sotaque todo especial. — Como vai, querida?

— É um grande prazer conhecê-los. — Eunice aceitou a mão que a outra mulher estendia, e recebeu um aperto gentil, mas firme.

Godfrey balançou a cabeça.

— Santo Deus, mulher! Esse não é o jeito de cumprimentar os jovens hoje em dia.

Ele segurou Eunice pelos braços e apertou com força, quase levantando-a do chão. Então, deu um beijo de cada lado do seu rosto. Eunice sentiu o atrito da pele áspera no trecho que ele esquecera de barbear e o leve aroma da colônia que Godfrey usava. Bomber revirou os olhos e sorriu.

— Pai, você não tem um pingo de vergonha. Aproveita qualquer desculpa para beijar as garotas.

Godfrey piscou para Eunice.

— Ora, na minha idade é preciso aproveitar qualquer oportunidade que se tenha. Sem ofensa.

Eunice piscou de volta para ele.

— Não me ofendi.

Grace beijou o filho no rosto com carinho, se sentou determinada a conversar com ele e recusou as ofertas de chá e de pão doce com um aceno de mão.

— Bom, eu prometi que perguntaria, mas me recuso a interferir...

Bomber suspirou. Sabia exatamente o que estava por vir.

— Ao que parece, sua irmã escreveu um livro que gostaria que você publicasse. Eu não li o livro, na verdade, nem vi, mas ela diz que você está sendo teimoso de propósito e se recusando a levar o trabalho dela em consideração. O que tem a dizer em sua defesa?

Eunice estava curiosa e intrigada com a sombra de um sorriso que curvou os lábios de Grace enquanto ela dizia aquelas palavras em tom tão duro. Bomber caminhou até a janela, como um advogado de defesa se preparando para se dirigir aos jurados.

— A primeira alegação sem dúvida é verdade. Portia escreveu alguma coisa que chama de livro e realmente quer que eu o publique. A segunda alegação é falsa e maldosa e eu a nego com todas as minhas forças.

Bomber bateu com a mão espalmada na mesa para enfatizar sua aparente indignação, antes de cair na gargalhada e se jogar na cadeira.

— Escute, mãe, eu li o livro de Portia, e é péssimo. Também já foi escrito por outra pessoa, que por sinal fez um trabalho bem melhor que ela.

Godfrey franziu o cenho e estalou os lábios, com uma expressão de desaprovação.

— Está querendo dizer que o livro dela é uma cópia?

— Bom, ela chama de "tributo".

Godfrey se voltou para a esposa e balançou a cabeça.

— Tem certeza de que você levou para a casa a criança certa quando saiu da maternidade? Não consigo imaginar de onde Portia tira essas coisas.

Grace partiu para uma tentativa um tanto desesperada de defesa do erro da filha.

— Talvez ela não tenha percebido que a história que escreveu se parecia com a de outra pessoa. Talvez tenha sido apenas uma infeliz coincidência.

Não colou.

— Boa tentativa, mãe, mas o livro de Portia se chama *O motorista de Lady Clatterly* e é sobre uma mulher chamada Bonnie e o marido dela, Gifford, que ficou paralítico depois de um acidente jogando rúgbi. Ela acaba tendo um caso com o motorista, Mellons, um homem rude, apesar de estranhamente terno, com dificuldade de fala, que cria peixes tropicais.

Godfrey balançou a cabeça, incrédulo.

— Tenho certeza de que essa menina caiu de cabeça do berço.

Grace ignorou o marido, mas não o contradisse, e se virou para Bomber.

— Ora, isso esclarece a situação. Parece absolutamente terrível. Eu o jogaria no lixo, se fosse você. Não consigo tolerar a preguiça, e, se a sua irmã não se deu ao trabalho de nem sequer criar a própria história, ela não pode esperar outra coisa.

Bomber piscou para ela, agradecido.

— O melhor amigo de um filho é a mãe dele.

Grace se levantou e voltou a empunhar a bolsa como uma arma.

— Vamos, Godfrey. Está na hora de irmos para o Claridge's.

Ela se despediu de Bomber com um beijo, e Godfrey apertou a mão do filho.

— Sempre tomamos chá lá quando estamos na cidade — explicou Grace a Eunice. — Os melhores sanduíches de pepino do mundo.

Godfrey tocou a aba do chapéu para se despedir de Eunice.

— O gim com limão deles também não é ruim.

7

A gota rubi cintilou na ponta do dedo dela antes de cair na saia de um amarelo-limão pálido do vestido novo. Laura praguejou, chupou o dedo com raiva e desejou ter usado jeans. Ela amava encher a casa com flores frescas, mas a beleza das rosas tinha um preço, e a ponta de um dos espinhos ainda estava cravada em seu dedo. Na cozinha, Laura arrancou as folhas da parte de baixo dos caules já cortados e encheu dois vasos grandes com água morna. Um dos arranjos era para o jardim de inverno e o outro para o hall de entrada. Enquanto aparava e arrumava as flores, Laura se atormentava com o que Anthony lhe dissera naquela manhã. Ele a chamara para "uma conversa" no jardim de inverno, antes de ela ir embora para casa no fim do dia. Laura checou o relógio. Tinha a sensação de que havia sido convocada para a sala da diretora, na escola. O que era um absurdo, já que Anthony era amigo dela. Mas... Que "mas" era aquele que não parava de deixar a pele de Laura arrepiada? Do lado de fora, o céu ainda estava azul, mas ela conseguia sentir o cheiro de uma tempestade no ar. Laura pegou um dos vasos, respirou fundo e o levou para o hall de entrada.

No roseiral, tudo estava silencioso e quieto. Mas o ar estava pesado com a tempestade iminente. No escritório de Anthony, nada se movia, ou fazia qualquer som. Mas o ar estava carregado de histórias. Um raio de sol conseguiu atravessar o céu nublado, passou pela fresta da cortina e projetou um brilho vermelho-sangue em uma prateleira cheia, bem ao lado da lata de biscoitos.

Pedra vermelha.
Encontrada no pátio da igreja de St. Peter, no fim da tarde, em 6 de julho...

O perfume das gardênias sempre fazia Lilia se lembrar da mãe usando o vestido Schiaparelli lilás. A St. Peter estava tomada pelas flores pálidas, e seu perfume dominava o ar fresco que recepcionava amigos e parentes vindos da tarde quente e ensolarada do lado de fora. Pelo menos as flores haviam sido escolha de Eliza. Lilia ficou satisfeita por sentar. Os sapatos novos estavam machucando seus dedos, mas a vaidade não fazia concessões à artrite ou à idade avançada. A mulher com o chapéu absurdo certamente era a mãe dele. Metade dos ocupantes do banco atrás dela não conseguiriam ver nada do casamento. A voz do vigário fez toda a congregação ficar de pé, enquanto a noiva chegava, em seu vestido feio, que mais parecia um cogumelo, agarrada ao braço do pai com uma expressão de desespero. Lilia sentiu o coração apertado.

Ela havia oferecido o Schiaparelli a Eliza, que amava o vestido. Mas o noivo não ficou nada entusiasmado com a ideia.

— Santo Deus, Lizzie! Você não pode se casar usando o vestido de uma mulher morta.

Lilia nunca gostara do noivo de Eliza. Henry. Jamais seria capaz de confiar em um homem que tinha o mesmo nome de um aspirador de pó. Na primeira vez que se encontraram, Henry a olhara de cima do nariz cintilante e bulboso, de uma forma que claramente pretendia deixar explícito que mulheres acima de sessenta e cinco anos não contavam. Ele falou com Lilia com a mesma paciência exagerada que usaria para treinar um cachorrinho rebelde a usar o jornal. Na verdade, naquele primeiro almoço de família, preparado com tanto carinho e com a melhor das intenções, Lilia havia tido a distinta impressão de que ninguém da família passara no teste — a não ser, é claro, por Eliza. E as maiores qualidades dela, aos olhos dele, eram sua beleza e sua afabilidade. Ah, Henry havia elogiado bastante a comida. O frango assado estava quase tão delicioso quanto o da mãe dele, e o vinho era "muito bom".

Mas Lilia percebeu que ele reparava com desdém em um leve arranhão no garfo que usava e em uma mancha imaginária no copo de vinho. Eliza, já naquele dia, se apressou em explicar e desculpar o comportamento de Henry, como uma mãe ansiosa com o mau comportamento do filho. Lilia achou que o que ele precisava era de uma boa palmada nas pernas gorduchas. Mas ela não se preocupou realmente, porque jamais imaginou que a relação entre Eliza e Henry duraria. Henry era um acréscimo maçante à família, mas Lilia conseguiria lidar com isso, pois seria um acréscimo temporário. Certo?

Eliza tinha sido uma criança tão viva, tão determinada a seguir o próprio caminho. Ela usava o vestido de festa com galochas para ir pescar salamandras no riacho que corria no fundo do quintal. Gostava de banana e de sanduíche de atum, e certa vez passara o dia todo andando de costas para todo canto "só para saber qual era a sensação". Mas tudo havia mudado quando a mãe da menina, filha de Lilia, morrera, quando Eliza tinha quinze anos. O pai dela se casou de novo e garantiu a ela uma madrasta perfeitamente adequada. Mas as duas nunca foram próximas.

A mãe da própria Lilia havia lhe ensinado duas coisas: vista-se para si mesma, e case-se por amor. A mãe havia conseguido o primeiro intento, mas não o segundo, e se arrependera disso a vida toda. Lilia aprendera bem a lição. Roupas sempre haviam sido a paixão dela — um caso de amor que nunca a desapontara. E o mesmo acontecera com o casamento. James trabalhava como jardineiro na casa de campo da família de Lilia. Ele cultivava anêmonas da cor de pedras preciosas, dálias que pareciam pompons e rosas aveludadas que tinham o perfume do verão. Lila ficou impressionada com o fato de um homem como aquele, forte e vigoroso, com mãos que tinham o dobro do tamanho das dela, ser capaz de trazer à vida flores tão delicadas. Ela se apaixonou. Eliza adorara o avô, mas Lilia ficara viúva quando a neta ainda era pequena. Anos mais tarde, ela perguntara como Lilia soubera que o avô era o homem com quem deveria se casar, e a resposta fora: porque ele a amava de qualquer jeito. O namoro dos dois fora longo e difícil. O pai de Lilia desaprovava e ela era determinada e impaciente. Mas não importava quanto *estivesse mal-humorada, quanto seu rosto estivesse queimado de sol, ou que a comida que preparava estivesse ruim, James a amava de qualquer modo. Eles tiveram quarenta e cinco anos de um casamento feliz, e Lilia ainda sentia saudade dele todo dia.*

Quando a mãe morrera, a determinação de Eliza se apagara e ela se tornara perdida, como um saco de papel vazio sendo assoprado de um lado para o outro pelo vento. E permanecera assim até um dia o saco de papel ficar preso em uma cerca de arame farpado: Henry. Ele era gerente de fundos de cobertura, que todos sabiam não ser um trabalho decente. Era um jardineiro de dinheiro, cultivava dinheiro. No Natal, Henry comprara de presente para Eliza aulas de culinária na escola Cordon Bleu, e a levara à cabeleireira da mãe dele. Lilia esperou que o relacionamento acabasse. No aniversário de Eliza, em março, ele havia comprado roupas caras para ela, que a deixaram parecendo outra pessoa, e trocara o amado carrinho antigo de Eliza por um conversível estalando de novo que a moça tinha medo demais para dirigir, preocupada em arranhá-lo. E Lilia continuou esperando que o relacionamento terminasse. Em junho, ele a levou para Dubai e a pediu em casamento. Ela queria usar o anel de noivado da mãe, mas Henry disse que diamantes eram "tão ano passado". E comprou, então, um anel novo, com um rubi cor de sangue. Lilia sempre achou aquilo um mau presságio.

Eliza logo chegaria. Lilia achou que elas se sentariam embaixo da macieira. Havia sombra ali, e ela gostava de ouvir o zumbido preguiçoso das abelhas e sentir o cheiro da relva morna, como feno. Eliza sempre tomava chá com Lilia nas tardes de sábado. Sanduíches de salmão e pepino e tortas de creme de limão. Graças aos céus, o atum e a banana já não eram mais do gosto dela. Fora em uma tarde de sábado que Eliza levara o convite de casamento para Lilia, e havia perguntado à avó o que a mãe teria pensado de Henry — ela teria gostado dele, teria aprovado o casamento? Eliza parecera tão jovem, apesar do penteado exagerado e das roupas novas, muito sérias, tão ansiosa por aprovação e para que alguém lhe confirmasse que aquele seria o "final feliz" pelo qual ansiava. Lilia se acovardara. E mentira.

Henry se virou, viu Eliza atravessando nervosa a nave da igreja e sorriu. Mas não havia ternura em seu rosto. Era o sorriso de um homem tomando posse de um belo carro novo, não o de um noivo se derretendo de amor à visão da noiva. Quando ela chegou ao lado dele, e o pai pousou sua mão sobre a dele, a expressão de Henry era presunçosa. Ele a aprovava. O vigário anunciou o hino. Enquanto a congregação se esforçava para cantar Guide Me, Oh Thou Great Redeedmer, Lilia podia sentir o pânico borbulhando no peito, como geleia prestes a se derramar de uma panela.

Lilia sempre usava sua melhor louça aos sábados, e as tortinhas de creme de limão eram sempre arrumadas em um suporte para bolos de vidro. Os sanduíches estavam preparados, a água fervida na chaleira, pronta para aquecer o bule. Era um chazinho festivo só delas, e as duas mantinham aquele ritual desde que a mãe de Eliza morrera. Naquele dia, Lilia tinha um presente para ela.

A calmaria é uma coisa perigosa. O silêncio é sólido e confiável, mas a calmaria guarda uma expectativa, como uma pausa em gestação — convida ao malfeito, como um fio solto implorando para ser puxado. O vigário começou a cerimônia, pobre camarada. Ele pedira por aquilo. Quando Lilia era uma garotinha, durante a guerra, a família tinha uma casa em Londres. Havia um abrigo antibombas no jardim, mas nem sempre era usado. Às vezes a família se escondia embaixo da mesa — era loucura, ela sabia, mas era preciso estar lá para entender. Quando as bombas V-1 caíam do céu, o que mais se temia não eram as explosões de estourar os tímpanos, as quedas e desmoronamentos, mas a calmaria. A calmaria queria dizer que aquela bomba era para você.

— Se alguma pessoa aqui presente souber de algum motivo para...

O vigário lançara a bomba. Houve um momento de calmaria, então Lilia a detonou.

Enquanto a noiva voltava a atravessar a nave, agora sozinha, seu rosto estava iluminado por um sorriso de alívio. Ela parecia verdadeiramente radiante.

Eliza devolvera o anel a Henry. Mas o rubi caíra no dia do casamento e nunca fora encontrado. Henry ficou furioso. Lilia imaginou o rosto dele da cor da pedra perdida. Eles deveriam estar em Dubai naquele momento. Eliza teria preferido Sorrento, mas Henry não achava o lugar pretensioso o bastante. No fim, ele levou a mãe para Dubai. E Eliza estava tomando chá com Lilia. Sobre a cadeira dela estava seu presente. Embrulhado em papel de seda prateado e amarrado com uma fita lilás estava o Schiaparelli. Ele nunca a amara, de qualquer modo.

Anthony pegou a fotografia emoldurada em cima da penteadeira de Therese e fitou a imagem dela. Fora tirada no dia que ficaram noivos. Do lado de fora, um raio cortou o céu cor de chumbo. Da janela do quarto dela, Anthony olhou para o roseiral, onde as primeiras gotas gordas de chuva se esparramavam sobre as pétalas aveludadas. Ele nunca vira Therese usando o vestido, mas, ao longo dos anos sem ela, com frequência tentara imaginar o dia do casamento deles. Therese estava tão empolgada. Ela escolhera as flores para a igreja e a música para a cerimônia. E, é claro, comprara o vestido. Os convites já tinham sido enviados. Ele se imaginou, nervoso, esperando diante do altar pela chegada dela. Estaria tão feliz e tão orgulhoso da linda noiva. Ela se atrasaria, quanto a isso ele não tinha dúvidas. Teria feito uma entrada e tanto em seu vestido de chiffon de seda azul-centáurea; uma escolha incomum para um vestido de casamento, mas a verdade era que ela era uma mulher incomum. Extraordinária. Therese dissera que o vestido combinava com a cor do anel de noivado dela. Agora, o vestido estava embrulhado em papel de seda, guardado em uma caixa no sótão. Anthony não conseguia suportar olhar para ele... nem se desfazer dele. Ele se sentou na beira da cama e enterrou o rosto nas mãos. Acabara indo de qualquer forma à igreja no dia que deveria ter sido o do casamento. Fora o dia do funeral de Therese. E, mesmo depois de tanto tempo, ainda quase conseguia ouvi-la dizendo que ao menos o terno novo tivera bom uso.

Laura jogou as chaves em cima da mesa do hall de entrada e chutou longe os sapatos. O apartamento estava quente e abafado, e ela abriu a janela da sala minúscula antes de se servir de um copo grande de vinho branco bem gelado. Esperava que o vinho acalmasse sua mente confusa. Anthony lhe contara tantas coisas que ela desconhecia, e tudo aquilo varrera a mente dela como um vento forte em um campo de cevada, deixando-o confuso e desordenado. Ela conseguia imaginar Anthony esperando, tantos anos antes, checando o relógio e procurando pelo rosto de Therese na multidão, ou o lampejo do casaco azul-claro dela. Podia sentir o pânico nauseante se espalhando pelo estômago dele, como uma gota de tinta em uma tigela de água, enquanto os minutos passavam e ela não aparecia. Mas Laura nunca poderia saber como fora a angústia de tirar o fôlego, de torcer as entranhas, de gelar o sangue, que ele certamente sentira quando seguira o som da sirene da ambulância e a encontrara caída na calçada, morta. Anthony se lembrava de cada detalhe: a moça de chapéu azul forte que sorrira para ele na esquina da Great Russell Street; o momento em que ouvira a sirene, às 11h55; o cheiro de queimado saindo da padaria, e as fileiras de bolos e doces na vitrine. Ele conseguia se lembrar do som do tráfego, das vozes sussurradas, da manta branca que cobria o rosto dela, e de que, mesmo enquanto a maior das escuridões se abatia sobre ele, o sol inclemente continuava a brilhar. Os detalhes da morte de Therese, depois de compartilhados, forjaram uma intimidade entre Anthony e Laura que ambos respeitavam, e que deixaram Laura perturbada. Mas por que naquele momento? Por que, depois de quase seis anos, ele contara a ela exatamente naquele momento? E Laura tinha certeza de que havia mais alguma coisa. Alguma coisa que não fora dita. Anthony parara antes de terminar tudo o que tinha para dizer.

Anthony puxou as pernas para cima da cama e ficou deitado, olhando para o teto, se lembrando das noites que lhe eram tão caras, que passara ali com Therese. Ele se virou de lado e curvou os braços em um abraço vazio, desejando se lembrar da sensação de quando o espaço fora preenchido pelo corpo vivo e quente dela. Do lado de fora, os trovões ribombavam, enquanto as lágrimas silenciosas que Anthony se permitia tão raramente corriam pelo rosto dele. Finalmente se cansara de uma vida inteira de culpa e de luto. Mas não conseguia se arrepender de ter continuado sem Therese. Teria preferido milhões de vezes viver com ela, mas desistir quando ela morreu seria o maior dos erros — jogar fora o dom que fora arrancado dela teria sido um ato de terrível ingratidão e covardia. Assim, ele encontrara um modo de continuar a viver e escrever. A dor surda da perda terrível nunca o abandonara, mas ao menos a existência dele tivera um propósito que lhe dera uma esperança preciosa, ainda que precária, do que viria a seguir. A morte era uma certeza. Reunir-se novamente com Therese não era. Naquele momento, porém, ele enfim ousava ter esperança.

Ele conversara com Laura naquela tarde, mas ainda não contara a ela que estava partindo. Tivera a intenção de dizer, mas bastou um olhar para o rosto preocupado dela e as palavras haviam se dissolvido em sua boca. Em vez disso, contara a Laura sobre Therese e ela chorara pelos dois. Anthony nunca vira Laura chorar. E não era de forma alguma sua intenção. Ele não buscava pesar ou, que Deus não permitisse, pena. Queria só dar a ela uma justificativa para o que estava prestes a fazer. Mas ao menos as lágrimas de Laura eram uma prova de que ele havia feito a escolha certa. Ela era capaz de sofrer e de se alegrar pelos outros e de reconhecer o valor deles. Ao contrário da impressão que costumava passar, não era mera espectadora da vida alheia. Era capaz de se envolver. Sua capacidade de cuidar era instintiva. Essa era a maior qualidade de Laura, e sua maior vulnerabilidade. Ela havia se queimado na vida, e Anthony sabia que isso deixara uma marca. Laura nunca contara a ele o que acontecera, mas ele sabia de qualquer forma. Laura construíra uma nova vida, criara uma nova pele, mas em algum lugar havia um ferimento oculto, ainda vermelho, rígido e inflamado, dolorido ao toque.

Anthony fitou a fotografia encostada no travesseiro ao lado dele. Não havia manchas no vidro ou na moldura. Laura cuidava disso. Ela tomava conta de todas as partes da casa, de cada peça, com um orgulho e uma ternura que só podiam ser fruto do amor. Anthony via tudo isso em Laura, e sabia que havia escolhido bem. Ela compreendia que tudo tinha um valor muito maior que o dinheiro — as coisas tinham uma história, uma memória e, mais importante, um lugar único na vida de Padua. Porque Padua era muito mais que apenas uma casa, era um refúgio para a cura. Um abrigo onde se podia lamber as feridas, secar as lágrimas e construir novos sonhos — no entanto, demorava. Demorava o tempo necessário para que uma pessoa arrasada estivesse forte o bastante para voltar a encarar o mundo. E Anthony esperava que, ao escolher Laura para completar a tarefa dele, acabasse libertando-a. Porque sabia que, para Laura, Padua era um exílio — confortável e autoimposto, mas ainda assim um exílio.

Do lado de fora, a tempestade passou e o jardim estava lavado. Anthony se despiu e se entregou uma última vez ao abraço frio das cobertas, na cama que compartilhara com Therese. Naquela noite, os sonhos permaneceram distantes e ele dormiu profundamente até o amanhecer.

8

Eunice

1975

Bomber pegou a mão de Eunice e apertou com força, enquanto Pam se encolhia de horror diante da mobília incomum. Parecia ser feita de ossos humanos. Ela se virou para fugir, mas o irritado Leatherface a agarrou, e, bem no momento que estava prestes a empalar a pobre moça em um espeto de churrasco, Eunice acordou.

Eles tinham visto *Massacre no Texas* em um cineclube local na noite anterior, e ambos ficavam horrorizados. Mas não fora o pesadelo que despertara Eunice, e sim um sonho se tornando realidade. Ela saiu da cama e entrou rapidamente no banheiro, onde sorriu feliz para o próprio reflexo ligeiramente desgrenhado. Bomber havia segurado a mão dela. Apenas por um momento, mas havia segurado de verdade a mão dela.

Mais tarde, naquela manhã, a caminho do escritório, Eunice alertou a si mesma para ser cuidadosa. Sim, Bomber era amigo dela, mas também era seu chefe, e ela ainda tinha um trabalho a fazer. Diante da porta verde na Bloomsbury Street, Eunice parou por um momento e respirou fundo antes de subir correndo as escadas. Douglas se arrastou para cumprimentá-la com o entusiasmo de sempre, e Bomber chamou da cozinha:

— Chá?
— Sim, por favor.

Eunice se sentou diante da mesa e começou a examinar com atenção a correspondência.

— Dormiu bem?

Bomber pousou uma caneca fumegante diante dela e Eunice ficou horrorizada ao ver que ruborizava.

— Foi a última vez que deixei você escolher o filme — continuou ele, sem notar o embaraço dela, ou talvez tendo a gentileza de ignorar. — Não preguei os olhos na noite passada, embora tivesse Douglas para me proteger, e deixei a luminária na cabeceira acesa!

Eunice riu enquanto sentia o rubor ceder. Bomber sempre conseguia deixá-la confortável. O restante da manhã passou com a tranquilidade de sempre e, na hora do almoço, Eunice saiu para comprar sanduíches na padaria da sra. Doyle. Os dois estavam sentados juntos, comendo queijo e picles no pão de grãos, e olhando para fora da janela, quando Bomber se lembrou de uma coisa.

— Você não disse que o seu aniversário é no próximo domingo?

Eunice voltou a sentir o rosto quente.

— Sim. É.

Bomber passou um pedaço de queijo para Douglas, que estava babando, esperançoso, aos pés dela.

— Vai fazer alguma coisa espetacular?

Aquele havia sido o plano original. Eunice e Susan, a melhor amiga dela da escola, sempre diziam que celebrariam o aniversário de vinte e um anos de ambas, com apenas dias de diferença, passando a data em Brighton. Eunice nunca fora muito chegada a festas, e os pais dela estavam dispostos a pagar pela viagem, em vez de pagar por um salão com um bar e um DJ cabeludo. Mas Susan arrumara um namorado, um sósia de David Cassidy, que trabalhava no Woolworths, e, ao que parecia, planejava uma surpresa para o aniversário dela. Susan lamentara muito, mas ainda assim escolhera o novo amor em lugar da antiga amizade. Os pais haviam se oferecido para viajar com ela, mas não era exatamente isso o que Eunice queria. Bomber ficou consternado.

— Eu vou com você! — se ofereceu. — Isto é, se você não se incomodar de ter o velho chefe na sua cola.

Eunice ficou empolgada. Mas tentou com todas as forças não demonstrar.

— Tudo bem. Acho que consigo aguentar. — Ela sorriu. — Só espero que você acompanhe o meu ritmo!

No sábado de manhã, Eunice foi ao cabeleireiro para cortar e arrumar o cabelo e fazer as unhas. À tarde, depois de checar pela enésima vez a previsão da meteorologia para o domingo, experimentou praticamente todas as peças de roupa do armário, em todas as combinações possíveis. Acabou se decidindo por uma calça roxa de cintura alta e boca larga, uma blusa florida e um chapéu roxo com uma aba enorme e frouxa para combinar com as unhas recém-pintadas de roxo.

— Como estou? — perguntou ao pai e à mãe, enquanto desfilava de um lado para o outro na sala de estar, atrapalhando a visão de *The Two Ronnies* na televisão.

— Você está linda, querida — respondeu a mãe.

O pai assentiu, confirmando, mas não disse nada. Ele aprendera, ao longo dos anos, que era mais inteligente deixar as opiniões sobre moda para as mulheres da casa.

Naquela noite, Eunice mal conseguiu dormir, mas, quando enfim adormeceu, sonhou com Bomber. O dia seguinte seria extraordinário!

9

Parecera um dia perfeitamente comum. Mas, nas semanas que seguiram, Laura vasculhou a memória, buscando pistas que pudesse ter deixado escapar, ou presságios em que não prestara atenção. Com certeza ela deveria ter percebido que alguma coisa terrível iria acontecer, não é? Laura achava que deveria ser católica. Tinha uma imensa facilidade em se sentir culpada.

Naquela manhã, Anthony saiu para sua caminhada de sempre. A única coisa diferente foi que ele não levou a bolsa que costumava levar. Era uma linda manhã, e, quando Anthony voltou, Laura reparou em como ele parecia feliz — relaxado como ela não o via fazia muito tempo. Em vez de ir direto para o escritório, Anthony pediu que Laura levasse café para ele no jardim, onde ela o encontrou conversando com Freddy sobre as rosas. Enquanto pousava a bandeja na mesa do jardim, Laura evitou deliberadamente encontrar o olhar de Freddy. Sentia-se desconfortável na presença dele, talvez por achá-lo atraente. Freddy tinha uma autoconfiança tranquila, e fora abençoado tanto com charme quanto com uma boa aparência, o que Laura achava muito inquietante. Ele era jovem demais para ela, de qualquer modo, pensou Laura, e na mesma hora desdenhou de si mesma por considerar aquela possibilidade.

— Bom dia, Laura. Está uma linda manhã.

Agora ela se viu obrigada a olhar para ele, que sorriu e a encarou nos olhos. O constrangimento fez Laura soar antipática e fria.

— Sim, linda.

E agora ela estava enrubescendo. Não de um modo lisonjeiro, com um belo rosado, mas com um vermelho-vivo, que se espalhou em manchas pelo rosto dela, dando a impressão de que tinha acabado de tirar a cabeça do forno. O frescor e a tranquilidade de Padua logo restabeleceram o equilíbrio de Laura, e ela subiu a escada para trocar as flores no andar de cima. A porta do quarto principal estava aberta, e Laura entrou para se certificar de que tudo se matinha em ordem. O cheiro de rosas estava fortíssimo naquele dia, embora as janelas estivessem fechadas. O relógio no hall do andar de baixo badalou o meio-dia, e Laura automaticamente checou o relógio de pulso. O relógio de pêndulo a cada dia adiantava um pouco mais, e ela precisava se lembrar de mandar consertá-lo. O relógio de pulso dela marcava 11h54, e, de repente, uma ideia lhe ocorreu. Laura pegou o relógio esmaltado azul na prateleira de Therese e observou o ponteiro dos minutos seguir ritmicamente ao redor dos números. Quando chegou ao doze, parou. De vez.

Anthony almoçou no jardim de inverno, e quando Laura recolheu a bandeja ficou encantada ao ver que ele comera quase tudo. Fosse o que fosse que o estivesse perturbando nos últimos meses talvez tivesse sido resolvido, ou talvez a visita do médico houvesse garantido alguma melhora na saúde dele. Laura também se perguntou se o fato de Anthony enfim compartilhar com ela a história de Therese teria ajudado de alguma forma. Independentemente do que fosse, ela ficou satisfeita. E aliviada. Era maravilhoso vê-lo parecendo tão bem.

Ela passou a tarde examinando as contas de Anthony. Ele ainda recebia algum dinheiro em razão dos direitos autorais dos livros que escrevera e, de vez em quando, era convidado para ler em algum clube de leitura, ou em alguma biblioteca. Depois de umas duas horas debruçada sobre a papelada, Laura se recostou na cadeira. Estava com o pescoço dolorido, e as costas a incomodavam. Ela esfregou os olhos cansados e registrou mentalmente, pela centésima vez, que precisava fazer um exame de vista.

No fim, Anthony não resistiu à atração do escritório e Laura o ouviu entrar lá e fechar a porta. Ela guardou as folhas que estavam a sua frente nas respectivas pastas de arquivo e saiu para esticar as pernas no jardim, sentindo o sol no rosto. Era o fim da tarde, mas o sol ainda estava quente e o zumbido das abelhas nas madressilvas pulsava no ar abafado. As rosas estavam magníficas. Flores de todos os formatos, tamanhos e rotinas se combinavam para criar um mar tremulante de aroma e cor. O gramado era um quadrado perfeito de um verde luxuriante, e as árvores frutíferas e arbustos no fundo do jardim germinavam com a promessa de uma recompensa no fim do verão. Freddy claramente tinha um dom no que se referia a cultivar coisas. Quando Laura começara a trabalhar com Anthony, a única parte bem cuidada do jardim eram os canteiros de rosas. O gramado tinha falhas e estava cheio de ervas daninhas, as árvores haviam sido abandonadas e seus galhos não sustentavam o peso das frutas. Mas, nos dois anos desde que Freddy começara a trabalhar para Padua, o jardim tinha voltado à vida. Laura se sentou na grama quente e abraçou os joelhos. Sempre relutava em deixar Padua no fim do dia, mas em tardes como aquela era ainda mais difícil. O apartamento em que morava era muito pouco atraente em comparação. Em Padua, mesmo quando estava sozinha, nunca se sentia solitária. No apartamento sentia-se solitária o tempo todo.

Desde que se separara de Vince, não houvera outra relação de longo prazo. O fracasso do casamento abalara a confiança dela e debochara de seu orgulho juvenil. O casamento havia sido organizado tão rapidamente que a mãe tinha perguntado se ela estava grávida. Não estava. Laura simplesmente havia sido arrebatada por um belo Príncipe Encantado que lhe prometia o mundo. Mas o homem com quem ela acabara se casando era um canalha vistoso que, em vez de dar o mundo a Laura, lhe dera uma vida insípida no subúrbio. Os pais dela haviam feito tudo o que podiam para convencê-la a esperar — até estar mais velha, até ter mais noção do que queria. Mas Laura era jovem e impaciente, teimosa mesmo, e se casar com Vince lhe parecia um atalho para a vida adulta. Ela ainda conseguia se lembrar do sorriso triste e ansioso no rosto da mãe, enquanto via a filha atravessar a nave da igreja. O pai fora menos hábil em esconder sua apreensão, mas felizmente a maior parte da congregação presumiu que as lágrimas que escorriam por seu rosto eram de felicidade e orgulho. O pior de tudo foi que, no dia do seu casamento, Laura também tivera medo, pela primeira vez, de estar cometendo um erro. Suas dúvidas foram enterradas sob uma montanha de confete e de champanhe, mas ela tivera razão em temer. O amor que sentia por Vince era imaturo, fantasioso, se instalara com a mesma rapidez com que haviam sido impressos os convites com borda prateada, e era tão etéreo quanto o vestido que ela usara para entrar na nave da igreja.

Naquela noite, Laura jantou diante da TV. Não estava realmente com fome, e não estava realmente assistindo ao que passava na tela. Acabou desistindo do jantar e da TV, destrancou a porta e saiu para a varanda apertada do apartamento, para olhar o céu muito escuro. Ela se perguntou quantas outras pessoas no mundo estariam olhando para aquele mesmo céu vasto, naquele exato momento. Aquilo a fez se sentir pequena e muito solitária.

10

O céu de verão à meia-noite era como uma aquarela em tinta escura pontilhada por toda parte com o glitter das estrelas. O ar ainda estava quente quando Anthony desceu a trilha em direção ao roseiral, inspirando o perfume intenso das flores preciosas que ele plantara tantos anos antes para Therese, logo que eles se mudaram para a casa. Ele estivera na agência do correio, seus passos ecoando suavemente nas ruas vazias da cidadezinha. A carta que enviara era o ponto-final da história dele. O advogado a entregaria a Laura quando chegasse a hora. E agora Anthony estava pronto para partir.

Eles haviam se mudado para a casa em uma quarta-feira. Therese a encontrara.

— É perfeita! — dissera ela.

E era. Os dois tinham se conhecido poucos meses antes, mas não haviam precisado de um período "aprovado" para se comprometerem um com o outro. A atração fora instantânea, tão ilimitada quanto o céu que se erguia acima dele naquele momento. A princípio o sentimento o assustara, ou melhor, o medo da perda o assustara. Certamente era poderoso demais, perfeito demais para durar. Mas Therese tivera uma fé absoluta neles. Os dois haviam se encontrado e aquilo era como deveria ser. Juntos eram sagrados. Ela fora batizada em homenagem a Santa Teresinha das Rosas, ou Saint Therese, e por isso Anthony plantara o jardim como um presente para a amada.

Ele passou o mês de outubro de galochas, escavando o jardim para os novos canteiros, os pés afundados em adubo de esterco, enquanto Therese lhe levava xícaras de chá e encorajamento. As rosas chegaram em uma manhã úmida e enevoada de novembro, e Anthony e Therese passaram o dia plantando no jardim, ao redor de um perfeito trecho gramado, sentindo o nariz e os dedos dos pés e das mãos congelarem. Mas a paleta de cores desbotada pelo clima, que pintava o jardim naquele novembro, recebeu pinceladas das cores do arco-íris com as descrições que Therese lia alto nas etiquetas com o nome de cada rosa. Havia a aromática e cor-de-rosa "Albertine" para escalar o arco em treliças que levava ao relógio de sol; a "Grand Prix", de um vermelho-sangue aveludado; a "Gorgeous", de um cobre intenso; a "Mrs. Henry Morse", de um vermelho-prateado; o vermelho-escuro da "Etoile de Hollande"; as pétalas de um amarelo pálido, permeada de ametista, da "Melanie Soupert"; e o vermelhão e ouro velho da "Queen Alexandra". Nos quatro cantos do gramado, eles plantaram as rosas pendentes padrão — "Albéric Barbier", "Hiawatha", "Lady Gay" e "Shower of Gold" —, e, quando tudo estava terminado, os dois ficaram parados muito juntos, sob a luz melancólica de um crepúsculo de inverno. Therese beijara Anthony nos lábios e colocara alguma coisa pequena e redonda na mão fria e marcada dele. Era uma imagem de Santa Teresinha das Rosas emoldurada em metal dourado e vidro, no formato de um medalhão.

— Ganhei de presente na minha Primeira Comunhão — explicou ela. — É para você, como agradecimento pelo meu lindo jardim, e para lembrá-lo de que vou amá-lo pela eternidade, não importa o que aconteça. Me prometa que o manterá com você para sempre.

Anthony sorrira.

— Prometo — declarara solenemente.

Lágrimas escorreram mais uma vez pelo rosto de Anthony enquanto ele ficava de pé, sozinho, entre as rosas, em uma linda noite de verão.

Sozinho e desolado enquanto se lembrava do beijo de Therese, das palavras dela e da sensação do medalhão pressionado contra sua mão.

O medalhão que ele perdera.

Estava em seus bolso quando esperava por Therese na esquina da Great Russell Street. Mas ela não aparecera, e, quando ele voltara para casa naquele dia, havia perdido os dois. Ele voltou para procurar o medalhão. Procurou pelas ruas e pelas valas e sarjetas, ainda que soubesse que era uma tarefa sem esperança de sucesso. Era como se tivesse perdido Therese duas vezes. O medalhão era o fio invisível que o teria conectado a ela mesmo depois de sua partida, mas agora se fora, e ele quebrara a promessa que havia feito a Therese. O conteúdo do escritório dele era a prova da tentativa de reparação daquela perda. Mas será que fizera o bastante? Estava prestes a descobrir.

A grama ainda estava quente e cheirava a feno. Anthony se deitou e esticou os membros longos e frágeis na direção das pontas de uma bússola imaginária, pronto para partir em sua jornada final. O perfume das rosas o atingia em ondas. Ele levantou os olhos para o oceano sem limites do céu acima, e escolheu uma estrela.

11

Ela achou que ele estivesse dormindo. Sabia que era absurdo, mas a alternativa era impensável.

Laura chegou na hora de sempre e, ao encontrar a casa vazia, achou que Anthony houvesse saído para sua caminhada. Ela foi até a cozinha, preparou o café e tentou ignorar o barulho. Mas o som foi ficando mais rápido, mais alto, mais intenso. Como os batimentos do coração dela. No jardim de inverno, Laura encontrou a porta que levava para o jardim aberta, e saiu, com a sensação de estar caminhando sobre a prancha de um navio pirata. Anthony jazia coberto de pétalas de rosas, os membros abertos sobre a grama úmida de orvalho. A distância, era possível imaginar que estivesse adormecido, mas, ao chegar mais perto, não havia esse conforto. Os olhos, antes azuis, ainda estavam abertos, agora com um véu leitoso, e não saía ar algum da boca; os lábios estavam roxos. Relutante, Laura roçou a ponta dos dedos no rosto dele. A pele cerosa estava fria. Anthony se fora e deixara um cadáver para trás.

E agora ela estava sozinha na casa. O médico e o agente funerário já tinham chegado e ido embora. Eles haviam conversado aos sussurros e lidado com a morte de um modo gentil e eficiente, afinal era o meio de vida de ambos. Laura se pegou desejando que Freddy estivesse ali, mas aquele não era um dos dias dele em Padua. Ela se sentou diante da mesa da cozinha, vendo outra xícara de café esfriar, o rosto muito vermelho e rígido, marcado por lágrimas furiosas. Naquela manhã, o mundo de Laura fora levado para longe como penas ao vento. Anthony e Padua haviam se tornado a vida dela. Não tinha ideia do que faria. Pela segunda vez na vida, sentia-se completamente perdida.

O relógio no hall de entrada bateu seis horas, mesmo assim Laura ainda não havia conseguido se forçar a ir para casa. Ela agora percebia que já estava em casa. O apartamento era apenas um lugar para onde ia quando não podia estar ali. As lágrimas voltaram a escorrer por seu rosto. Precisava fazer alguma coisa — alguma atividade, uma distração, mesmo que de curto prazo. Faria o trabalho dela. Ainda tinha a casa e tudo o que havia dentro dela para tomar conta. Por ora. Seguiria fazendo o que precisava fazer até que alguém lhe dissesse para parar. Laura começou uma ronda por Padua — primeiro o andar de cima, para checar se estava tudo em ordem. No quarto principal, ela ajeitou as cobertas e afofou os travesseiros, desprezando a impressão absurda de que alguém havia dormido ali recentemente. O aroma de rosas era avassalador, e a fotografia de Anthony e Therese estava caída no chão. Laura pegou o porta-retratos e o colocou novamente no lugar, em cima da penteadeira. O reloginho azul havia parado, como sempre. Às 11h55. Ela girou a chavinha até o relógio voltar a tiquetaquear, como o bater de um minúsculo coração. Então, passou pela janela saliente sem olhar para o jardim. No quarto de Anthony, Laura se sentiu constrangida de um modo que nunca acontecera quando ele estava vivo. Parecia íntimo demais, uma intrusão inapropriada. O travesseiro ainda cheirava ao sabonete que ele sempre usava. Ela afastou os pensamentos indesejados de estranhos mexendo nas coisas dele. Não tinha ideia de quem seria o parente mais próximo de Anthony. No andar de baixo, Laura fechou as janelas do jardim de inverno e trancou a porta que dava para o lado de fora. A fotografia de Therese estava virada em cima da mesa. Laura pegou-a e olhou para a mulher por quem Anthony vivera e morrera.

— Espero em Deus que vocês se encontrem — disse baixinho, antes de recolocar a foto de pé novamente. E se perguntou se aquilo contava como uma prece.

No hall de entrada, ela ficou parada perto da porta do escritório. Sua mão pairou acima da maçaneta, assustada, como se pudesse acabar queimada se a tocasse, então deixou a mão cair ao lado do corpo. Laura estava louca para ver que segredos aquele cômodo poderia guardar, mas o escritório era o reino particular de Anthony, um lugar onde ela nunca fora convidada a entrar. Ainda não conseguia se decidir se a morte dele havia mudado aquilo ou não.

Laura tomou coragem e saiu para o jardim pela porta da cozinha. Era fim de verão, e as rosas haviam começado a perder as pétalas, como o tecido frágil dos vestidos de baile já muito usados se soltando das costuras. O gramado estava perfeito de novo. Não havia qualquer marca de um cadáver. Ora, o que ela esperara? Não aquilo. Laura ficou parada no meio da relva, no fluxo e refluxo do calor do sol, o aroma de rosas no ar, e se sentiu menos abatida... estranhamente tranquilizada.

No caminho de volta para casa, o brilho do sol se pondo refletiu no vidro inclinado de uma janela. Era a janela do escritório, que ficara aberta. Laura não poderia deixá-la daquele jeito. Agora teria que entrar. Quando chegou à porta, se deu conta de que não tinha ideia de onde Anthony guardava a chave quando não estava no bolso. Enquanto tentava pensar onde poderia estar, seus dedos se fecharam ao redor da maçaneta fria de madeira. Ela virou tranquilamente sob o toque de Laura, e a porta do escritório se abriu.

12

Prateleiras e gavetas, prateleiras e gavetas, prateleiras e gavetas; três paredes estavam completamente ocupadas. As cortinas de renda nas janelas francesas se movimentavam ao ritmo do ar da noite, que soprava gentilmente através da abertura na janela. Mesmo à meia-luz, Laura podia ver que cada prateleira estava cheia e, sem precisar olhar, ela soube que todas as gavetas também estariam. Aquilo era o trabalho de uma vida.

Laura deu a volta pelo escritório, observando o conteúdo, assombrada. Então aquele era o reino secreto de Anthony: uma coleção de objetos perdidos e desgarrados, meticulosamente etiquetados e amados. Porque Laura conseguia ver que o que havia ali era muito mais que coisas, muito mais que objetos aleatórios arrumados nas prateleiras para decorá-las. Eram peças importantes. Que importavam de verdade. Anthony passava horas todos os dias naquele cômodo, com aquelas coisas. Laura não tinha ideia do motivo, mas sabia que devia haver uma razão muito boa, e, de algum modo, por Anthony, ela daria um jeito de manter tudo aquilo seguro. Laura abriu a gaveta mais próxima e pegou a primeira coisa que viu. Era um botão grande, azul-escuro, que parecia ter pertencido a um casaco feminino. Na etiqueta estava anotado quando e onde fora encontrado. Lembranças e explicações começaram a surgir na mente de Laura, como tentáculos buscando conexões que ela podia sentir, mas ainda não conseguia compreender exatamente.

Laura segurou no encosto da cadeira para se firmar. Apesar da janela aberta e da corrente de ar que entrava, o escritório estava abafado. Carregado de histórias. Do que se tratava tudo aquilo? Fora inspirado naquelas coisas que Anthony havia escrito as histórias dele? Laura lera todas e se lembrava muito bem da que tinha como tema o botão azul. Mas de onde tinham vindo todas aquelas coisas? Ela passou a mão pela pelúcia macia do ursinho que estava caído, desamparado, contra a lateral de uma lata de biscoitos, em uma das prateleiras. Aquilo seria um museu de peças perdidas da vida de pessoas reais, ou o material para a ficção de Anthony? Talvez ambos. Laura pegou um elástico de cabelo enfeitado, verde-limão, que estava ao lado do ursinho, na prateleira. Provavelmente custara poucas libras quando novo, e uma das flores que o decoravam estava bem lascada, embora tivesse sido guardado com cuidado e devidamente etiquetado, como todos os outros objetos ali. Laura sorriu ao se lembrar de si mesma como estudante, com tranças caindo pelas costas, presas com elásticos enfeitados como aquele.

Elástico de cabelo verde-limão enfeitado com flores de plástico. Encontrado em um parquinho infantil, em Derrywood Park, em 2 de setembro...

Era o último dia das férias de verão, e a mãe de Daisy havia lhe prometido uma surpresa especial. Elas fariam um piquenique.

No dia seguinte, Daisy começaria em sua nova escola, uma escola grande. Ela estava com onze anos. A escola antiga não fora um sucesso. Ora, ao menos não para ela. Daisy era bonita o bastante, com belos cabelos escuros e longos; e inteligente o bastante, mas não era esperta o bastante. Não usava óculos ou aparelhos nos dentes. Mas aquilo não era o suficiente para mantê--la camuflada. Ela via o mundo através de lentes ligeiramente diferentes das outras crianças — nada óbvio demais, apenas ligeiramente fora do eixo. Uma discreta fragilidade. Mas Ashlyanne Johnson e seu bando de aprendizes de cre-

tinas logo farejaram a diferença. Elas puxavam as tranças de Daisy, cuspiam em seu almoço, faziam xixi em sua mochila e rasgavam o paletó do uniforme dela. Não era o que faziam que mais a aborrecia, e sim o modo como faziam que se sentisse: inútil, fraca, assustada, patética. Sem valor.

A mãe de Daisy ficara furiosa quando descobrira. A menina não tinha contado nada pelo máximo de tempo que conseguiu, mas, quando começou a molhar os lençóis à noite, teve de ser sincera. No entanto, aquilo só provava como ela era patética — uma garota crescida, de onze anos, fazendo xixi na cama. A mãe fora falar na mesma hora com a diretora da escola e quase matara a mulher de susto. Depois disso, a escola fez o possível, que não era muito, e Daisy se concentrou no fim do ano escolar, com os dentes cerrados e o cabelo bem curtinho. Ela mesma cortara as tranças com a tesoura da cozinha e, quando a mãe vira, chorara. Ao longo do verão o cabelo havia crescido novamente, não o bastante para que ela conseguisse fazer tranças, mas sim para um rabo de cavalo. E naquele dia ela usava elásticos novos, de um verde forte, enfeitados com margaridas. "Daisies para Daisy", dissera a mãe, já que o nome Daisy significa margarida. Sentada diante do espelho, admirando as flores no elástico, Daisy sentia o estômago dar cambalhotas como as engrenagens de uma bicicleta. E se no dia seguinte as novas colegas olhassem no rosto da menina no espelho e não gostassem do que viam?

Annie fechou o zíper da bolsa térmica, satisfeita por ter incluído todas as comidas preferidas da filha no piquenique: sanduíches de queijo e abacaxi (no pão integral com sementes), batatas chip com sal e vinagre, donuts com creme, biscoitinhos de arroz e refrigerante de gengibre para beber. Ainda conseguia sentir a vontade de cometer uma violência física borbulhando em seu peito, mais atiçada que aplacada pela reação daquela diretora idiota, afetada, que mal era capaz de controlar uma cesta de gatinhos adormecidos, quanto mais uma escola cheia de crianças mimadas e privilegiadas, a maior parte delas já certa de que o mundo lhes devia uma casa, um bebê e o par de tênis Nike mais moderno. Depois que o pai de Daisy partira, Annie, agora uma mãe solteira, tivera de se esforçar muito para criar a filha. Ela trabalhava em dois empregos de meio período, e o apartamento em que moravam talvez não ficasse na melhor área da cidade, mas era limpo, aconchegante e era delas. E Daisy era uma boa menina. Mas ser boa era ruim. No universo escolar onde Daisy tinha de sobreviver, as coisas que Annie ensinava à filha não eram o bastante. Decência, boas maneiras, gentileza e trabalho duro eram encarados, na melhor das hipóteses, como peculiaridades, mas na gentil Daisy tudo isso era visto como fraqueza — defeitos pelos quais a menina era cruelmente punida. Assim, Annie precisou ensinar mais uma lição à filha.

O sol já estava alto e quente quando elas chegaram ao parque, e a grama estava cheia de grupos de mulheres jovens armadas com carrinhos de bebês, crianças uivando, telefones celulares e cigarros Benson & Hedges. A mãe deu a mão a Daisy e elas atravessaram o parquinho infantil gramado na direção do bosque que ficava na parte de trás do parque. Não estavam passeando, andavam com passo firme, na direção de um lugar específico. Daisy não sabia qual era, mas podia sentir a determinação da mãe. O bosque era como outro mundo — frio, silencioso e vazio, a não ser pelos pássaros e esquilos.

— Eu vinha muito aqui com o seu pai.

Daisy olhou para a mãe com uma expressão inocente nos olhos.

— Por quê?

A mãe sorriu, lembrando. Ela pousou a bolsa térmica no chão e levantou os olhos para o céu.

— Chegamos — disse.

A bolsa térmica estava aos pés de um enorme carvalho, inclinado e retorcido como um velho torturado pela artrite. Daisy olhou por entre os galhos, vendo relances de azul através da abóbada oscilante das folhas.

Vinte minutos mais tarde, ela estava sentada naquela abóbada, olhando para a bolsa térmica lá embaixo.

Quando a mãe anunciara que elas iam subir na árvore, Daisy achou que fosse brincadeira. Entretanto, como a declaração não foi seguida do fim da piada ou de uma risadinha, a menina se refugiou no medo.

— Não consigo — disse.

— Não consegue ou não quer?

Os olhos de Daisy ficaram marejados, mas a mãe estava determinada.

— Você não vai saber se consegue, ou não, até tentar.

O silêncio e a imobilidade que se seguiram pareceram eternos. No fim, a mãe voltou a falar:

— Neste mundo, Daisy, nós somos minúsculas. Não conseguimos vencer sempre, ou estar sempre felizes. Mas uma coisa que sempre podemos fazer é tentar. Sempre haverá lixo no mundo — os lábios de Daisy se inclinaram em um breve sorriso *—, e você não vai conseguir mudar isso. Mas pode mudar como essas pessoas fazem você se sentir.*

Daisy não estava convencida ainda.

— Como?

— Subindo nesta árvore comigo.

Aquilo foi a coisa mais assustadora que Daisy já tinha feito na vida. Contudo, em algum ponto antes de chegarem ao topo da árvore, algo estranho aconteceu. O medo de Daisy saiu voando como plumas ao vento. Aos pés da árvore, ela era minúscula, e a árvore um gigante invencível. No topo, a árvore ainda era enorme, mas, por mais minúscula que Daisy fosse, havia conseguido subir até ali.

Aquele foi o melhor dia das férias de verão. Quando elas finalmente voltaram para casa, atravessando o playground, o parque estava quase vazio, e um homem estava prestes a aparar o gramado com um cortador de grama. Os cabelos de Daisy haviam se soltado durante a subida na árvore, e ela tirou os elásticos e guardou no bolso. Quando chegou em casa, percebeu que um deles estava faltando. Depois do triunfo da tarde, Daisy mal se importou. Já pronta para dormir, naquela noite, com o uniforme da escola nova pendurado na porta do guarda-roupa, a menina percebeu que o rosto que a olhava de volta no espelho guardava uma nova expressão: feliz e empolgada. Naquele dia, Daisy aprendera a vencer um gingante e, no dia seguinte, iria para uma escola muito maior.

Laura devolveu a presilha de cabelo para a estante, saiu do escritório e fechou a porta. O reflexo que viu no espelho do hall de entrada era do rosto que pertencia à antiga Laura, antes de Anthony e de Padua: abatido, derrotado. O relógio marcou nove horas da noite. Precisava ir embora. Ela pegou as chaves na tigelinha que ficava em cima da mesa do hall, onde sempre a deixava. Mas agora havia mais uma chave ali. Embaixo do molho de chaves da casa e do carro de Laura, havia uma única chave grande, para uma porta interna. De repente, Laura compreendeu, e o rosto no espelho se transformou, se abrindo em um lento sorriso. Anthony deixara a porta do seu reino secreto destrancada para ela. A confiança dele ressuscitou a determinação que sua morte havia dissipado. Naquele dia, ela recebera um reino em confiança, e no dia seguinte começaria a desvendar seus segredos.

13

Eunice

1976

Arrogantemente instalada diante da mesa de Eunice, Portia bateu a cinza do cigarro dentro de um pote de clipes de papel. Eunice havia ido até o outro lado da rua, com Douglas, para comprar donuts na padaria da sra. Doyle, e Bomber estava fora, visitando um cliente. Portia bocejou e tragou com vontade o cigarro. Estava cansada, entediada e de ressaca. Bebera vodca demais com Trixie e Myles na noite anterior. Ou melhor, naquela madrugada. Só voltara para casa às três da manhã. Ela pegou um manuscrito da pilha que havia descuidadamente derrubado enquanto arrumava seus membros magros em uma pose de louva-a-deus.

— *Achados e perdidos* — *uma coleção de contos de Anthony Peardew* — leu em voz alta, em tom debochado. Quando virou a página do título, ela se soltou do elástico que prendia as folhas.

— Xii! — zombou, lançando a folha para o outro lado da sala. Ela espiou a primeira página como se estivesse cheirando o leite para ver se estava estragado.

— Santo Deus! Que monte de besteira. Quem quer ler uma história sobre um *botão grande azul* que caiu do casaco de uma garçonete chamada Marjory? E pensar que ele não publica o livro da própria irmã.

Ela jogou o manuscrito novamente em cima da mesa, com tamanho desdém e violência que o maço de papéis virou uma xícara ainda cheia, ensopando as folhas com uma mancha de café.

— Desgraça! — praguejou Portia, enquanto voltava a pegar as folhas encharcadas e enfiava rapidamente no meio da pilha precária da "ladeira abaixo", pouco antes de Bomber entrar na sala.

— Está chovendo a cântaros agora, mana. Você vai ficar ensopada. Quer um guarda-chuva emprestado?

Portia levantou os olhos e olhou ao redor, como se estivesse tentando localizar uma mosca nojenta, então se dirigiu ao cômodo de modo geral.

— Antes de mais nada, não me chame de "mana". Em segundo lugar, não uso guarda-chuvas, pego táxis. Em terceiro, você está tentando se livrar de mim?

— Sim — gritou Eunice. Ela subiu rapidamente as escadas, um borrão que misturava capa de chuva, um Douglas molhado e donuts.

Eunice deixou Douglas no chão, os donuts em cima da mesa de Bomber e pendurou a capa de chuva que ainda pingava.

— Acho que vamos precisar de um barco maior — resmungou, inclinando discretamente a cabeça na direção de Portia. Bomber abafou uma risada que ameaçava escapar. Eunice viu que ele estava querendo rir e começou a cantarolar a música-tema de *Tubarão*.

— O que essa garota ridícula está fazendo agora? — perguntou Portia, com a voz esganiçada e irritada, do lugar onde estava empoleirada.

— É apenas uma referência cinematográfica ao tempo inclemente — respondeu a própria Eunice, em tom animado.

Portia não se convenceu, mas estava mais preocupada com o fato de Douglas ter se arrastado para o mais perto possível dela e estar prestes a sacudir o pelo molhado em sua direção.

— Leve esse rato maldito para longe de mim — sibilou, recuando o corpo e na mesma hora caindo de costas em cima da mesa de Eunice e espalhando canetas, potes e clipes de papel pelo chão, em todas as direções.

Eunice levou Douglas para a cozinha e aplacou a mágoa do cãozinho com um donut. Mas a grosseria de Portia havia finalmente tirado do sério até o extraordinariamente tranquilo Bomber. A afabilidade costumeira desapareceu do rosto dele como um deslizamento de terra após uma tempestade. Inflamado, ele segurou Portia pelos pulsos e a tirou da mesa de Eunice.

— Limpe isso — ordenou, indicando a bagunça que ela fizera.

— Não seja tolo, meu bem — respondeu ela. Então, pegou a bolsa e procurou pelo batom lá dentro, em uma tentativa de disfarçar a surpresa e o embaraço que sentia. — Tenho gente para fazer esse tipo de coisa.

— Ora, essa gente não está aqui agora, não é? — disse Bomber, furioso.

— Não, meu bem, mas você está — disse a irmã, enquanto retocava o batom vermelho. — Seja bonzinho e me chame um táxi.

Com o rosto muito corado, ela guardou novamente o batom na bolsa e desceu as escadas, os saltos absurdamente altos fazendo barulho, para esperar o táxi que sabia que o irmão chamaria. Portia odiava quando Bomber ficava irritado com ela, mas sabia que havia merecido, e o fato de ele estar certo a deixava ainda pior. Ela era como uma criança pequena em um eterno ataque de birra. Sabia que se comportava mal, mas por algum motivo parecia não conseguir se conter. Às vezes Portia desejava que eles pudessem voltar ao tempo em que eram crianças, quando Bomber era o irmão mais velho louco por ela.

Enquanto observava a irmã sair, Bomber tentou sem sucesso reconhecer naquela mulher rígida o mais leve traço da garotinha afetuosa que ele já havia amado com tanta devoção. Já fazia anos que sofria pela irmã que perdera tanto tempo antes, a menina que ouvia fascinada cada palavra que ele dizia, que andava sentada no guidão da bicicleta dele e que carregava as iscas quando Bomber ia pescar. Em troca, ele comia as couves-de-bruxelas dela, ensinou-a a assoviar e a empurrava "alto como o céu" no balanço. Mas aquela irmã pertencia a um passado distante, e o presente de Bomber era a venenosa Portia. Ele ouviu a porta do táxi bater, e essa Portia também foi embora.

— Já é seguro sair daqui? — Eunice enfiou a cabeça pela porta da cozinha.

Bomber levantou os olhos e deu um sorriso culpado.

— Desculpe por isso — falou, indicando o chão ao redor da mesa dela. Eunice sorriu.

— Não foi culpa sua, chefe. E, de qualquer modo, não houve grandes danos.

Eles recolheram as coisas do chão e as devolveram para os lugares devidos.

— Falei cedo demais — disse Eunice, segurando com cuidado um pequeno objeto. Era a imagem de uma mulher com flores nas mãos, e o vidro dentro da moldura cor de ouro estava estilhaçado. Ela encontrara aquela medalha quando voltava para casa, depois da entrevista para trabalhar ali, e a mantinha na mesa desde então. Era seu amuleto da sorte. Bomber avaliou o estrago.

— Vai estar consertado logo, logo — garantiu.

Bomber pegou a medalha da mão de Eunice e colocou com cuidado dentro de um envelope. Então, desapareceu escada abaixo sem dizer mais nem uma palavra. Eunice terminou de recolher as coisas dela do chão e varreu as cinzas de cigarro. No momento em que a chaleira ferveu no fogão, Bomber voltou — de corpo e alma. Ensopado de novo, mas com o sorriso largo e o bom humor de sempre restaurados.

— O relojoeiro da Great Russell Street me garantiu que o vidro será substituído até amanhã à tarde, no máximo.

Eles se sentaram para tomar o chá com donuts, já bem além da hora prevista, e Douglas, finalmente convencido da partida de Portia, se deslocou de volta para a sala, torcendo por um segundo donut.

— Ela não foi sempre assim, sabe? — comentou Bomber, pensativo, enquanto mexia o chá. — Eu sei que é difícil de acreditar, mas, quando era pequena, Portia era um amor... Uma irmã mais nova muito divertida.

— É mesmo? — Eunice ouviu aquilo com um ceticismo compreensível. — O que aconteceu?

— O fundo fiduciário da tia-avó Gertrude.

A curiosidade de Eunice foi demonstrada na forma de duas sobrancelhas bem erguidas.

— Ela era tia da minha mãe. Rica, mimada e difícil. Tia Gertrudes nunca se casou, mas sempre quis ter uma filha. Infelizmente, a minha mãe não era a ideia dela de como devia ser uma menina, ou seja, não podia ser comprada com bonecas caras e vestidos bonitos. Talvez a tia tivesse tido mais sorte se oferecesse um pônei ou um trenzinho de brinquedo, de qualquer modo...

Bomber deu uma mordida no donut, espalhando geleia pelo queixo.

— Com Portia foi diferente. Minha mãe tentou intervir, recusando alguns presentes mais caros, discutindo com a megera da Gertrude, encarando a gárgula sem medo. Mas, conforme Portia crescia, a influência da nossa mãe inevitavelmente diminuiu. Furiosa com o que chamava de intromissão invejosa da mamãe, tia Gertie se vingou ao morrer. Ela deixou tudo para Portia. E era muito. É claro que Portia não poderia tocar em nada até completar vinte e um anos, mas isso não importava. Ela sabia que o dinheiro a aguardava. Assim, parou de se dar ao trabalho de construir uma vida para si mesma e começou a esperar pela vida que aconteceria naturalmente. Entenda, o legado de tia Gertie foi como uma maldição, o pior presente de todos. Deixou Portia rica, mas tirou dela qualquer senso de propósito.

— Graças a Deus não sou podre de rica, se essa é a consequência em uma garota — brincou Eunice. — Quão podre de rica exatamente?

— Em estado de decomposição.

Eunice levou para a cozinha o que tinham usado para o chá e voltou ao trabalho.

Bomber claramente ainda estava preocupado com o efeito do ataque de Portia.

— Espero que você não lamente ter vindo trabalhar aqui.

Eunice deu um sorriso de louca.

— Devo ser louca por estar em um lugar insano como este escritório — disse, em sua melhor voz de Jack Nicholson.

Bomber soltou uma gargalhada de alívio, pegou uma folha de papel no chão e a amassou em uma bola. Eunice ficou de pé em um pulo, os braços no ar.

— É comigo, Bomber, passa pra mim!

Eles tinham ido ver *Um estranho no ninho* naquela semana, pela terceira vez. Os dois agora passavam tanto tempo juntos, dentro e fora do trabalho, que Bomber não conseguia imaginar uma vida sem Eunice. O filme fora muito marcante para ambos e, no fim, os dois estavam em lágrimas. Eunice sabia o roteiro quase de cor.

— Então você não está prestes a pedir as contas e me deixar à mercê da minha irmã?

Os olhos de Bomber quase se encheram de lágrimas de novo quando Eunice respondeu com uma frase do fim do filme.

— Não vou sem você, Bomber. Não vou te deixar assim... você vem comigo. — Então ela deu uma piscadinha. — Agora, quanto ao meu aumento de salário...

14

A jovem observava enquanto a minúscula cúpula escarlate sobre patas pretas avançava pelas costas de sua mão na direção da dobra do mindinho.

— "Joaninha, joaninha, voe para casa. Sua casa está em fogo, seus filhos se foram. Todas menos uma, e ela se chama Anne, e lamento dizer: mas ela morreu."

A joaninha abriu as asas.

— Não é verdade — disse lentamente a jovem, embora estivesse recitando um poema que se esforçava para lembrar. — Isso é só uma musiquinha inventada.

A joaninha voou mesmo assim. Estava quente. Era setembro. A jovem ficou balançando as pernas no banco de madeira do pequeno gramado que dava de frente para Padua. Ela vira quando os carros pretos brilhantes pararam do lado de fora da casa. O primeiro tinha janelas grandes na lateral, e a jovem conseguiu ver uma caixa para guardar pessoas mortas lá dentro, com flores crescendo da tampa. Uma moça triste e um homem velho, mas não o homem que morava ali, saíram da casa. A jovem não sabia quem era o homem, mas já vira a moça muitas vezes antes de ela ficar triste. O homem com chapéu de chaminé levou o homem velho e a moça para o segundo carro. Então, ele foi até o carro da frente, o que guardava a caixa, e começou a andar. O homem tinha uma bengala, mas não mancava. Mas ele se movimentava bem devagar, então talvez tivesse, sim, a perna machucada. A jovem se perguntou quem estaria na caixa. Pensar era uma coisa que ela fazia devagar. Era mais rápida para sentir. Conseguia sentir felicidade ou tristeza, raiva ou empolgação, em um piscar de olhos. E conseguia sentir outras coisas também, que eram mais difíceis de explicar. Mas pensar demorava muito. Pensamentos precisavam ser colocados em ordem na cabeça, e analisados com cuidado para que o cérebro pudesse pensar. A jovem acabou concluindo que provavelmente era o homem que morava na casa que estava dentro da caixa, e ficou triste. Ele sempre tinha sido bom com ela. E mais ninguém era. Depois de um longo tempo (a jovem tinha um bom relógio, mas ela ainda não sabia brincar de "que horas são?") a moça triste voltou sozinha. A jovem coçou as costas da mão, onde as patinhas da joaninha tinham feito cócegas. Agora que o homem estava morto, a moça ia precisar de uma nova amiga.

Laura fechou a porta da frente depois de entrar em casa e tirou os escarpins pretos. A cerâmica fria do piso do hall de entrada beijou seus pés doloridos, e, mais uma vez, a paz da casa a envolveu. Ela caminhou descalça até a cozinha e se serviu de um copo de vinho da geladeira. A geladeira dela. A cozinha dela. A casa dela. Laura ainda não conseguia acreditar totalmente naquilo. No dia seguinte à morte de Anthony, havia telefonado para o advogado dele, esperando que ele soubesse se havia alguém com quem ela devesse entrar em contato — um primo distante de que nunca ouvira falar, ou um parente mais próximo designado por Anthony. O advogado pareceu estar esperando a ligação. Ele disse a Laura que Anthony o havia instruído a informá-la imediatamente após a morte dele que ela era sua única herdeira — tudo o que Anthony possuía agora pertencia a Laura. Havia um testamento, e uma carta para ela, e os detalhes de ambos seriam revelados após o funeral. Mas a primeira preocupação de Anthony havia sido despreocupá-la. Padua continuaria a ser a casa dela. A bondade dele tornou sua morte ainda mais insuportável. Laura fora incapaz de continuar a conversa ao telefone, a voz embargada. Agora já não era mais apenas o peso do luto que a esmagava, mas também o alívio que sentia por si mesma, acompanhado da culpa por ser capaz de sentir alívio em um momento daquele.

Ela levou o vídeo para o escritório e se sentou diante da escrivaninha. Sentia um estranho conforto cercada pelos tesouros de Anthony. Agora era a guardiã de tudo aquilo, e aquelas coisas lhe davam uma sensação de propósito, embora ela ainda não soubesse bem do que se tratava. Talvez a carta de Anthony explicasse melhor, então Laura poderia encontrar um modo de fazer jus à extraordinária generosidade dele. O funeral havia sido uma revelação. Laura esperava que apenas algumas poucas pessoas comparecessem, incluindo ela e o advogado de Anthony, mas a igreja estava quase cheia. Havia pessoas do mundo editorial, que haviam conhecido Anthony como escritor, e outros que só o conheciam por trocarem "bom-dia", mas ao que parecia ele tocara a vida de todos que conhecera e deixara uma marca indelével. E, é claro, havia os enxeridos: membros robustos da associação de moradores local, da associação das mulheres, da Sociedade Dramática de Amadores e os que se colocavam como padrões de superioridade moral, liderados por Marjory Wadscallop e sua fiel assistente, Winnie Cripp. As "condolências sentidas" delas — oferecidas com um pouco de entusiasmo demais quando Laura deixou a igreja — tinham sido acompanhadas por sorrisos tristes, bem treinados, e por abraços indesejados que deixaram Laura cheirando a cachorro molhado e spray de cabelo.

O botão grande azul que Laura havia pegado na gaveta em sua primeira visita ao escritório ainda estava sobre a mesa, descansando em cima da etiqueta que o descrevia.

Botão grande azul, de um casaco de mulher?
Encontrado na calçada da Graydown Street,
em 11 de novembro...

Margaret estava usando sua perigosa calcinha nova. "De seda rubi com suntuosa renda creme", como descrevera a vendedora, claramente se pergun-

tando para que Margaret estava comprando a peça. A calcinha não era nem uma prima distante dos modelos práticos que costumava usar, compradas na Marks & Spencer. No andar de baixo, o marido a esperava empolgado. Os dois estavam casados havia vinte e seis anos, e ele fizera o melhor possível para deixar claro quanto amava Margaret em cada um desses anos. Ele a amava com os punhos e com os pés. O amor dele era da cor de um hematoma. O som daquele amor era de ossos quebrados. O gosto, de sangue. Ninguém sabia, é claro. Ninguém no banco onde ele trabalhava como assistente de gerente, ninguém no clube de golfe onde era tesoureiro, e com certeza ninguém na igreja onde, no primeiro ano do casamento deles, ele nascera de novo como um batista fanático. Surrar a esposa era a vontade de Deus. Ao que parecia. Mas ninguém mais sabia — só ele, Deus e Margaret. A respeitabilidade dele era como um terno bem passado, um uniforme que ele usava para enganar o mundo exterior. Em casa, à paisana, o monstro reaparecia. Eles não tiveram filhos. Provavelmente era melhor assim. Ele talvez também tivesse amado os filhos. Então, por que ela ficava? Amor, a princípio. Ela realmente o amara. Então, medo, fraqueza, desolação? Todas as opções. Corpo e espírito esmagados por Deus e por Gordon.

— Onde está a droga do meu jantar? — bradou uma voz vinda da sala. Margaret conseguia visualizá-lo, o rosto muito vermelho, rolos de gordura escapando por cima da cintura da calça, assistindo ao jogo de rúgbi na televisão e tomando chá. Chá que Margaret preparara, com leite e dois torrões de açúcar. E seis Tramadol, um opioide usado como analgésico. Não o bastante para matá-lo... não exatamente. Mas Deus sabia que ela já aguentara o bastante. A última vez que "tropeçara" e quebrara o pulso, o médico gentil do pronto-socorro havia lhe dado uma caixa inteira. Não que ela não se sentisse tentada. Homicídio culposo com atenuante parecia uma troca justa. Mas Margaret queria que ele soubesse. O olho esquerdo dela estava quase fechado de tão inchado e tinha a cor do vinho que ele estava esperando tomar com o jantar. Margaret tocou o olho e se encolheu, mas então ouviu o sussurro baixinho da seda roçando contra a pele e sorriu. No andar de baixo, Gordon não estava se sentindo muito bem.

Quando Margaret entrou na sala de estar, olhou bem dentro dos olhos dele pela primeira vez em anos.

— Estou deixando você.

Ela esperou para garantir que ele havia compreendido. A ira nos olhos dele foi toda a confirmação de que precisava.

— Volte aqui, sua vaca idiota!

Ele tentou se levantar da cadeira, mas Margaret já deixara a sala. Ela o ouviu despencar no chão. Então, pegou a mala no hall de entrada, fechou a porta ao sair e desceu a rua sem olhar para trás. Não sabia para onde estava indo, e não se importava, desde que fosse para longe. O vento frio de novembro atingiu o rosto machucado dela. Margaret pousou a mala por um momento para fechar o botão de cima do velho casaco azul. O fio já gasto arrebentou, e o botão caiu por entre os dedos dela na calçada. Margaret pegou a mala e deixou o botão onde estava.

— Dane-se — pensou. — Vou comprar um casaco novo. Feliz aniversário, Margaret.

Laura acordou com o som de batidas. Tinha adormecido em cima da escrivaninha e agora o rosto guardava a marca do botão, que ficara por baixo. Ainda zonza de sono, ela se deu conta lentamente de que a batida vinha da porta da frente. No hall de entrada, Laura passou pela mala ainda esperando para ser desfeita. Tinha decidido que aquela noite seria a primeira que passaria em Padua. Por algum motivo, parecia certo esperar até o funeral. A batida na porta recomeçou, insistente mas não urgente. Paciente. Como se a pessoa estivesse disposta a esperar quanto tempo fosse necessário para que alguém atendesse. Laura abriu a porta e viu uma jovem com um rosto sério, em formato de lua cheia, com olhos castanhos amendoados. Ela já vira a jovem várias vezes antes, sentada no banco do outro lado do gramado, mas nunca tão de perto. A garota se ergueu em toda a sua altura de um metro e cinquenta e cinco e falou:

— Meu nome é Sunshine, e posso ser sua nova amiga.

15

— Quando a visita chegar, devo preparar uma deliciosa xícara de chá?

Laura sorriu.

— Você sabe como preparar?

— Não.

Já haviam se passado duas semanas desde o funeral de Anthony, e Sunshine havia aparecido todo dia para visitar Laura, à exceção dos domingos, quando a mãe a impedira.

— Dê um dia de folga à pobre mulher, Sunshine. Estou certa de que ela não quer você perturbando a paz e a tranquilidade dela o tempo todo.

Sunshine não se deixou abater.

— Não sou uma perturbação. Sou a nova amiga dela.

— Humm... queira ela ou não — murmurara a mãe, enquanto descascava batatas para o almoço de domingo.

A mãe de Sunshine trabalhava longas horas como cuidadora de idosos, raramente estava em casa durante o dia, e o pai dela trabalhava na ferrovia. O irmão mais velho de Sunshine supostamente deveria ficar de olho nela, mas ele quase nunca reparava em alguma coisa que não acontecesse em uma tela de alta definição, do tamanho de uma mesa de cozinha, que ocupava a maior parte de uma das paredes do quarto dele. Além do mais, a garota tinha dezenove anos. Não podiam mantê-la trancada como se fosse uma criança. Para ser honesta, a mãe ficava satisfeita por a filha ter encontrado mais alguma coisa para fazer, além de passar o dia todo sentada em um banco. Mas sempre ficava ansiosa com a reação de estranhos aos apegos súbitos e entusiasmados de Sunshine. A jovem era destemida e confiante, mas sua coragem e boa natureza a tornavam vulnerável. As virtudes com frequência eram sua maior desvantagem. A mãe havia ido visitar a mulher — Laura era o nome dela — que era dona da casa grande, para checar se ela se incomodava ou não com as visitas de Sunshine. Também queria se certificar de que a filha não estaria correndo qualquer risco. A mulher parecia gentil, embora um tanto reservada, e disse que Sunshine era muito bem-vinda. Mas foi a casa em si que mais a tranquilizou. Era muito linda, e, além disso, provocava uma sensação muito agradável, que ela teve de se esforçar para descrever ao marido, Bert.

— A casa parece *segura* — foi o melhor que ela conseguiu falar para explicar porque aprovava, satisfeita, as visitas da filha a Padua.

Para Sunshine, as visitas eram o ponto alto do dia, e agora ela estava sentada diante da mesa da cozinha de Padua, esperando pacientemente pela resposta da dona da casa. Laura parou, com a chaleira na mão, e encarou o rosto sério de Sunshine.

— Acho que eu poderia lhe ensinar.

Alguns dias, Laura achava Sunshine uma intromissão indesejada em sua vida nova e ainda incerta — uma penetra determinada. É claro que jamais admitiria isso. Chegara mesmo a dizer à mãe de Sunshine que a garota era muito bem-vinda. Mas, em alguns dias, Laura fingia não estar em casa, e deixava Sunshine na porta, tocando a campainha com paciência, mas persistente. Uma vez, Laura chegara a se esconder no jardim, atrás do galpão. Mas Sunshine acabara encontrando-a, e abrira um sorriso tão feliz que fizera Laura se sentir uma idiota premiada e uma megera de coração frio.

O advogado de Anthony passaria por lá naquele dia, com o testamento e a carta. Laura explicara isso a Sunshine, mas nunca conseguia saber exatamente se a jovem compreendia. Naquele momento, ela observava com atenção enquanto Laura colocava a chaleira no fogão e pegava uma toalhinha de bandeja nova na gaveta. O sr. Quinlan havia combinado chegar às duas e meia da tarde. Antes disso, Sunshine conseguira preparar cinco chás para treinar, incluindo a lavagem da louça, e Laura, como substituta do sr. Quinlan, fora forçada a jogar as últimas três xícaras em um vaso de planta, pelo bem de sua bexiga.

O sr. Quinlan chegou pontualmente. Sunshine o reconheceu como o homem velho que saíra da casa com Laura no dia do funeral de Anthony. Ele estava usando um terno de risca de giz grafite e uma camisa de um rosa pálido, e era possível ver de relance o relógio de ouro enfiado no bolso do colete. Parecia um homem importante. Insegura sobre como cumprimentar uma pessoa tão distinta, Sunshine fez uma pequena cortesia e bateu a mão espalmada na dele.

— É um prazer conhecê-la, jovem. Sou Robert Quinlan, e quem é você?

— Sou a Sunshine, a nova amiga de Laura. As pessoas às vezes me chamam de Sunny.

Ele sorriu.

— O que você prefere?

— Sunshine. As pessoas já lhe chamaram de Robber?

— Infelizmente são ossos do ofício.

Laura os levou até o jardim de inverno e Sunshine fez questão de garantir que a visita ocupasse a melhor cadeira. E lançou um olhar significativo para Laura.

— Posso preparar uma deliciosa xícara de chá para vocês?

— Seria de grande ajuda — respondeu Laura, desejando secretamente ter ido ao banheiro uma última vez antes de o sr. Quinlan chegar.

O sr. Quinlan leu o testamento para Laura enquanto Sunshine estava na cozinha. Era simples e claro. Anthony agradecia a Laura pelo trabalho e pela amizade dela, mas principalmente pelo cuidado amoroso que sempre tivera com a casa e com tudo o que havia ali. Ele queria que Laura herdasse todas as posses dele sob a condição de que ela morasse na casa e mantivesse o roseiral exatamente como estava. Anthony sabia que Laura amava a casa quase tanto como ele amara, e morrera satisfeito por saber que ela continuaria a cuidar do lugar e a "aproveitar o melhor possível toda a paz e felicidade que Padua tinha a oferecer".

— Assim, minha cara, é tudo seu. Além da casa e do que há dentro dela, também há uma soma considerável no banco, e alguns honorários dos livros dele agora passarão a ser seus. — O sr. Quinlan espiou Laura por cima dos óculos com armação de tartaruga e sorriu.

— Aqui está a deliciosa xícara de chá.

Sunshine abriu a porta com o cotovelo e entrou na sala como se andasse em uma corda bamba. Os nós de seus dedos estavam brancos com o peso da bandeja, e ela projetava a ponta da língua rosada para fora, em uma concentração agoniada. O sr. Quinlan ficou de pé de um pulo e a aliviou do peso. Ele pousou a bandeja em uma mesa lateral.

— Posso ser a mãe? — perguntou ele, usando a forma antiga de perguntar se poderia servir o chá.

Sunshine balançou a cabeça.

— Já tenho mãe. Ela está no trabalho.

— Está certíssima, minha jovem. Eu estava perguntando se posso servir o chá.

Sunshine pensou por um instante.

— O senhor sabe servir?

Ele sorriu.

— Talvez seja melhor você me mostrar.

Três xícaras de chá muito bem servidas e dois docinhos com creme mais tarde, tudo consumido sob o olhar atento e fixo de Sunshine, a visita do sr. Quinlan começou a se aproximar do fim.

— Só mais uma coisa — disse ele a Laura. — A terceira condição do testamento.

Ele entregou um envelope branco selado a Laura, que trazia na frente o nome dela, escrito na letra de Anthony.

— Acredito que esteja explicado em maiores detalhes na carta, mas era desejo de Anthony que a senhorita se empenhasse em devolver as coisas que estão no estúdio dele aos seus donos de direito, dentro do possível.

Laura se lembrou das prateleiras pesadas e das gavetas lotadas e vacilou diante da enormidade da tarefa.

— Mas como?

— Não consigo nem começar a imaginar. Mas Anthony claramente acreditava na senhorita, por isso talvez tudo de que precise seja ter um pouco de fé em si mesma. Estou certo de que encontrará uma forma.

Laura estava mais esperançosa que certa. Mas a verdade era que esperança combina com fé, não é?

— Eram cabelos ruivos magníficos... — O sr. Quinlan segurava a foto de Therese.

— Chegou a conhecê-la? — perguntou Laura.

Ele deixou os dedos correrem melancolicamente pelo rosto na foto.

— Estive com ela várias vezes. Era uma mulher magnífica. Ah, a personalidade dela era intensa, com um temperamento difícil quando provocada. Mas acho que todo homem que a conhecia era um pouco vítima de seus encantos.

Claramente relutante, ele pousou a foto em cima da mesa.

— Mas Anthony era o único homem para ela. Ele foi meu amigo, além de meu cliente, por muitos anos, e nunca vi homem mais apaixonado. A morte de Therese arrasou a alma dele. Foi a coisa mais triste...

Sunshine estava sentada, quietinha, ouvindo cada palavra e guardando todas, para que pudesse tentar organizá-las na história mais tarde.

— Deixe-me adivinhar — disse o sr. Quinlan, se levantando e indo até o gramofone. — "The Very Thought of You", com Al Bowlly.

Laura sorriu.

— Era a música deles.

— É claro. Anthony me contou a história.

— Eu adoraria ouvir.

Desde a morte de Anthony, Laura ficava cada vez mais triste por perceber que sabia tão pouco sobre ele, em particular sobre seu passado. O relacionamento dos dois tinha sido firmemente concentrado no presente, forjado nas rotinas e eventos diários, e não em conversas sobre o passado ou planos para o futuro. Então, agora Laura ficava ansiosa para descobrir qualquer coisa que pudesse. Queria conhecer melhor o homem que havia confiado nela e a tratado com tanta bondade e generosidade. O sr. Quinlan voltou a se sentar na melhor cadeira do jardim de inverno.

— Uma das lembranças mais antigas e preciosas de Anthony era dele ainda menino dançando ao som dessa música. Foi durante a Segunda Guerra, e o pai dele estava em casa, de licença. O pai de Anthony era oficial da RAF, a força aérea britânica. Naquela noite, os pais dele iam sair para dançar. Era uma ocasião especial e a última noite do pai em casa, por isso a mãe pegara emprestado um lindo vestido de noite lilás com uma amiga. Era um Schiaparelli, eu acho. Havia uma fotografia que Anthony... Enfim, o casal estava tomando coquetéis na sala quando Anthony apareceu para dar boa-noite. Os pais estavam dançando ao som da canção de Al Bowlly... o pai destemido e a mãe elegante... e eles pegaram o filho no colo e dançaram com ele entre os dois. Anthony dizia que ainda era capaz de se lembrar do cheiro do perfume da mãe e da sensação da sarja do uniforme do pai. Aquela foi a última vez que eles se reuniram, a última vez que ele viu o pai, que retornou cedo para a base aérea na manhã seguinte, antes que Anthony acordasse. Três meses mais tarde, ele foi capturado atrás das linhas inimigas e morto ao tentar escapar de um campo de prisioneiros, o Stalag Luft III. Anos depois, não muito tempo depois de se conhecerem, Anthony e Therese estavam almoçando em um bar de vinhos em Covent Garden que dava preferência à decoração e não instalara uma televisão. O casal sempre pareceu pertencer a outra era. A canção de Al Bowlly começou a tocar e Anthony contou a história a Therese. Ela pegou a mão dele, se levantou e dançou com ele ali mesmo, como se os dois fossem os únicos no lugar.

Laura estava começando a compreender.

— Ela parece ter sido uma mulher incrível.

A resposta do sr. Quinlan saiu em tom comovido.

— Era mesmo.

Quando ele começou a guardar os papéis que levava na pasta, a silenciosa Sunshine se manifestou:

— Gostaria de outra deliciosa xícara de chá?

O advogado deu um sorriso agradecido, mas balançou a cabeça, recusando.

— Lamento, preciso ir ou perderei o meu trem. — Mas no hall ele parou e se virou para Laura. — Será que eu poderia usar o toalete antes de ir?

16

O abridor de cartas era de prata sólida, com o cabo no formato de um faraó egípcio. Laura deslizou a lâmina por entre as dobras de papel branco e grosso. Quando o envelope se abriu, ela imaginou os segredos de Anthony escapando como uma nuvem de sussurros no ar. Havia esperado até Sunshine ir para casa antes de levar a carta para o escritório. O jardim de inverno era mais confortável, contudo parecia mais adequado lê-la cercada pelas coisas a que dizia respeito. As noites amenas de verão haviam se transformado imperceptivelmente em crepúsculos frios de outono, e Laura se sentiu tentada a acender o fogo na lareira. Mas, em vez disso, puxou para baixo as mangas do cardigã que usava, para cobrir os nós dos dedos, e tirou a carta do envelope. Ela desdobrou as folhas rígidas de papel e as abriu na mesa à sua frente.

Minha cara Laura,

A voz profunda e gentil soou nos ouvidos de Laura e as letras escritas em tinta preta desapareceram em um borrão, embaçados pelas lágrimas que marejaram os olhos dela. Laura fungou alto e secou os olhos com a manga do cardigã.

— Pelo amor de Deus, Laura, se contenha! — repreendeu a si mesma e ficou surpresa ao sentir um sorriso curvando os próprios lábios.

Minha cara Laura,

A esta altura você já sabe que Padua e tudo o que há nela é seu. Espero que seja muito feliz morando aí e que perdoe o meu sentimentalismo bobo sobre o roseiral. Entenda, eu o plantei para Therese, que foi batizada em homenagem a Santa Teresinha das Rosas. Quando Therese morreu, espalhei as cinzas dela em meio às rosas, para que sempre pudesse estar perto dela, e, se você puder fazer essa gentileza, gostaria que as minhas cinzas também fossem espalhadas ali. Se você achar isso repugnante demais, talvez possa pedir ao Freddy para espalhá-las. Estou certo de que ele não se importaria — aquele rapaz querido tem a constituição de uma barata de concreto.

E agora preciso lhe contar sobre as coisas que estão no escritório. Mais uma vez, começa com o roseiral. No dia em que eu o plantei, Therese me deu um presente, a medalha de Primeira Comunhão dela. Therese me disse que era para me agradecer pelo roseiral, e para me lembrar de que ela me amaria para sempre, não importava o que acontecesse. E me fez prometer manter a medalha sempre comigo. Era a coisa mais preciosa que eu já tive na vida. E eu a perdi. No dia em que Therese morreu. A medalha estava no meu bolso naquela manhã, quando saí de Padua, mas quando voltei não a encontrei mais. Foi como se o último elo que nos ligasse tivesse se rompido. E eu parei, como um relógio sem corda. Parei de viver e comecei a apenas existir. Eu respirava, comia, bebia e dormia. Mas na medida do que era preciso, e só.

Foi Robert que acabou me fazendo recuperar o bom senso. "O que Therese pensaria?", disse ele. E estava certo. Ela havia sido tão cheia de vida, e isso lhe fora roubado. Eu ainda tinha vida, mas estava escolhendo uma morte em vida. Therese teria ficado furiosa. "E muito triste", disse Robert. Comecei a caminhar, a visitar novamente o mundo. Um dia, encontrei uma luva — de mulher, em couro azul-marinho, a mão esquerda. Levei para casa e a etiquetei — o que era, e quando e onde eu havia encontrado. E assim começou a minha coleção de coisas perdidas. Talvez eu achasse que, se resgatasse todas as coisas perdidas que encontrasse, alguém resgataria a única coisa no mundo que realmente me importava e um dia eu pudesse ter o medalhão de volta e cumprir a promessa que quebrara. Nunca aconteceu, mas eu não desisti de ter esperança. Nunca parei de recolher coisas que outras pessoas haviam perdido. E esses pequenos retalhos da vida dessas outras pessoas me deram inspiração para as minhas histórias e me ajudaram a voltar a escrever.

Sei que parece que a maior parte dessas coisas não vale nada, que ninguém vai querê-las de volta. Mas, se você conseguir fazer apenas uma pessoa feliz, consertar um único coração partido ao devolver a essa pessoa o que ela perdeu, então tudo terá valido a pena. Você pode estar se perguntando por que mantive tudo isso em segredo, por que mantive a porta do escritório trancada ao longo de todos esses anos. Eu mesmo não sei direito; acredito que talvez tenha sido por medo de ser considerado tolo, ou até mesmo um pouco insano. Assim como é a tarefa que lhe deixo, Laura. Tudo o que lhe peço é que tente.

Espero que a sua nova vida seja tudo o que você deseja, e que encontre outras pessoas com quem compartilhá-la. Lembre-se, Laura, há um mundo fora de Padua e vale a pena visitá-lo de vez em quando.

Uma última coisa: há uma jovem que costuma se sentar no banco do outro lado do gramado em frente à casa. Ela parece ser uma espécie de alma perdida. Com frequência desejei poder fazer mais por ela do que trocar algumas palavras gentis, mas infelizmente é difícil para um velho ajudar uma moça nos dias de hoje sem ser tristemente mal interpretado. Talvez você possa "acolhê-la" e oferecer um pouco de amizade à menina? Faça o que achar melhor.

Com o meu mais terno amor e sinceros agradecimentos,
Que Deus a abençoe,
Anthony

Quando Laura se levantou da cadeira no escritório, seus membros estavam rígidos de frio. Do lado de fora, de um céu muito escuro, pendia a mais perfeita lua perolada. Laura buscou calor na cozinha e colocou uma chaleira com água para ferver, enquanto pensava nos pedidos de Anthony. Espalhar as cinzas dele no roseiral era algo que faria com prazer. Quanto a devolver as coisas perdidas, não era tão simples. Mais uma vez, ela sentiu aquelas pedras no bolso, lembrando-a de quem realmente era. Os pais de Laura já haviam morrido fazia alguns anos, mas ela nunca fora capaz de se livrar da sensação de que os decepcionara. Eles nunca disseram isso, mas, com toda a sinceridade, o que havia feito para retribuir o amor e a lealdade inabaláveis dos dois, para deixá-los orgulhosos? Abandonara a universidade, seu casamento tinha sido um desastre e ela não havia conseguido dar um neto a eles. E estava comendo peixe com fritas em Cornwall quando a mãe morrera. O fato de ter sido sua primeira viagem de férias depois que deixara Vince não podia ser encarado como desculpa. Quando o pai morrera, apenas seis meses mais tarde, Anthony preenchera um pouco do vazio que ele deixara. Quem sabe agora a tarefa que ele havia deixado para ela fosse uma oportunidade de se redimir de alguma forma? Talvez fosse a chance de Laura finalmente ter sucesso em alguma coisa.

E havia Sunshine. Nisso, ao menos, ela se adiantara a Anthony, mas não poderia levar qualquer crédito. Foi Sunshine que ofereceu a amizade dela primeiro, e, mesmo assim, Laura se sentira — ainda se sentia — relutante em retribuir. Ela se lembrou de todas as vezes em que vira Sunshine antes de Anthony morrer, e não fizera nada. Não dera nem sequer um "oi". Mas Anthony havia feito o pouco que podia, mesmo depois de sua morte. Laura estava decepcionada consigo mesma, mas também determinada a mudar. Ela levou o chá para o andar de cima, para o quarto com perfume de rosas que havia reclamado para si. Ou melhor, que havia escolhido compartilhar com Therese. Porque Therese ainda estava ali. As coisas dela ainda estavam ali. Não as roupas, é claro, mas o que havia em cima da penteadeira, a fotografia dela com Anthony, que estava inexplicavelmente virada para baixo de novo, e o reloginho esmaltado azul. 11h55. Parado de novo. Laura pousou a xícara, deu corda no relógio e o tique-taque suave retornou. Ela foi para a cama, mas deixou as cortinas bem abertas. Do lado de fora, a lua perfeita cobria o roseiral em uma dança fantasmagórica de luz e sombra.

17

Eunice

1984

— *At Christmas time we da, di, da and we vanish shade...*
A sra. Doyle cantava lindamente enquanto servia o homem na fila na frente de Eunice com dois pães de linguiça e duas fatias de bolo. Ela parou para recuperar o fôlego e cumprimentar Eunice.

— É um grande camarada, o tal de Bob Gelding. Conseguiu reunir todos esses cantores pop para fazer um disco para aqueles pobres necessitados na Etio... — o restante da palavra escapava ao alcance do léxico da sra. Doyle — ... no deserto.

Eunice sorriu, concordando.

— Ele é quase um santo.

A sra. Doyle começou a colocar donuts em um saco.

— Veja bem — continuou ela —, não é como se aquele Boy George, o Midge Ure e os outros não possam se dar o luxo de fazer um pouco de caridade. E aquelas Bananas... meninas encantadoras, mas parece que nenhuma delas se preocupa em escovar o cabelo.

Douglas não se abalou com os passos de Eunice voltando para o escritório subindo a escada. O focinho cinza e grisalho se retorceu, e as patas dianteiras se agitaram ligeiramente enquanto ele sonhava com sabe-se lá o quê. Mas devia ser um sonho feliz, pensou Eunice, porque os cantos da boca dele estavam curvados em um sorriso. Bomber o observava de sua mesa, como uma criança ansiosa vendo da janela o boneco de neve inevitavelmente começar a derreter. Ela quis tranquilizá-lo, mas não havia nada que pudesse dizer. Douglas estava ficando velho. Os dias dele ficavam cada vez menores, em extensão e em número. Ele morreria e corações se partiriam. Mas, por enquanto, o cãozinho estava aquecido e satisfeito, e, quando finalmente acordasse, haveria um donut de creme esperando por ele. A mudança de geleia para creme (que na verdade era geleia *e* creme) era um esforço para manter os velhos ossos de Douglas acomodados em um pouco mais de carne, já que ele parecia emagrecer misteriosamente a cada ano que passava.

Com Bomber, no entanto, acontecia o exato oposto. Nos dez anos, mais ou menos, em que Eunice o conhecia, ele conseguira cultivar uma barriguinha bem modesta que acrescentou um pouco de suavidade a sua figura ainda alta e magra. Agora, Bomber dava palmadinhas carinhosas na barriga, enquanto dizia pela décima vez:

— Temos que parar de comer tantos donuts. — Um comentário que não carregava qualquer sinceridade ou intenção verdadeira, e que foi completamente ignorado por Eunice.

— Seus pais virão à cidade esta semana?

Eunice acabara muito apegada a Grace e Godfrey e ansiava pelas visitas deles, que, infelizmente, eram cada vez mais espaçadas. Estava claro demais que a velhice era uma parceira implacável. Godfrey em particular estava se tornando menos sólido, tanto na parte física quanto na mental — a razão e a robustez dele desapareciam inexoravelmente.

— Não, esta semana, não. Eles não estão de muito bom humor. Não me espantaria se estiverem colados ao fogão Aga, copo de uísque na mão, as portas trancadas. — Bomber examinava o manuscrito aberto sobre a mesa com o cenho franzido.

— Por quê? O que aconteceu? — Eunice ficou preocupada.

— Ora, um bom amigo deles foi pego por aquela bomba em Brighton, então houve um incêndio na estação de metrô algumas semanas atrás, bem na rota que costumam pegar. Só acho que eles estão sentindo, como diz aquela canção que fala dos ursinhos de pelúcia, "que é mais seguro ficar em casa". — Bomber fechou o manuscrito com força. — Provavelmente é melhor assim. Acho que a minha mãe acabaria se sentindo compelida pelo dever a perguntar sobre isso.

Ele sacudiu o manuscrito para Eunice ver como se fosse um peixe podre. Douglas finalmente se mexeu em seu canto. Deu uma olhada ao redor com os olhos já velhos e opacos e, ao ver que era tudo seguro e conhecido, reuniu energia para balançar delicadamente a ponta da cauda. Eunice correu para beijar a cabeça quente de sono do cachorrinho e lhe ofereceu o donut tentador, que já havia cortado e colocado em um prato, exatamente de acordo com as exigências dele. Mas ela não se esquecera do peixe podre.

— O que é isso?

Bomber deu um suspiro exagerado.

— Chama-se *Teimosia e intolerância*.

— Parece intrigante.

— Bom, essa é uma palavra para descrever o mais recente *livre terrible* da minha irmã. É sobre as cinco filhas de um técnico de futebol falido. A mãe delas está determinada a casá-las com astros pop, ou jogadores de futebol americano, ou com qualquer pessoa rica. Ela faz as filhas desfilarem no baile do clube local de caça à raposa, onde a mais velha, Janet, é chamada para dançar pelo convidado de honra, um homem jovem e bonito, o sr. Bingo, que é dono de um hotel no campo. A irmã dela, Izzy, se interessa pelo enigmático amigo dele, o sr. Arsey, um concertista de piano mundialmente famoso. Mas o sr. Arsey acha vulgares as brincadeiras dos membros da associação dos Jovens Agricultores presentes e se recusa a se juntar a Izzy em um karaokê. Ela o chama de esnobe e sai irritada. Para resumir uma história longa e estranhamente familiar, a filha mais nova foge para Margate com um jogador de futebol de segunda divisão, e lá eles fazem tatuagens combinando. Ela engravida, é abandonada e termina em um apartamento minúsculo em Peckham. Depois da interferência bem-intencionada, mas um tanto pomposa, do sr. Arsey, Janet acaba se casando com o sr. Bingo, e, depois do veto do agente dele, o sr. Arsey termina compondo músicas melosas com Izzy.

Àquela altura, Eunice já havia desistido de manter uma fisionomia composta e estava uivando de rir com o mais recente estelionato literário de Portia. Bomber continuou assim mesmo.

— O primo das moças, sr. Coffins, professor de religião em uma escola particular para moças, muito cara e completamente incompetente, se oferece para se casar com qualquer uma das irmãs que o aceite. Mas, para desespero da mãe delas, nenhuma se interessa, por causa do mau hálito e do umbigo protuberante do homem. Assim, o sr. Coffins acaba se casando com outra prima delas, Charmaine, como prêmio de consolação. Charmaine fica feliz em aceitá-lo, já que tem um leve buço e está encalhada aos vinte e um anos e meio.

— Pobre Charmaine. Se ela teve que se contentar com mau hálito e um umbigo protuberante aos vinte e um anos, que esperança há para mim aos quase trinta e um?

Bomber sorriu.

— Ah, tenho certeza de que podemos encontrar um belo sr. Coffins para você, se realmente desejar um.

Eunice jogou um clipe de papel nele.

Mais tarde naquela noite, ela andou pelo jardim do extravagante apartamento de Bomber, enquanto ele preparava o jantar deles, supervisionado de perto por Douglas. Nunca se casaria. Agora sabia disso. Jamais poderia se casar com Bomber, e não queria mais ninguém, portanto era o fim da história. No passado, Eunice tivera um encontro ou outro com algum jovem esperançoso. Às vezes, vários encontros. Mas sempre acabava com a sensação de estar sendo desonesta. Todo homem acabava ficando em segundo lugar em relação a Bomber, e nenhum homem merecia ser eternamente o vice-campeão. Qualquer relacionamento estaria eternamente condenado a ser amizade e sexo, nunca amor, e nenhuma amizade jamais seria tão preciosa quanto a que ela e Bomber compartilhavam. No fim, Eunice acabou desistindo totalmente dos encontros. Ela se lembrou da viagem de aniversário que fizera com Bomber, para Brighton, tanto tempo antes. Já fazia quase dez anos. Tinha sido um dia maravilhoso, mas, no fim, seu coração se partira. No trem de volta para casa, sentada ao lado do homem que amava, Eunice teve de se esforçar para controlar as lágrimas, pois agora sabia que nunca haveria a garota certa para Bomber. Nunca haveria uma garota certa para Bomber. Mas eles eram amigos, melhores amigos. E para Eunice aquilo era infinitamente melhor do que não tê-lo em sua vida.

Enquanto mexia o molho à bolonhesa na cozinha, Bomber pensava na conversa que haviam tido mais cedo. Eunice era uma mulher belíssima, extremamente inteligente, espirituosa e com vários talentos. Era inconcebível que ela nunca tivesse sido conquistada por ninguém, nem usado seu espetacular encanto para conquistar algum jovem em particular que a merecesse.

— Isso a incomoda? — Ele estava pensando alto, ainda que um pouco descuidadamente, e não realmente fazendo uma pergunta. Parecia um tanto grosseiro fazer uma pergunta daquelas.

— O que me incomoda? — Eunice apareceu na porta, acenando com um grissini no ar como se fosse a batuta de um maestro, bebericando um copo de vinho.

— Não ter um camarada bonito, com um carro esporte vermelho, uma Filofax e um apartamento em Chelsea?

Eunice mordeu a ponta do grissini com determinação.

— Por que diabos eu iria querer um desses, quando tenho você e Douglas?

18

— A moça não quer de volta.
Sunshine colocou a xícara e o pires em cima da mesa, diante de Laura.

— Você deveria ficar com ela para a deliciosa xícara de chá.

A delicada porcelana creme era quase translúcida, decorada com violetas de um roxo profundo, com pontinhos dourados, pintadas a mão. Laura levantou os olhos para o rosto sério da jovem, para os olhos escuros e doces. Ela havia levado Sunshine ao escritório naquela manhã, e explicara em termos gerais o conteúdo da carta de Anthony.

— Ele disse que você e eu temos que tomar conta uma da outra — parafraseou.

Foi a primeira vez que viu Sunshine sorrir. Curiosa e interessada, a garota fora pegando nas coisas que estavam no escritório sem pedir permissão, mas com uma gentileza e uma reverência que teriam encantado Anthony, assim como tranquilizaram Laura. Sunshine segurava cada objeto nas mãos como se fosse um filhote de passarinho com a asa quebrada. A atenção de Laura se voltou para a xícara com o pires e sua etiqueta. Realmente era uma coisa estranha para se perder.

— Mas não sabemos se isso é verdade, Sunshine. Não sabemos a quem pertence.

A convicção de Sunshine era inabalável.

— Eu sei. Era da moça, e ela não quer de volta.

As palavras foram ditas sem qualquer toque de arrogância ou petulância. Eram a simples declaração de um fato.

— Mas como você sabe?

Sunshine pegou a xícara e a segurou junto ao peito.

— Eu sinto. Acho que não está na minha cabeça, eu só sinto. — Ela pousou a xícara de volta em cima do pires. — E a dama tinha um pássaro — acrescentou.

Laura suspirou. O destino das coisas perdidas pairava acima dela, pesado, como as roupas de um homem se afogando. Anthony a escolhera como sucessora, e Laura estava orgulhosa e grata, mas também apavorada com a possibilidade de fracassar. E, se a xícara e o pires podiam ser alguma indicação, as "sensações" de Sunshine talvez se provassem mais um estorvo que uma ajuda.

Xícara e pires de porcelana.
Encontrados em um banco nos Riviera Public Gardens,
em 31 de outubro...

Eulalia finalmente se esticou na poltrona, olhando ao redor com os olhos já opacos da idade. Ao reconhecer o ambiente familiar e se ver viva e ativa, um sorriso largo se abriu no rosto escuro enrugado, revelando um sortimento irregular de dentes ainda brancos.

"Obrigada, Jesus, por mais um dia do lado de cá dos portões do Paraíso", pensou. "E maldito seja também", completou, quando a artrite lançou pontadas de dor pelas pernas ossudas quando ela tentou se levantar. Viva, talvez, mas lépida com certeza não. Recentemente ela passara a dormir no andar de baixo, na poltrona. O andar de cima estava se tornando um território inalcançável. E por isso ela estava se mudando. Abrigo, era como chamavam o lugar. Ela chamava de capitulação. Como se erguesse a bandeira da covardia, da derrota. Mas não era possível evitar. Um quarto com banheiro, uma área comum a todos os moradores, cozinha compartilhada e refeições preparadas

se a pessoa quisesse. Proteção de plástico no colchão para o caso de a pessoa molhar a cama. Eulalia atravessou a cozinha arrastando os pés, deslizando os chinelos e segurando as bengalas como uma esquiadora geriátrica de cross-country. Chaleira no fogão e saquinho de chá na xícara, ela abriu a porta e deixou o sol entrar. Já tivera muito orgulho daquele jardim. Havia planejado e plantado tudo, adubado e cuidado dele em todos aqueles anos. Mas agora o jardim ficara maior que ela, como um adolescente rebelde, e crescia selvagem. O passarinho, uma pega, apareceu aos pés dela assim que a porta foi aberta. Parecia estar tendo um dia ruim para as penas — talvez um embate quase fatal com o gato da porta ao lado. Mas seus olhos eram brilhantes, e ele fez um barulho baixinho para Eulalia enquanto inclinava a cabeça de um lado para o outro.

— Bom dia, Rossini, meu amigo — aquela era a piadinha particular dos dois —, imagino que queira o seu café da manhã.

Ele entrou na cozinha atrás dela e esperou pacientemente que Eulalia pegasse um punhado de passas de uma lata que estava em cima do escorredor de louça.

— O que você fará sem mim? — perguntou ela, enquanto jogava algumas passas no chão da cozinha. O pássaro as pegou e olhou para ela, pedindo mais.

— Para fora, agora, meu amigo — disse Eulalia, então espalhou o restante das passas no degrau de entrada.

Ela levou a xícara de volta para a sala de estar, seguindo precariamente com uma única bengala, e se sentou com dificuldade na poltrona. A sala estava cheia de coisas bonitas — bugigangas e enfeites esquisitos e maravilhosos. Eulalia fora ela mesma uma pega durante toda a vida, cercando-se de brilhos e cintilações e veludos, o mágico e o macabro. Mas agora chegara a hora de deixar tudo aquilo para trás. Aqueles eram os tesouros dela, e ela decidiria a sorte deles. Não poderia levá-los para onde ia, mas também não conseguia suportar a ideia de suas preciosas coisas sendo tiradas dali por um motorista de van branco chamado Dave — "Limpeza de casas: nenhum trabalho é grande ou pequeno demais." Além disso, algumas das coisas poderiam encrencá-la. Algumas daquelas coisas não eram exatamente... legais. Bom, ao menos não ali. Havia esqueletos nos armários dela. De verdade.

Quando ela enfim conseguira encher seu carrinho de compras com os objetos escolhidos, já era quase meio-dia. Seus membros enferrujados, lubrificados pela atividade, se moviam mais livremente agora, enquanto Eulalia seguia na direção dos jardins públicos perto do parque. Ela doaria suas coisas. Deixaria onde outros pudessem encontrá-las, o máximo de coisas que fora capaz de arrastar até ali no carrinho de compras. Quanto ao resto, ninguém ficaria com nada. Era dia de aula e o parque e os jardins estavam desertos, a não ser por um casal passeando com cachorros e uma pobre alma infeliz ainda dormindo no coreto. Ninguém reparou em Eulalia quando ela colocou quatro globos de neve, um crânio de coelho e um relógio de bolso de ouro em cima da mureta que circundava a fonte ornamental. Mais adiante no parque, dois castiçais de igreja de prata, uma doninha empalhada e dois dentes de outro foram escondidos nos nichos da estátua do memorial de guerra. Um pênis de porco embalçamado e a caixinha de música de Paris que imitava ouro foram deixados nos degraus perto do lago, e a boneca de porcelana vestida de noiva com as órbitas vazias ficou sentada em cima de um dos balanços de criança. De volta aos jardins, a bola de cristal foi enfiada no bebedouro de pedra para pássaros e o chapéu de feltro enfeitado com penas de corvo foi colocado em cima do relógio de sol. A tigela de ébano para feitiços foi deixada na base de um sicômoro cujas folhas eram um caleidoscópio de vermelho, laranja e amarelo. E assim Eulalia continuou até que o carrinho quase vazio sacolejava atrás dela sobre as rodas incertas. Ela se sentou no banco de madeira que ficava de frente para o parque e soltou um suspiro de contentamento. Um trabalho bem-feito — quase. O último item, que estava sobre as ripas de madeira ao lado dela, eram uma xícara e um pires de porcelana, decorados com violetas e pontinhos dourados. Eles chacoalharam com os tremores de uma explosão a duas ruas dali, que matou um carteiro e feriu gravemente uma pessoa que passava. A fumaça se ergueu em uma coluna escura no céu da tarde, e Eulalia sorriu ao lembrar que havia deixado o gás ligado.

— Ligue o gás embaixo da chaleira, o chá vai para o bule e o leite para a leiteira.

De volta à cozinha, Laura sorriu ao ver Sunshine falar consigo mesma enquanto preparava o chá, como sempre fazia com qualquer tarefa que exigisse concentração. Elas ouviram uma batida na porta dos fundos, e, sem esperar por resposta, Freddy entrou. Laura havia conversado com ele na noite anterior para avisar que o emprego de jardineiro continuaria sendo dele, se ele quisesse, e para convidá-lo para tomar chá na cozinha, em vez de tomar sozinho no jardim como sempre fazia. Freddy não estivera na casa desde o funeral, e, quando partira, a situação de Padua ainda estava incerta.

Laura havia surpreendido a si mesma com o convite, mas ponderou que, com quanto mais frequência entrasse em contato com Freddy, menos perturbada ficaria nesses momentos. Porque não conseguia evitar achá-lo cada vez mais atraente.

— Dois cubos de açúcar, por favor — disse ele e piscou para Sunshine, que enrubesceu profundamente e pareceu achar alguma coisa fascinante na colher de chá que estava segurando.

Laura sabia como a garota se sentia. Havia algo intrigante naquele homem lacônico que cuidava com tanta dedicação do jardim e fazia tarefas estranhas por toda a casa com uma eficiência tranquila. Laura não sabia quase nada sobre a vida dele longe de Padua — Freddy contava muito pouco, e ela ainda não tivera coragem de perguntar. Mas chegaria lá, prometeu a si mesma. As únicas coisas de que ele precisava saber era se havia alguma coisa para fazer na casa e se tinham algum biscoito.

— Freddy, esta é a Sunshine, minha nova amiga e assistente. Sunshine, este é o Freddy.

A garota desviou os olhos da colher e tentou encarar Freddy.

— Oi, Sunshine. Como vai?
— Como vai o quê? Tenho dezenove anos e sou uma *Downçarina*.
Freddy sorriu.
— Tenho trinta e cinco anos e três quartos e sou Capricórnio.

Sunshine colocou uma xícara de chá diante de Freddy, depois a leiteira e o açucareiro. E uma colher de chá e um prato de biscoitos. E mais um garfo, uma embalagem de detergente, uma caixa de flocos de milho e um batedor de ovos. E uma caixa de fósforos. Um lento sorriso se abriu no rosto bonito de Freddy, revelando dentes brancos e perfeitos. O sorriso se transformou em uma risada profunda e gostosa. Fosse qual fosse o teste de Sunshine, ele passara. Ela se sentou ao lado dele.

— O Santo Anthony deixou todas as coisas perdidas para Laura, e temos que devolvê-las às pessoas certas. Menos a xícara e o pires.
— É isso mesmo?
— Sim, é. Posso lhe mostrar?
— Hoje, não. Vou terminar meu chá e meu detergente primeiro, então tenho trabalho a fazer. Mas, na próxima vez que eu vier aqui, está combinado.

Sunshine quase sorriu. Laura estava começando a se sentir um pouco supérflua.

— Anthony certamente era um homem muito bom, Sunshine, mas estritamente falando não era um santo.

Freddy virou o que restava do chá.

— Ora, poderia ter sido. Você nunca ouviu falar de Santo Antônio de Padua, o santo das causas perdidas? Antônio, ou Anthony.

Laura balançou a cabeça.

— Não estou brincando. É verdade. Passei cinco anos nas aulas de catecismo da igreja — acrescentou ele, como explicação.

Sunshine abriu um sorriso triunfante. Agora tinha dois amigos.

19

Laura estava jogando fora a sua vida antiga. Ia ser um negócio complicado. Ela despejou uma caixa cheia de lixo na lixeira e fechou a tampa com força, recebendo uma nuvem de poeira e terra no rosto. Acabara de examinar as últimas coisas que levara do apartamento, muitas delas que não tinham nem sido desembaladas desde que se mudara da casa em que morara com Vince. Se não tinha precisado delas nos últimos seis anos aproximadamente, pensou, era pouco provável que precisasse agora. O bazar de caridade local talvez ficasse feliz em receber parte do "lixo" dela, mas isso envolveria uma viagem à cidade que Laura não estava disposta a fazer.

— Estou ocupada demais para isso no momento — disse a si mesma para se convencer.

Mas no momento que falou, o pretexto recebeu uma camada de culpa, quando Laura se lembrou da carta de Anthony: *há um mundo fora de Padua e vale a pena visitá-lo de vez em quando*.

— Outro dia — prometeu.

Ela limpou a sujeira do rosto com as mãos, depois limpou as mãos no jeans. Deus, estava imunda. Hora de tomar um banho.

— Oi, você trabalha aqui?

A pergunta veio de uma loira de pernas compridas que apareceu na entrada lateral da casa com um jeans muito justo, mocassins de camurça de um rosa pálido, que exibiam as famosas ferragens inspiradas em freios de cavalo da Gucci e combinavam perfeitamente com o suéter de cashmere. A expressão atônita de Laura claramente fez a mulher pensar que ela fosse estrangeira, tonta ou surda. A mulher tentou de novo, falando bem devagar e um pouco alto demais.

— Estou procurando por Freddo... o jardineiro.

Por sorte, naquele momento, o homem em questão apareceu, vindo do jardim carregando um caixote de madeira abarrotado de batatas recém-colhidas que ele deixou aos pés de Laura.

— Freddo, querido!

A jovem jogou os braços ao redor do pescoço dele e o beijou com entusiasmo nos lábios. Freddy se desvencilhou dela com gentileza e pegou sua mão.

— Felicity, o que em nome de Deus você está fazendo aqui?

— Vim pegar o meu querido namorado para almoçar.

Freddy sorriu. Ele parecia um pouco desconfortável.

— Felicity, esta é Laura. Laura, Felicity.

— Percebi. — Laura cumprimentou a outra mulher com um aceno de cabeça, mas não estendeu a mão. O que também não fez falta, porque Felicity não parecia ter o hábito de trocar apertos de mão com "a ajudante".

O feliz casal saiu andando de braços dados. Laura levou as batatas para a cozinha e as colocou em cima da mesa com um estrondo.

— Vaca cretina! — esbravejou, irritada. — Pareço "trabalhar" aqui?

Mas, ao ver o próprio reflexo no espelho do hall, Laura se viu forçada a reconsiderar. Com o cabelo desalinhado preso embaixo de uma bandana manchada, o rosto sujo e usando um moletom largo e sem forma, ela parecia uma borralheira dos dias atuais.

— Droga!

Laura subiu a escada pisando firme e tomou um longo banho quente, mas depois, enquanto estava sentada na cama, enrolada na toalha, ficou claro que a água só conseguira limpar a sujeira, não a raiva. Estava com ciúme. Sentia-se humilhada em admitir, mas estava.

Ver aquela cretina beijando Freddy a perturbara muito. Laura ergueu as sobrancelhas para o próprio reflexo no espelho da penteadeira e deu um sorriso encabulado.

— *Eu* posso sair para almoçar se quiser.

E pronto. *Ia* sair para almoçar. Anthony queria que ela saísse, e era o que faria. Naquele dia. Naquele instante.

O The Moon is Missing era um pub "descontraído mas elegante", com aspirações a ser finíssimo. A proximidade da igreja de St. Luke o tornava popular para reuniões pós-funeral, ou para saideiras antes dos casamentos. Laura pediu uísque com água tônica, "iscas de bacalhau empanadas em ervas, servidas com batatas King Edward fatiadas à mão e um molho tártaro ligeiramente espumante", e se sentou em um dos reservados que se enfileiravam na parede de frente para o bar. A coragem a abandonou quase no instante em que deixava a casa, e o que era para ser um prazer acabara se tornando um sacrifício, como uma visita ao dentista, ou seguir pelo trânsito lento na hora do rush. Laura ficou feliz por ter chegado cedo o bastante para conseguir uma mesa, e por ter se lembrado de levar um livro, atrás do qual podia se esconder — só para o caso de alguém tentar falar com ela. No caminho para lá, ficou subitamente preocupada com a possibilidade que lhe ocorreu de que Freddy e a animada Felicity também pudessem estar almoçando naquele pub em particular. No entanto, por mais que a ideia a horrorizasse, ela também era teimosa demais para voltar atrás. Portanto, ali estava, bebendo no meio do dia, o que era inédito para ela, e fingindo ler um livro no qual não estava realmente interessada, enquanto esperava pelo almoço que na verdade não tinha a menor vontade de comer. Tudo para provar alguma coisa a si mesma e para não decepcionar Anthony. E pensar que poderia estar em casa, limpando o fogão... Nem Laura conseguiu evitar um sorriso irônico diante do próprio absurdo.

O pub estava ficando lotado, e, assim que a garçonete serviu o peixe com fritas dela, o reservado ao lado foi ocupado com grande agitação, suspiros e bufos e a acomodação de casacos e bolsas de compras. Quando as novas vizinhas de mesa começaram a ler em voz alta o cardápio, Laura reconheceu o contralto arrogante de Marjory Wadscallop, acompanhado pelo soprano trêmulo de Winnie Crip. Depois de se decidirem e pedirem dois "cremes de frango com cogumelo Portobello", as duas tocaram os copos de gim tônica em um brinde e começaram a conversar sobre a montagem de *Blithe Spirit* que estava sendo ensaiada naquele momento pelo grupo de arte dramática de ambas.

— É claro que, tecnicamente, sou jovem demais para interpretar a Madame Arcati — afirmou Marjory —, mas o papel exige uma atriz com uma abrangência extraordinária, além de sutileza. Por isso, acho que, considerando a "dramatis personae" à disposição de Everard, eu na verdade era a única escolha.

— Sim, é claro que era, querida — concordou Winnie. — E Gillian é profissional com figurino e maquiagem, vai conseguir fazer você parecer velha em um instante.

Marjory pareceu insegura sobre se deveria ficar satisfeita ou não com aquilo.

— Ora, ela realmente parece uma "profissional" com a quantidade de maquiagem que costuma usar — retrucou, mal-humorada.

— Malvada! — Winnie deu uma risadinha e logo caiu em um silêncio culpado quando a garçonete chegou com a sopa de frango e cogumelos acompanhadas por "uma variedade de pãezinhos artesanais". Houve um breve hiato enquanto elas colocavam sal nas sopas e passavam manteiga nos pães.

— Estou um pouco nervosa em interpretar Edith — confessou Winnie, então. — É o maior papel que já tive até agora, e são muitas falas para decorar, além de eu ter que ficar carregando bebida e andando de um lado para o outro o tempo todo.

— Você quer dizer "atividade incidental" e "bloqueio", Winnie. É muito importante usar a terminologia correta. — Marjory deu uma mordida grande em seu pãozinho de grãos e mastigou pensativamente antes de acrescentar: — Eu não me preocuparia tanto se fosse você, querida. Afinal, Edith é só uma criada, por isso não vai exigir muita atuação de verdade.

Laura terminou o almoço e pediu a conta. Quando estava recolhendo suas coisas para sair, a menção a um nome conhecido chamou sua atenção.

— Estou certa de que George vai ser um Charles Condomine perfeitamente adequado, mas, na juventude, Anthony Peardew teria sido ideal para o papel. Alto, moreno, belo e tão encantador. — A voz de Marjory assumira um tom quase melancólico.

— E ele era escritor na vida real também — acrescentou Winnie.

A língua de Marjorie passou algum tempo ocupada tentando desalojar um grão do pãozinho que havia ficado preso em um dente. Quando conseguiu, continuou:

— É muito estranho Anthony ter deixado tudo para aquela diarista irritadinha dele, a Laura.

— Ahã. É mesmo engraçado. — Winnie adorava uma boa fofoca vulgar para acompanhar o almoço. — Eu não posso deixar de imaginar se não havia alguma *diversãozinha* acontecendo lá — acrescentou, maliciosa, encantada com o duplo sentido da própria frase.

Marjory virou o que restava do gim tônica e fez um sinal para que a garçonete lhe servisse outro.

— Ora, imagino que ela fizesse um pouco mais por ele do que apenas tirar o pó e passar o aspirador.

Laura pensara em se esgueirar e passar por elas sem ser vista, mas agora se virou e encarou as duas com um sorriso descarado.

— Fellatio — anunciou. — Toda sexta-feira.

E, sem mais uma palavra, saiu do restaurante.

Winnie se virou para Marjory com uma expressão confusa.

— Que língua é essa?

— Italiano — disse Marjory, secando a boca com um guardanapo. — Pedi uma vez em um restaurante.

20

Sunshine pousou a agulha em cima do disco cor de alcaçuz que girava e foi recompensada com os tons melífluos de Etta James, quentes e fortes como páprica defumada.

Na cozinha, Freddy estava sentado à mesa, e Laura preparava sanduíches para o almoço.

— Ela tem um gosto fantástico. — Freddy inclinou a cabeça na direção da música.

Laura sorriu.

— A Sunshine está escolhendo a música para quando formos espalhar as cinzas de Anthony. Ela diz que é como no filme em que o cachorro pega um osso e os relógios param porque Santo Anthony está morto, mas ficará com Therese para sempre. Mas ela a chama de "A Moça das Flores". E não tenho a menor ideia do motivo.

Laura partiu o pepino em fatias quase transparentes e escorreu a água de uma lata de salmão.

— Ela quer fazer um discurso também, embora eu não saiba se vamos conseguir compreender alguma coisa.

— Tenho certeza de que vamos nos sair bem. — Freddy girou uma colher de chá que estava em cima da mesa. — A Sunshine tem um jeito próprio de dizer as coisas, só isso. Ela conhece as palavras que todos nós usamos, mas acho que gosta mais das palavras dela.

Laura lambeu a manteiga que ficara em seu dedo. Não estava acostumada a ter conversas de verdade com Freddy. O modo dele de dizer as coisas normalmente era uma combinação de inclinações de cabeça, ombros escolhidos e grunhidos. Mas Sunshine não aceitava nada disso. Com seus olhos solenes e a voz delicada como o som de uma flauta, ela o convencia a falar com o talento de uma encantadora de serpentes.

— Mas com isso ela não está só tornando a própria vida mais difícil? Ficando isolada...

Laura parou de falar e conteve o próprio fluxo de pensamentos, intimidada pelo politicamente correto. Freddy pesou as palavras dela com cuidado e sem julgá-la.

— Isolada das pessoas "normais", você quer dizer?

Foi a vez de Laura encolher os ombros. Na verdade, não sabia o que quisera dizer. Só sabia que Sunshine não tinha muitos amigos na escola, e que era implacavelmente ridicularizada pelos adolescentes ferozes que se reuniam no parque local, tomando cidra barata, vandalizando balanços e fazendo sexo. Eles eram normais? Se fossem, por que Sunshine deveria querer ser como eles? Freddy equilibrou a colher de chá na ponta do indicador. Laura voltou para os sanduíches e começou a cortá-los em triângulos com gestos irritados. Agora ele pensaria que ela era uma... o quê? Uma preconceituosa? Uma idiota? Talvez ela fosse mesmo. Quanto mais via Freddy, mais lhe importava o que ele pensava dela. A ideia de convidá-lo para fazer os intervalos do trabalho na cozinha, para estimular um relacionamento mais relaxado entre os dois, talvez ainda não tivesse sido um grande sucesso, mas o tempo que passavam juntos era a parte do dia pela qual Laura mais ansiava.

Freddy pousou a colher com cuidado diante dele e inclinou a cadeira para trás, balançando-a até tirar as duas pernas da frente do chão. Laura teve de se conter para não chamar sua atenção e pedir para que se sentasse direito à mesa.

— Acho que o jeito como ela fala — ele voltou a apoiar as quatro pernas da cadeira no chão — é uma espécie de camuflagem. É como um Jackson Pollock. Há tantos respingos e manchas de tinta na tela que, se um deles por acaso for um erro, ninguém vai reparar. Se Sunshine realmente usar uma palavra da forma errada, nunca saberemos. — Freddy balançou a cabeça, sorrindo consigo mesmo. — É genial.

Naquele momento, o gênio entrou na cozinha, em busca do almoço. Laura ainda pensava no que Freddy havia dito. Um jardineiro usando a arte de Jackson Pollock como metáfora linguística era um pouco inesperado, e outro detalhe intrigante do tipo de homem que ele realmente era. Aquilo deixou Laura ao mesmo tempo ansiosa e determinada a descobrir mais.

— A propósito — disse Freddy para Laura —, o filme. É *Quatro casamentos e um funeral*.

Sunshine sorriu e se sentou ao lado de seu mais novo amigo.

Depois do almoço, foram todos para o escritório. Sunshine estava ansiosa para mostrar a Freddy o museu de coisas perdidas de Anthony, e Laura, avaliando a possibilidade de perguntar se ele tinha alguma ideia brilhante sobre como fazer para devolver aquelas coisas a quem eram de direito. Cada vez que entrava no escritório, Laura tinha a impressão de que ele estava mais cheio, que tinha menos espaço e mais coisas. E se sentia menor, encolhendo, afundando. As prateleiras pareciam gemer, ameaçando rachar, e as gavetas rangiam, com coisas escapando, prestes a sair voando e explodir. Ela temia acabar enterrada embaixo de uma avalanche de coisas perdidas. Para Sunshine, era uma coleção de tesouros. Ela acariciava, segurava e abraçava as coisas, falando baixinho consigo mesma — ou talvez para as cosias — e lendo as etiquetas com um deslumbramento evidente. Freddy ficou devidamente espantado.

— Quem teria imaginado um negócio desses? — sussurrou, enquanto olhava ao redor. — Então era por isso que ele sempre carregava uma bolsa.

O sol fraco de outubro se esforçava para penetrar através do padrão de treliças de flores e folhas das cortinas de renda, e o escritório estava escuro e cheio de sombras. Ele afastou as cortinas, fazendo uma chuva de meteoritos de poeira suspensa sair girando pelo cômodo.

— Vamos jogar um pouco de luz nas coisas, não é?

Sunshine mostrou tudo a ele, como uma curadora apresentando orgulhosamente uma coleção da arte mais elegante. Ela mostrou botões e anéis, luvas, ursinhos de pelúcia, um olho de vidro, joias, uma peça de quebra-cabeça, chaves, moedas, brinquedos de plástico, tesouras, quatro conjuntos de dentaduras e uma cabeça de boneca. E aquele era o conteúdo de apenas uma gaveta. A xícara e o pires creme com violetas pintadas ainda estavam em cima da mesa. Sunshine os pegou e entregou a Freddy.

— É bonita, não é? A moça não quer de volta e Laura vai ter que ficar com ela, para uma deliciosa xícara de chá.

Laura estava prestes a contradizer a jovem, mas o rosto de Sunshine mostrava uma certeza tão absoluta que as palavras morreram em sua boca.

— É sua, então.

Quando Laura pegou a xícara e o pires com Freddy, os dedos dele roçaram a mão dela, e ele sustentou seu olhar por apenas um instante, antes de se virar e se sentar na cadeira de Anthony.

— E você deve tentar devolver todo o resto a quem pertence? — perguntou ele, girando os braços ao redor do espaço. O tom tranquilo não traduzia a enormidade da tarefa.

— Essa é a ideia — retrucou Laura.

Sunshine estava distraída com um objeto que tinha caído da gaveta que ela abrira. Ela pegou o objeto do chão, mas na mesma hora deixou cair de novo, uivando de dor.

Luva de mulher, de couro azul-marinho, mão direita.
Encontrada na beira do gramado, aos pés da Cow Bridge,
em 23 de dezembro...

Estava frio. Frio demais para nevar. Rose levantou os olhos para o céu preto cravejado de estrelas e com a lua em formato de foice. Vinha caminhando a passo rápido fazia vinte minutos, mas seus pés estavam dormentes e os dedos congelados. Estava triste demais para lágrimas. Agora já estava quase lá. Felizmente não havia carros passando, ninguém para distraí-la ou para intervir. Tarde demais para pensar. Ali, agora. Aquele era o lugar. Subir a ponte, então apenas uma margem rasa e gramada. Ela tirou uma das luvas e pegou a fotografia no bolso. Então, beijou o rosto da menininha que sorria para ela na foto. Escuro demais para ver, mas a mulher sabia que ela estava ali. "A mamãe ama você." Já na encosta gramada, a mão sem luva agarrou as lâminas congeladas da relva. No fundo, argila sob os pés. "A mamãe ama você", sussurrou de novo, enquanto as luzes distantes pontilhavam a escuridão e os trilhos começavam a vibrar. Difícil demais viver.

— Difícil demais viver. A moça morreu. — Sunshine tremia enquanto tentava explicar.

Freddy puxou-a para si e a abraçou com força.

— Acho que você precisa de uma deliciosa xícara de chá.

Ele mesmo preparou o chá, sob a supervisão rigorosa de Sunshine. Duas xícaras de chá e um biscoito recheado com geleia mais tarde, ela tentou contar um pouco mais a eles.

— A moça amava a garotinha dela, mas estava muito triste — foi o melhor que conseguiu explicar.

Laura sentiu-se estranhamente inquieta.

— Sunshine, talvez seja melhor você não entrar mais no escritório.

— Por quê?

Laura hesitou. Parte dela não queria que a garota se envolvesse tanto. Sabia que era egoísmo, mas estava louca para encontrar um modo de deixar Anthony e talvez até mesmo os próprios pais orgulhosos dela. Postumamente, é claro. Era a oportunidade que tinha de enfim fazer alguma coisa certa, e não queria qualquer distração.

— Para o caso de haver outras coisas que a perturbem.

Sunshine balançou a cabeça com determinação.

— Estou bem agora.

Laura não pareceu convencida, mas Sunshine tinha um bom argumento.

— Se você nunca fica triste, como vai saber como é se sentir feliz? — perguntou. — Além do mais, todo mundo morre.

— Acho que ela acaba de colocar você em xeque-mate — murmurou Freddy.

Laura se deu por vencida com um sorriso relutante.

— Mas — continuou Freddy — talvez eu tenha a coisa certa para animá-la. Tenho um plano.

21

Sunshine estava parada, esperando, perto do relógio de sol — uma figura solene, usando um casaco rosa impermeável e tênis de cano alto prateados, enfeitados com lantejoulas. A tarde úmida de outubro já começava a se preparar para dar lugar à noite, o céu do pôr do sol cintilando da cor do ruibarbo. A um sinal de Sunshine, Freddy colocou a música para tocar e assumiu seu lugar ao lado de Laura, para descer a "nave" formada por pequenas velas, até onde a jovem esperava para começar a cerimônia. Freddy carregava as cinzas de Anthony em uma urna simples de madeira, e Laura levava uma caixa de papel bonita, cheia de pétalas de rosa de verdade, e a fotografia de Therese que ficava no jardim de inverno. Laura teve de controlar a vontade de rir, enquanto caminhava o mais devagar possível, ao som do inevitável acompanhamento de Al Bowlly.

Sunshine havia planejado tudo até os últimos detalhes. O gramofone fora posicionado de forma que Freddy pudesse alcançá-lo inclinando-se por cima da janela, e as pétalas de rosa e as velas também com aroma de rosas haviam sido encomendadas especialmente para a ocasião. Sunshine a princípio queria esperar até que as rosas florescessem de novo, mas Laura não conseguiria suportar a ideia de as cinzas de Anthony ficarem esquecidas em uma prateleira pelos próximos nove meses. Ela não podia mais mantê-lo separado de Therese. As velas com aroma de rosa e as pétalas tinham sido um meio-termo de difícil negociação. Freddy e Laura alcançaram Sunshine no momento que o sr. Bowlly começava o verso final da canção, e ela ouviu, realmente ouviu as palavras, talvez pela primeira vez.

Poderiam ter sido escritas para Anthony e Therese. Sunshine fez uma pausa longa o bastante para ser dramática, antes de checar o pedaço de papel que segurava com força.

— Tristes amados, estamos reunidos aqui, aos olhos de Deus, e diante dessa complicação, para unir esse homem, Santo Anthony — ela deu uma palmadinha na urna —, e essa mulher, A Moça das Flores — agora Sunshine indicou a foto com a palma da mão para cima —, no sagrado macarrônio que é o estado respeitável. Santo Anthony, aceite A Moça das Flores como sua legítima esposa, dessa data em diante, para o melhor e para o pior, mais rico ou mais pobre, para amar e perecer na morte que agora começa. E ainda tem ritmo — acrescentou ela, orgulhosa de si.

Sunshine parou de novo, dessa vez em uma pausa longa a ponto de se tornar quase desconfortável, mas sem dúvida com a intenção de ressaltar a santidade da ocasião.

— Terra para terra, cinza para cinza, do vibrante para o inútil. Sabemos que o major Tom é um macaco. Podemos ser heróis só por um dia — completou, valendo-se das letras que David Bowie cantava.

Ela se inclinou para a frente e se dirigiu a Freddy e Laura em um sussurro exagerado.

— Agora você joga as cinzas, e você as pétalas. — Então, depois de uma pausa para pensar: — Sigam-me!

E seguiram os três em uma estranha e pequena procissão dando a volta no roseiral, com Sunshine guiando-os ao redor de roseiras de aparência desolada, cuja elegância do verão havia sido reduzida a um monte de folhas murchas e amareladas agarrando-se teimosamente aos caules. Freddy seguiu Sunshine, esvaziando a urna o mais delicadamente possível, com Laura atrás dele, tentando evitar ser atingida pelas cinzas, enquanto espalhava pétalas de rosas sobre a trilha rala dos restos mortais de Anthony. O "espalhar as cinzas" sempre soara como um ato etéreo para Laura, mas, na realidade, pensou, era mais como esvaziar o depósito de um aspirador de pó. Quando a urna finalmente estava vazia, Sunshine consultou mais uma vez o pedaço de papel.

— Ele era o norte, o sul, o leste e o oeste dela; seus dias úteis e seu fim de semana. Ela era a lua e as estrelas para ele, e sua música favorita, eles achavam que o amor duraria para sempre: não estavam errados.

Freddy piscou para ela e abriu um sorriso largo.

— E ainda tem ritmo — disse apenas com o movimento dos lábios.

Sunshine não se distraiu.

— Agora, eu os declaro marido e mulher. Do que Deus e Sunshine uniram nenhum homem possa se aproveitar.

Ela acenou para Freddy com a cabeça e ele se apressou na direção do gramofone.

— E agora é hora da primeira dança do noivo e da noiva.

Enquanto o sol se punha, manchando o céu azul gelado de carmim, e o chamado de um melro ecoava no crepúsculo, alertando de um gato malhado à espreita, Etta James proclamava "At Last". Finalmente.

Quando a última nota da canção se ergueu no ar frio, Laura olhou para Freddy. Ele a estava encarando e sorriu ao encontrar os olhos dela. Laura se adiantou para recolher as velas. Mas Sunshine ainda não havia terminado. Ela sacudiu o pedaço de papel que tinha nas mãos e pigarreou.

— Eu sou a ressurreição e a luz, disse o Senhor: ele que acreditou em mim, embora estivesse morto, ainda assim viverá. Uma boa noite da minha parte e da dele.

Quando Laura foi dormir naquela noite, o quarto parecia diferente de algum modo. Talvez estivesse mais quente. Ou talvez fosse apenas o vinho que ela tomara com Freddy e Sunshine para celebrar o fato de Therese e Anthony terem se reunido. As coisas em cima da penteadeira estavam todas em ordem e o reloginho azul havia parado às 11h55 como sempre. Ela deu corda nele, para que pudesse parar à mesma hora no dia seguinte, fechou as cortinas e se virou para a cama.

Havia pétalas de rosa espalhadas sobre as cobertas.

22

Eunice

1987

Bette andava a passo rápido bem à frente deles, inspecionando o parque em busca de indesejáveis. De vez em quando, ela se virava para checar se os dois a seguiam obedientemente, a cara aveludada franzida de forma cômica. Ela havia sido batizada em homenagem à estrela do filme com quem guardava uma enervante semelhança, mas eles passaram a chamá-la de Baby Jane, por causa de uma das personagens mais memoráveis da sua xará no cinema.

Bomber ficara paralisado com a morte de Douglas. Ele havia segurado o cachorrinho nos braços até muito depois de o último suspiro do animal ter sinalizado "Fim", quando seu pelo macio já estava frio e estranho. Eunice chorara desconsoladamente em uma explosão de sofrimento, mas Bomber permanecera sentado rígido, os olhos secos, enquanto uma nuvem cinza de luto se instalava ao redor dele, sufocando suas lágrimas. O espaço ocupado por Douglas no escritório, já no formato do corpinho dele, era motivo de sofrimento diário. Eles estavam com menos um membro do grupo e com um donut a mais, mesmo assim Eunice seguiu em frente — a princípio no piloto automático, mas em frente. Bomber entrou em colapso. Ele bebia para suportar a dor, depois dormia para se livrar do efeito do álcool.

No fim, apenas um homem foi capaz de ajudá-lo. Era difícil dizer quem havia se apaixonado por Tom Cruise com mais intensidade, se Bomber ou Eunice, enquanto o ator passava da moto, para o bar, para o avião, com os óculos Ray-Ban no rosto. Eles tinham assistido a *Top Gun* três noites seguidas, quando o filme fora lançado no cinema Odeon, no ano anterior. Três semanas depois da morte de Douglas, Eunice irrompera no apartamento de Bomber com a chave extra que tinha e chutou a bunda em luto dele para fora da cama. Quando Bomber se sentou diante da mesa da cozinha, finalmente as lágrimas chegaram, aliviando-o, escorrendo por seu rosto e caindo dentro da caneca de café que Eunice preparara. Ela pegou a mão dele.

— Deus, ele adorava voar com você, Bomber. Mas ele teria voado de qualquer modo... sem você. Teria odiado, mas teria feito isso.

No dia seguinte, Bomber chegou sóbrio ao escritório, e na semana seguinte Baby Jane chegou do Abrigo para Cães Battersea — um montinho de pelo aveludado branco e preto, muito mandona. Baby Jane não gostava de donuts. A primeira vez que lhe ofereceram um, ela farejou o doce com desdém e deu as costas. Poderia muito bem ser uma tartelete de cocô. Baby Jane gostava de biscoitinhos vienenses recheados. Para uma cachorrinha vinda de um abrigo tinha gostos caros.

Enquanto a pug minúscula farejava uma caixa vazia na grama, Eunice olhou para Bomber e quase o reconheceu de novo. O sofrimento pela perda de Douglas ainda estava evidente nas olheiras e no rosto encovado, mas um sorriso já curvava os lábios dele e os ombros estavam um pouco mais erguidos. A cachorrinha nunca substituiria Douglas, porém já era uma distração, e, se Baby Jane fizesse as coisas do seu jeito, como costumava acontecer, Eunice não tinha qualquer dúvida de que ela acabaria se provando uma superestrela por seus próprios méritos.

De volta ao escritório, Eunice colocou a chaleira com água para ferver, enquanto Bomber examinava a correspondência. Baby Jane se acomodou em sua almofada e apoiou a cabeça nas patas dianteiras, para se recuperar da árdua tarefa de comer o doce dela. Quando Eunice serviu o chá, Bomber estava acenando com um volume fino de contos, publicado por uma editora rival, que acabara de chegar.

— *Achados e perdidos*, de Antony Peardew. Hummm, já ouvi falar desse livro. Está se saindo muito bem. Eu me pergunto por que o velho Bruce mandou para mim.

Eunice pegou o bilhete que acompanhava o livro.

— Para tripudiar — respondeu.

— "Bomber — leu —, por favor aceite uma cópia dessa coleção de contos de imenso sucesso com os meus cumprimentos. Você teve sua chance, meu velho, e jogou fora!"

Bomber balançou a cabeça.

— Não tenho ideia do que ele está falando. Se esse Peardew tivesse mandado o original para nós primeiro, teríamos voado em cima dele. Deve ser o excesso de spray de cabelo afetando os miolos de Bruce.

Eunice pegou o livro e folheou. O nome do autor e o título juntos, como dois sílex, acenderam uma vaga lembrança... Um manuscrito? Eunice buscou na memória por uma resposta, mas foi como aquela brincadeira de pegar a maçã com a boca — bem no momento que se está roçando o dente na casca, a maçã escapa. Baby Jane deu um suspiro teatral. O doce dela estava *en retard* e ela estava fraca de fome. Eunice riu e alisou as rugas aveludadas na cabeça da cachorrinha.

— Você é uma diva, minha jovem! Vai ficar gorda e então não haverá mais doces para você. Só corridas ao redor do parque e um bastão de aipo de vez em quando. Se tiver sorte.

Baby Jane levantou a cabeça para Eunice, a expressão triste, os olhos que mais pareciam dois botões pretos emoldurados por longos cílios. Funcionava toda vez. Ela conseguiu o doce. Finalmente.

No exato instante que a cachorrinha estava com a língua para fora, em uma busca otimista de algum restinho de creme, o telefone tocou. Cada dois toques eram seguidos por um latido imperioso. Desde sua chegada, Baby Jane havia assumido rapidamente uma posição gerencial, e era uma chefe muito rigorosa daquele canil. Bomber atendeu.

— Mãe.

Ele ouviu por um momento. Eunice observou sua expressão e soube na mesma hora que não eram boas notícias. Bomber ficou de pé.

— Quer que eu vá para aí? Vou agora mesmo se quiser. Deixa de bobagem, mãe, é claro que não tem problema.

Devia ser alguma coisa com Godfrey. O adorável, gentil, engraçado e cavalheiro Godfrey, a quem a demência estava deixando à deriva. Ele, que já fora um galeão majestoso, agora tinha as velas gastas e rasgadas, já não era mais capaz de determinar o próprio curso, tendo sido deixado à mercê de qualquer ventania ou tempestade. No mês anterior, havia conseguido ao mesmo tempo inundar a casa e colocar fogo nela. Godfrey havia começado a encher a banheira, mas acabara se esquecendo do banho, e descera as escadas para secar a camisa, que deixou em cima da chapa do fogão Aga, antes de sair para comprar um jornal no centro da cidade. Quando Grace entrou, vinda da estufa, a água que vazava pelo teto da cozinha tinha apagado o fogo que a camisa havia começado. Ela não sabia se devia rir ou chorar. Mas se recusava a aceitar que precisava de ajuda. Godfrey era marido dela e ela o amava. Havia prometido que seria na saúde e na doença. Até que a morte os separasse. Não conseguia suportar a ideia dele em uma casa em que a decoração incluísse poltronas com vaso sanitário embutido. Ainda assim... Agora ele tinha fugido. Bom, na verdade, saíra vagando. Depois de uma hora de busca frenética no centro da cidade, Grace voltara para casa para ligar para a polícia. No portão, ela encontrou o vigário, que, no caminho para visitar um paroquiano, encontrara Godfrey andando no meio da rua, com uma vassoura pousada no ombro como se fosse um rifle, e a boina vermelha de Grace na cabeça. Godfrey tinha dito ao reverendo Addlestrop que estava voltando para o regimento, depois de uma folga de fim de semana.

Bomber pousou novamente o fone no gancho com um suspiro conformado.

— Quer que eu vá com você ou prefere que eu fique aqui, tomando conta de tudo com Baby Jane?

Antes que ele pudesse responder, eles ouviram o interfone tocar.

Portia recebeu a notícia da última escapada de Godfrey com uma terrível tranquilidade. E se recusou a se juntar a Bomber para ir ver os pais, quanto mais oferecer alguma ajuda. Bomber tentou em vão quebrar a superfície dura de toda aquela compostura.

— Isso é sério, mana. Não podemos esperar que a mamãe fique de olho nele todos os minutos do dia e da noite, e ele é um perigo para si mesmo. E não demora muito, que Deus não permita, pode acabar sendo um perigo para ela também.

Portia examinou as unhas pintadas de vermelho. Acabara de sair da manicure e tinha ficado tão satisfeita que dera uma libra de gorjeta para a moça.

— Ora, o que você espera que eu faça a respeito? Ele deveria estar em uma casa...

— Ele está em uma casa — sibilou Eunice. — A casa dele.

— Ah, cala a boca, Eunuca. Isso não tem nada a ver com você.

— Bom, pelo menos ela se importa! — explodiu Bomber.

Tocada pela dolorosa reprimenda de Bomber e secretamente apavorada com a doença do pai, Portia respondeu da única forma que sabia: com insultos.

— Seu desgraçado sem coração! É claro que me importo com o papai. Estou só sendo honesta. Se ele oferece perigo, precisa ser trancado em algum lugar. Pelo menos eu tenho coragem de dizer isso. Você sempre foi completamente sem personalidade, sempre adulando o papai e a mamãe e nunca se impondo a eles como eu!

Baby Jane percebeu que as coisas estavam saindo do controle, e não permitiria que ninguém falasse com seus amigos daquela maneira. E deixou claro o seu desprazer com um rosnado baixo. Portia procurou pela origem da repreensão e encontrou a pequena pug mal-humorada se preparando para a batalha.

— Essa almofada mijona de aparência repulsiva ainda está aqui? Achei que você já houvesse se fartado quando o outro monstrinho finalmente morreu.

Eunice olhou de relance para o lugar onde estavam as cinzas de Douglas, dentro de uma caixa em cima da mesa de Bomber, e fez um pedido de desculpas silencioso ao cachorrinho. E estava se perguntando como poderia infligir a dor excruciante que a mulher merecia quando se deu conta de que Baby Jane já tomara a decisão para si. Ela saiu da almofada com o passo de um leão à espreita de uma gazela trêmula, fixou seu olhar mais poderoso em Portia e aumentou o volume até todo o seu corpo vibrar. A cachorrinha mostrou os dentes pequenos, mas prontos para a ação. Portia estalou os dedos à frente de Baby Jane, sem qualquer efeito, e a cachorrinha continuou a avançar, os olhos fixos na presa e os rosnados agora pontuados por latidos dramáticos.

— Quieta! Quieta! Senta! Quieta!

Baby Jane continuou a avançar.

Quando ela já estava no meio do caminho, Portia capitulou, recuando de forma nada digna e soltando uma coleção de palavrões que não combinavam com uma mulher elegante.

Bomber começou a recolher suas coisas.

Eunice repetiu a oferta de ajuda.

— Vou com você se quiser.

Ele deu um sorriso agradecido, mas balançou a cabeça.

— Não, não. Vou ficar bem. Você vai ficar aqui e tomar conta da madame — disse e se abaixou para fazer carinho nas orelhas de Baby Jane, que o encarava com adoração.

— Ao menos agora sabemos que é verdade — acrescentou Bomber, com um sorriso travesso.

— O quê? Que Portia é um completo desperdício de disparates e saltos altos?

Ele balançou a cabeça e segurou com gentileza a pata da cachorrinha.

— Ninguém deixa Baby Jane falando sozinha!

Eunice caiu na gargalhada.

— Saia logo daqui, Patrick Swayze!

23

— *Achados e perdidos*, de Anthony Peardew. Eu sabia que havia uma cópia em algum lugar da casa.

Laura entrou na cozinha acenando em triunfo com um livro fino de contos. Freddy levantou a cabeça do notebook sobre o qual estava debruçado diante da mesa. Ele pegou o livro da mão dela e folheou.

— É bom?

— Depende do que você quer dizer com "bom". — Laura se sentou na cadeira de frente para ele. — Foi bem vendido. Ao que parece, o editor de Anthony na época ficou muito satisfeito. Era um homenzinho peculiar, pelo que me lembro. Veio até aqui uma ou duas vezes. Usava spray de cabelo demais!

— Demais! — censurou Freddy. — Acho que qualquer quantidade de spray de cabelo é demais. A menos que você seja o Liberace. Ou um dançarino de salão.

— Isso se chama "cuidado com a aparência". — Laura sorriu. — Mas eu não diria que você é exatamente um especialista no assunto — acrescentou, fixando os olhos nos cachos escuros desalinhados que caíam por cima do colarinho da camisa, e na sombra da barba no rosto.

— Não preciso — retrucou Freddy e piscou para ela. — Sou naturalmente bonito.

E era mesmo, concordou Laura silenciosamente. Ah, Deus! Ela torcia para ter sido silenciosamente. Mas talvez tivesse assentido. Podia sentir o conhecido rubor subindo pelo pescoço. Droga! Talvez ele achasse que era coisa da idade dela. Droga em dobro! Talvez ele *realmente* achasse que era coisa da idade dela. Meia-idade. Pronta para calcinhas grandonas, rubores quentes e camisolas fechadas. E não era mesmo o caso. Na verdade, ela ia sair para um encontro.

— Mas você achou bom?

Freddy estava falando.

— Desculpe. Estava a quilômetros de distância. O que era bom?

Freddy acenou com o livro para ela.

— *Achados e perdidos*, o que você achou?

Laura suspirou e pousou as mãos na mesa à sua frente.

— Achei seguro. Lindamente escrito, como sempre, mas o conteúdo perdeu um pouco da contundência habitual de Anthony. Um pouco "felizes para sempre" demais para mim. Quase como se ele achasse que, escrevendo finais felizes para outras pessoas, conseguiria um para si mesmo.

— Mas isso nunca aconteceu?

Laura deu um sorriso triste.

— Até agora.

Dedos cruzados.

— Por isso ele parou de escrever?

Laura balançou a cabeça.

— Não, Anthony escreveu vários volumes desses contos... com base nas coisas que ele encontrava, agora eu presumo. A princípio eram histórias otimistas, agradáveis e comerciais. Bruce, o peculiar, ficou encantado com elas e, sem dúvida, com o dinheiro que geravam. Mas com o tempo os contos foram ficando mais sombrios, os personagens mais ambivalentes, falhos mesmo. Os finais felizes aos poucos deram lugar a mistérios desconfortáveis e perguntas sem resposta. Tudo isso foi antes do meu tempo aqui, é claro, mas, quando eu finalmente li os livros, achei que eram muito melhores que os primeiros, e com certeza muito mais parecidos com o trabalho anterior de Anthony, que dava crédito à imaginação e à inteligência dos leitores dele. Anthony me contou que Bruce ficou furioso. Ele queria mais histórias "gentis", limonada literária. Mas Anthony lhe dera absinto. Bruce se recusou a publicar as novas histórias e pronto.

— Anthony procurou outro editor?

— Não sei. Quando comecei a trabalhar aqui, ele parecia estar escrevendo mais para si mesmo que para qualquer outra pessoa. E acabou parando de me dar qualquer coisa para digitar, a não ser uma carta de vez em quando.

Laura pegou o livro em cima da mesa e passou a mão com carinho pela capa. Sentia saudade do velho amigo.

— Talvez possamos dar ao nosso site o nome do livro: "Achados e Perdidos". O que acha?

O site tinha sido ideia de Freddy. A princípio Laura ficara insegura. Por muitos anos, Anthony resistira à intromissão da tecnologia em seu lar tranquilo. Por isso, abrir as portas para a colossal internet e todos os duendes que vinham com ela, tão pouco tempo depois da morte dele, parecia uma espécie de violação. Mas Freddy a convencera.

— A única coisa que Anthony lhe pediu para não mudar foi o roseiral. Ele deixou a casa para você porque sabia que você faria a coisa certa. É sua casa agora, mas veio com uma cláusula extra a reboque, e Anthony confiou em você para usar os métodos que achasse melhor para conseguir devolver essas coisas às pessoas que as perderam.

O site seria mesmo um enorme departamento virtual de "achados e perdidos", onde as pessoas poderiam navegar entre as coisas que Anthony encontrara e reclamar os itens que pertencessem a elas. Eles ainda estavam definindo os detalhes, incluindo o nome do site.

— "Achados e Perdidos." Tedioso demais. — Sunshine havia entrado no escritório, procurando por biscoitos.

— Que tal eu preparar uma deliciosa xícara de chá?

Freddy esfregou as mãos, em um prazer exagerado.

— Achei que você nunca perguntaria. Estou seco como o martíni que James Bond costuma beber.

Sunshine encheu a chaleira de água e a colocou com cuidado em cima do fogão.

— Como uma bebida, que é molhada porque é uma bebida, pode ser seca?

— Essa é uma boa pergunta, garota — disse Freddy, pensando consigo mesmo: *para a qual não tenho a menor ideia da resposta.*

Laura o salvou.

— Que tal "O Reino das Coisas Perdidas"?

Sunshine torceu o nariz, desaprovando também.

— Santo Anthony mantinha todas as coisas a salvo. Ele era o Guardião, e agora esse papel é seu. Devemos chamar de "O Guardião das Coisas Perdidas".

— Brilhante — disse Freddy.

— Onde estão os biscoitos? — perguntou Sunshine.

Laura voltou do salão de cabeleireiro no momento que Freddy ia embora para casa.

— Você está diferente — comentou ele, quase em tom de acusação. — Comprou um pulôver novo?

Ela teria sido capaz de chutá-lo com o maior prazer. O pulôver que usava tinha vários anos e estava todo cheio de bolinhas para provar. Mas acabara de gastar quase duas horas e setenta libras cortando e pintando o cabelo com a cabeleireira que costumava atendê-la, Elise, que havia descrito a cor como luzes suaves em tom de cobre polido. Quando saíra do cabeleireiro, balançando a crina castanha e brilhante como um pônei em exibição, Laura se sentira incrível. Agora, por alguma razão, tinha a sensação de que jogara dinheiro fora.

— Acabei de cortar e tingir o cabelo — murmurou entredentes.

— Ah, certo. Deve ser isso, então — disse Freddy, enquanto procurava a chave do carro na bolsa. Quando encontrou, deu um rápido sorriso para Laura e se encaminhou para a porta.

— Estou indo. Até amanhã.

Ele saiu, fechou a porta e Laura deu um chute petulante no porta-guarda-chuvas de bambu, derrubando-o no chão. Enquanto recolhia os guarda-chuvas e bengalas espalhados, disse a si mesma que, de qualquer modo, o cabelo arrumado não era para Freddy, por isso não importava ele não ter reparado.

No andar de cima, ela admirou o novo vestido preto que estava pendurado na frente do guarda-roupa. Era elegante e de bom gosto, mas com um toque sexy, mostrando a quantidade exata de pernas e de colo para uma mulher da idade dela, de acordo com a vendedora que aceitara o cartão de crédito de Laura. Na verdade, Laura achara o vestido um pouco justo demais e terrivelmente caro. Teria de comer muito pouco e tomar cuidado para não derramar nada na frente dele.

O encontro era com Graham, que era chefe de setor de Vince. Laura havia esbarrado em Graham no estacionamento do The Moon is Missing depois de almoçar lá. Antes, havia se encontrando várias vezes com ele nos jantares de Natal da concessionária, e em muitos outros eventos sociais, quando ela era casada com Vince, e ele com Sandra. Mas agora ela não estava mais casada, e, bem recentemente, nem ele. Graham a convidara para sair. Como isso tinha acontecido logo depois do encontro incômodo com Felicity, Laura pensou "por que não?" e aceitou.

Mas agora já não estava tão certa. Enquanto girava o corpo para se ver no vestido novo e checava mais uma vez o cabelo no espelho, começou a ter dúvidas. De acordo com Elise, cujo salão também fazia as vezes de confessionário para a maior parte das clientes, Laura era no momento o assunto favorito de conversa dos moradores. Em vida, Anthony alcançara o status de celebridade modesta, por ser um autor publicado. Portanto, na sua morte, automaticamente se decidira que os assuntos dele deveriam permanecer de domínio público, mesmo que isso fosse um pouco injusto. A opinião pública sobre Laura aparentemente ia de "aproveitadora de idosos com o pé na cova" e "piranha caçadora de ouro" até "amiga fiel que mereceu ser a beneficiária do testamento" e "antiga campeã nacional de dança irlandesa tradicional".

— Mas eu acho que a sra. Morrissey talvez tenha confundido você com outra pessoa — teve de admitir Elise. — Ora, ela tem quase oitenta e nove anos e só come repolho às quintas-feiras.

Talvez, pensou Laura, não devesse sair. As pessoas talvez achassem que estava se divertindo cedo demais depois da morte de Anthony. De vestido e penteado novos, talvez parecesse que ela estava ostentando a herança que recebera, dançando em cima do túmulo dele, antes que a terra assentasse. A não ser, é claro, pelo fato de que Anthony havia sido cremado e suas cinzas espalhadas, por isso tecnicamente não havia terra a assentar. Mas agora era tarde demais. Laura checou a hora. Graham devia estar quase chegando. Ele sempre parecera um bom homem. Um cavalheiro.

— Você vai ficar bem — disse a si mesma. — É só um jantar.

Quando o táxi chegou, Laura não estava sentindo a menor fome.

Graham era realmente um cavalheiro. Estava esperando por ela com um coquetel de champanhe e um sorriso ligeiramente nervoso. Ele pegou o casaco de Laura, lhe deu um beijo no rosto e comentou como ela estava bonita. Quando Laura deu um gole no drinque, começou a relaxar. Bom, o máximo possível dentro do vestido-bandagem. Talvez tudo fosse dar certo, afinal. A comida estava deliciosa e Laura comeu o máximo que a roupa permitiu, enquanto Graham lhe contava sobre o fim do seu casamento — a chama se apagara; eles ainda eram amigos, mas não mais amantes. E também sobre o novo interesse dele em caminhada nórdica — "uma versão da caminhada que envolve todo o corpo, com a ajuda de bastões de fibra de vidro". Laura resistiu à vontade de fazer uma piada sobre ele não parecer velho o bastante para precisar de uma bengala, quanto mais duas, mas tinha de admitir que Graham realmente parecia em forma. Tinha quase quarenta e seis anos, o torso estava felizmente intocado pela expansão da meia-idade, e os ombros pareciam largos, de músculos firmes embaixo da camisa bem passada.

No banheiro feminino, Laura se parabenizou enquanto retocava o batom. Certamente não há nada errado com o meu encontro, pensou. E Graham tinha belas maneiras à mesa. Ela pressionou os lábios um contra o outro e guardou novamente o batom na bolsa.

Graham insistiu em acompanhar Laura até em casa em um táxi, e, relaxada pelo vinho e pela companhia tranquila, ela se permitiu descansar a cabeça por um instante no ombro dele, enquanto dava o endereço de Padua para o motorista. Contudo, não iria convidá-lo para um café, para um drinque ou para qualquer eufemismo. Sabia que não deveria deixar que as fofocas a incomodasse, mas não conseguia evitar. E o epíteto "piranha" foi o tapa que mais doeu. Laura só dormira com três homens em toda a sua vida, e um deles foi Vince, que não contava. Não tinha orgulho disso, na verdade desejava ter tido mais amantes. Talvez, se tivesse dormido com mais homens, teria encontrado o certo para ela. Mas não em um primeiro encontro. E Graham era um cavalheiro. Ele não esperaria por isso.

Dez minutos mais tarde, um Graham ligeiramente perplexo seguia no táxi para a própria casa. Ele nem sequer passara da varanda da frente, quanto mais entrara na casa. Laura estava no banheiro, bochechando com o antisséptico bucal. Quando cuspiu o líquido ardente na pia, deu uma olhada na expressão ainda espantada no espelho. A máscara já escorrera e deixara marcas no rosto, e o batom estava borrado, formando uma boca grotesca de palhaço. Parecia uma piranha. Laura lutou para sair do vestido, puxando-o por cima da cabeça e amassando-o com raiva em uma bola. Na cozinha, jogou o vestido no lixo e abriu a porta da geladeira. O prosecco tinha um sabor rançoso depois do enxaguante bucal, mas Laura insistiu e virou tudo. Ela levou a garrafa para o jardim de inverno e acendeu o fogo na lareira. No processo, bateu com o copo e o quebrou.

— Merda! Saco! Copo maldito! — falou para os cacos que cintilavam sob a luz do fogo. — Fique aí, então, quebrado. Vai ver se eu me importo!

Ela voltou cambaleando para a cozinha e pegou outro copo. Enquanto acabava com o que restava da garrafa, ficou olhando para as chamas e se perguntando que diabo de cena estivera fazendo.

Terrivelmente bêbada e exausta de chorar e de soluçar, Laura adormeceu no sofá, o rosto inchado de lágrimas enfiado no cabelo lindo, recém-pintado.

24

Ela dormiu por aproximadamente dez horas, mas, quando acordou, a sensação era de ter dormido por semanas. O latejar na cabeça logo ecoou a batida forte no vidro das janelas francesas. Com um esforço considerável, Laura se levantou do sofá apenas o suficiente para ver quem estava tornando ainda pior a dor de cabeça já abominável que sentia. Freddy. Quando finalmente conseguiu se sentar, ele estava parado diante dela, o rosto impassível, segurando uma caneca de café fumegante. Laura enrolou com força uma manta ao redor do corpo dolorido, enquanto Freddy registrava os dois copos de vinho, as garrafas vazias e o desalinho geral de Laura.

— Vejo que seu encontro correu bem. — O tom dele era um pouco mais irritado que o normal.

Laura pegou a xícara da mão dele e murmurou alguma coisa ininteligível.

— Sunshine disse que você ia sair com o seu namorado.

Ela deu um gole no café e estremeceu.

— Ele não é meu namorado — retrucou, com a voz áspera.

Freddy ergueu as sobrancelhas para ela.

— Ah, me parece que as coisas ficaram bem *românticas* por aqui.

Os olhos de Laura marejaram, mas seu peito se encheu de raiva.

— E que diabo você tem a ver com isso, afinal? — devolveu, ríspida.

Freddy encolheu os ombros.

— Você está certa. Não tenho nada a ver com isso. — Ele se virou para sair. — E obrigada pelo café, Fred — murmurou.

— Ah, vai se catar! — respondeu ela, também murmurando.

Laura deu outro gole da caneca. Por que, em nome de Deus, havia contado a Sunshine sobre o encontro?

Laura sentiu o alerta do excesso de saliva na boca. Sabia que não conseguiria chegar ao banheiro, mas seria rude não tentar. A meio caminho, vomitou no piso de parquete. Vomitou muito. Enquanto continuava parada, com frio, se sentindo um trapo, com as pernas sujas de vômito e ainda segurando a caneca de café, Laura ficou feliz por, ao menos, ter se desviado do tapete persa.

Uma hora mais tarde, depois de limpar toda a confusão, vomitar mais duas vezes, passar dez minutos embaixo do chuveiro e vestir uma roupa qualquer, estava sentada diante da mesa da cozinha, segurando uma xícara de chá e encarando uma fatia de torrada ressecada. O encontro acabara em desastre. A lembrança da língua de Graham se contorcendo letargicamente dentro de sua boca, como os espasmos mortais de uma lesma particularmente úmida, lhe provocou uma onda de suor frio. Bom, aquilo e as duas garrafas de prosecco que se seguiram, é claro. Como pudera ser tão tola? O som da campainha invadiu seu devaneio triste. Sunshine. *Ah, Deus, não. Por favor, hoje, não*, pensou. Haveria um sem-fim de perguntas sobre a noite anterior, que Laura simplesmente não seria capaz de encarar. Ela se escondeu na despensa. Sunshine acabaria dando a volta até a porta dos fundos se ninguém atendesse à campainha, e, se Laura ficasse onde estava, largada diante da mesa, a garota a veria. A campainha continuou a tocar, com paciência e persistência, então a porta dos fundos foi aberta e Freddy entrou.

— Pelo amor de Deus, o que você está fazendo?

Laura fez sinal para que ele se calasse e o puxou para dentro da despensa. Até um movimento leve como aquele fez as têmporas dela latejarem. Ela se apoiou em uma das prateleiras cheias de potes de picles.

— Nossa, você está péssima — comentou Freddy, em tom prestativo.

Laura levou o dedo aos lábios mais uma vez.

— O que foi? — Ele estava começando a perder a paciência.

Laura suspirou.

— Sunshine está na porta da frente e realmente não consigo encará-la hoje. Sei que você provavelmente vai me achar patética, mas a verdade é que não vou ser capaz de lidar com todas as perguntas dela. Hoje, não.

Freddy balançou a cabeça e falou, em tom de desprezo:

— Não acho patético. Acho simplesmente cruel. Você, uma mulher adulta, se escondendo dentro de um armário para não atender a uma garota que te acha incrível e que adora a sua companhia, só porque está com uma grande e provavelmente merecida ressaca. Pelo menos tenha coragem de sair e dar uma desculpa na cara dela!

As palavras de Freddy foram como agulhas cravando na pele, mas, antes que Laura pudesse retrucar, o humor diante da porta da frente subitamente se tornou desagradável.

Sunshine não tinha ideia de quem era a loira que subia a entrada da casa a passos firmes, mas a mulher parecia bastante irritada.

— Oi, eu sou a Sunshine. Sou amiga da Laura. Quem é você?

A mulher estreitou os olhos e mirou Sunshine de cima a baixo, tentando decidir se iria se dignar a responder.

— O Freddo está aqui? — quis saber.

— Não — respondeu Sunshine.

— Tem certeza? Porque a porra daquele Land Rover na entrada da casa é dele.

Sunshine observou com interesse enquanto a mulher ficava cada vez mais vermelha e irritada e começava a golpear a campainha com um dedo onde sobressaía a unha perfeitamente pintada.

— Aquele é a porra do Land Rover do *Freddy* — retrucou Sunshine, calmamente.

— Então ele *está* aqui, o filho da puta! — bradou a mulher.

Ela apertou a campainha de novo e ainda socou a porta.

— Ela não vai atender — disse Sunshine. — Provavelmente está se escondendo.

Felicity parou de bater na porta por um momento.

— De quem você está falando?

— Da Laura.

— O quê, aquela diarista engraçada? Por que, em nome de Deus, ela estaria se escondendo?

— De mim — respondeu Sunshine, com um sorriso triste.

— Ora, é melhor que o maldito saco de merda do Freddy não esteja se escondendo de mim!

Sunshine decidiu tentar ajudar. A loira agora parecia realmente furiosa, e Sunshine estava preocupada que ela acabasse quebrando a campainha.

— Talvez ele esteja se escondendo com Laura — sugeriu. — Ele gosta mesmo dela — acrescentou.

Aquelas palavras não pareceram ajudar tanto quanto a garota esperava.

— Você está querendo dizer que o desgraçado provavelmente está trepando com a empregada? — A mulher se agachou e começou a gritar através da fresta para correspondência.

Freddy deu um jeito de entrar na despensa ao lado de Laura e fechou a porta. Foi a vez de Laura erguer as sobrancelhas.

— É Felicity — sussurrou. O tom sarcástico havia desaparecido completamente de sua voz, que agora mostrava um toque de desespero.

— E...?

Foi a vez de Freddy suspirar.

— Tínhamos marcado de sair ontem, mas eu não pude ir, e só disse isso a ela bem perto da hora combinada, e acho que Felicity está meio chateada... — ele se interrompeu, deixando no ar a explicação nada convincente.

Apesar de estar com frio, nauseada e com a cabeça prestes a explodir, Laura não conseguiu conter um sorriso. Suas palavras seguintes foram ditas com tanto prazer quanto sugeriam as delícias nas prateleiras contra as quais estava encostada.

— Ora, pelo menos tenha coragem de sair e dar uma desculpa na cara dela.

Freddy a encarou, atônito, então seu rosto relaxou em um sorrisinho torto.

— Eu sei que você está aí dentro, seu desgraçado! — A voz esganiçada de Felicity entrou pela fresta da correspondência. — Você e a diarista piranha! Se aquela pedinte seca e desmazelada é o melhor que você consegue, então é óbvio que eu era areia demais para o seu caminhão. Você era mesmo uma merda trepando. Que ela faça bom proveito!

Sunshine ficou parada do lado da incandescente Felicity, sem saber como agir. Havia recolhido todas as palavras ditas ali, ou melhor, berradas, e tinha a esperança de conseguir dar algum sentido a elas mais tarde. Talvez Laura, quando parasse de se esconder, pudesse ajudá-la. A energia de Felicity parecia ter acabado. Ela deu um último soco na porta e saiu pisando firme pelo caminho por onde chegara. Instantes depois, Sunshine ouviu uma porta de carro bater, o motor ser ligado e som de pneus cantando enquanto Felicity partia, furiosa, deixando uma boa quantidade de borracha no asfalto. Quando Sunshine já estava prestes a ir para casa, chegou outra visita. Essa mulher era mais velha, estava vestida com elegância e sorria.

— Oi — disse. — A Laura mora aqui?

Sunshine se perguntou o que a nova mulher ia fazer.

— Sim. Mas provavelmente está se escondendo.

A mulher não pareceu nem um pouco surpresa.

— Sou a Sarah — se apresentou. — Uma velha amiga de Laura.

Sunshine bateu com a mão espalmada na dela.

— Sou a Sunshine. Sou a nova amiga de Laura.

— Ora, tenho certeza de que ela tem muita sorte de ter você como amiga — comentou a nova mulher.

— Você também vai berrar com ela pela caixa do correio? — perguntou a garota.

Sarah pensou por um momento.

— Pensei em talvez tentar a campainha.

Sunshine estava com fome. E, ao que parecia, não conseguiria nada para o almoço em Padua naquele dia.

— Boa sorte — desejou a Sarah, antes de partir para casa.

Freddy e Laura continuavam na despensa, esticando os ouvidos para tentar descobrir se ainda havia alguém na porta da frente. A campainha voltou a tocar. Um único toque, seguido por uma pausa educada. Laura recuou novamente para o meio dos picles.

— Vá você — pediu a Freddy. — Por favor.

Ele cedeu, cheio de remorso pelos insultos que Felicity dirigira a Laura.

Freddy abriu a porta e se deparou com uma morena de meia-idade, atraente, com um sorriso confiante e um aperto de mão firme.

— Oi. Sou a Sarah. Posso ver a Laura?

Freddy recuou para deixá-la entrar.

— Pode, se ela sair do esconderijo na despensa.

Ao ouvir o som da voz de Sarah, Laura saiu correndo para encontrá-la no hall.

— Você também estava escondido lá dentro! — lembrou a Fred.

Sarah olhou para os dois e piscou para Laura.

— *Escondida na despensa!* Está aí um eufemismo que eu nunca tinha ouvido.

— Sem chance! — A resposta de Freddy foi uma reação automática, mas ainda assim teve o efeito de um soco nos dentes para Laura.

Sarah, como sempre, viu o que era para ser visto. E pegou Laura pelo braço.

— Por que não me serve uma deliciosa xícara de chá? E, a propósito, seu cabelo está lindo.

25

Sarah Trouvay era uma advogada de primeira classe, com uma carreira brilhante, dois filhos saudáveis e barulhentos e um marido arquiteto incrível. Ela também tinha um talento inesperado para canções que exigiam um falsete agudo, o que lhe garantiu aplausos entusiasmados quando interpretou Maria na produção escolar de *A noviça rebelde*. Ela e Laura se conheceram no colégio e permaneceram amigas próximas desde então. Não próximas em termos geográficos, ou em encontros frequentes — as duas raramente se viam e não se falavam mais que duas ou três vezes ao ano. Mas o laço entre elas, formado quando eram ainda tão novas e fortalecido ao longo do tempo por triunfos e tragédias, permaneceu tão duradouro quanto leal. Sarah havia visto uma jovem Laura, brilhante, destemida e cheia de vida aos poucos, mas inexoravelmente, se perder em um casamento ruim e em um bombardeio de insegurança. Mas nunca deixara de ter esperança de que, um dia, a verdadeira Laura voltaria a emergir vitoriosa, em toda a sua glória e esplendor.

— Meu Deus, o que você está fazendo aqui? — perguntou Laura, enquanto enchia a chaleira.

— Ora, as seis mensagens virtualmente ininteligíveis que você deixou no meu correio de voz claramente muito bêbada, nas primeiras horas de hoje, talvez possam explicar.

— Ah, Deus! Eu não fiz isso, fiz? — Laura escondeu o rosto nas mãos.

— Com certeza fez. E agora eu quero saber tudo a respeito. Todos os detalhes sórdidos. E acho que vamos começar com o "pobre Graham". Quem diabo é o "pobre Graham"?

Laura contou quase tudo à amiga. Começando com o vestido, que ainda estava metade pendurado para fora da lixeira, e terminando com a segunda garrafa de prosecco que bebeu diante do fogo. O restante da noite — incluindo os telefonemas — havia desaparecido para sempre no esquecimento induzido pelo álcool.

— Pobre Graham — Sarah agora foi capaz de concordar. — Antes de mais nada, o que fez você concordar em sair com ele?

Laura pareceu um pouco envergonhada.

— Ah, não sei. Talvez tenha sido só porque ele me convidou. Mais ninguém tinha feito isso. E ele sempre pareceu ser um cara bem legal. Não havia nada obviamente errado com Graham.

Sarah balançou a cabeça, sem acreditar.

— O fato de não ter nada errado não torna ele o cara certo.

Laura suspirou. Se ao menos conseguisse parar de pensar no cara errado como sendo o cara certo... Ela escondeu o rosto nas mãos de novo.

— Maldito seja aquele jardineiro desgraçado! — disse em voz alta, antes de conseguir se conter.

— Quem?

Laura deu um sorriso melancólico.

— Ah, nada. Estava só falando comigo mesma.

— Esse é o primeiro sinal, você sabe.

— Primeiro sinal de quê?

— Da menopausa!

Laura jogou um biscoito em cima dela.

— Eu devia saber que nunca iria dar certo quando ele começou a falar sobre caminhada nórdica.

— O homem estava tentando impressionar você com o bastão dele! — disse Sara, com uma gargalhada, e Laura não conseguiu conter uma risadinha culpada.

Então ela contou a Sarah sobre o beijo na varanda. Aquele beijo horroroso e interminável.

Sarah encarou a amiga e encolheu os ombros, irritada.

— Ora, o que em nome de Deus você esperava? Você não se sente atraída por ele. Nunca se sentiu. Sempre vai ser como beijar uma folha de cartolina.

Laura balançou a cabeça enfaticamente.

— Não. Foi muito, muito pior. Eu teria preferido mil vezes beijar uma folha de cartolina. — Ela se lembrou da baba com nojo. — E bem menos úmido.

— Sinceramente, Laura, por que você não ofereceu só o rosto, ou, se não conseguiu, por que não deu uma bitoquinha rápida nele?

O rosto de Laura estava vermelho de tanto rir e de vergonha.

— Eu não queria ser grosseira. E, de qualquer modo, os lábios dele colaram nos meus como um módulo lunar aterrissando.

Sarah não se aguentava de tanto rir. Laura se sentiu mal. Pobre Graham. Não merecia ser ridicularizado. Ela se lembrou da expressão perplexa no rosto dele quando ela finalmente conseguira romper a sucção entre os dois e balbuciara um tchau antes de entrar voando em casa e bater a porta. Pobre Graham. Mas isso não significava que iria querer voltar a vê-lo algum dia.

— O pobre Graham que se dane! — Sarah sempre tinha a habilidade excepcional de saber exatamente o que Laura estava pensando. — Me parece mais com "pobre Laura". Ele é um cara que beija mal, dono de um bastão duvidoso. Lave a boca e siga em frente.

Laura não pôde deixar de sorrir, mas, bem quando seu humor estava começando a melhorar, uma lembrança a derrubou como uma onda perigosa acertando um remador hesitante.

— Merda! — Ela deixou o corpo cair para a frente na cadeira e enterrou o rosto nas mãos mais uma vez.

Sarah pousou a xícara de chá, pronta para a próxima revelação.

— O Freddy! — gemeu Laura, arrasada. — Ele me viu hoje de manhã.
— E daí?
— Ele me viu de manhã, babando, com a cara enfiada no sofá, a maquiagem da noite passada toda manchada, e com pouco mais do que isso cobrindo o meu corpo, cercada por garrafas vazias e dois copos. Dois, Sarah! Ele vai achar que Graham "entrou para um cafezinho"!

— Ora, por mais comprometedoras que possam ser as evidências, são puramente circunstanciais. E, de qualquer modo, o que importa o que Freddy pensa?

— Ele vai achar que eu sou uma vadia bêbada!

Sarah sorriu e falou lentamente, com toda a gentileza, como se estivesse falando com uma criança pequena.

— Ora, se isso é tão importante para você, conte a ele o que realmente aconteceu.

Laura deixou escapar um suspiro desanimado.

— Aí, ele vai achar que eu sou *mesmo* só uma "pedinte seca e desmazelada".

— Muito bem! — Sarah bateu com as mãos espalmadas na mesa. — Já basta de tanto choramingo. Lá para cima, pedinte, vá se tornar apresentável. Depois de me tirar do trabalho para ouvir suas lamúrias patéticas e tediosas, o mínimo que você pode fazer é me levar para almoçar. E não estou me referindo a um sanduíche, estou falando de uma refeição quente, decente. E sobremesa!

Laura segurou o topo da cabeça de Sarah, de brincadeira, já saindo da cozinha, e desarrumou os cabelos perfeitamente cortados e escovados da amiga. Quase na mesma hora, Freddy entrou pela porta dos fundos.

Sarah se levantou e estendeu a mão para ele, com seu sorriso mais cintilante no rosto.

— Oi de novo. Lamento não ter me apresentado devidamente. Sou Sarah Trouvay, uma velha amiga de Laura.

Freddy apertou a mão dela, mas se recusou a encontrar seu olhar. Em vez disso, se virou para a pia, para encher a chaleira.

— Sou Freddy. Só entrei para fazer um café. Aceita?
— Não, obrigada. Nós vamos sair.

O silêncio, proposital da parte de Sarah e constrangido da parte de Freddy, só era interrompido pelo som da água fervendo na chaleira. Como estava olhando para todos os lados para evitar olhar para Sarah, ele acabou vendo o vestido de Laura pendurado para fora da lata de lixo. Freddy pegou o vestido e o levantou.

— Humm. Belo vestido.
— Sim. Aposto que Laura deve ter ficado linda nele.

Freddy jogou o corpo de um lado para o outro, nas botas enlameadas.

— Eu não posso dizer.

Ao ouvir o som dos passos de Laura descendo a escada, Sarah se levantou.

— Eu sei que isso provavelmente não é da minha conta, mas às vezes alguém tem que dizer alguma coisa, mesmo se for a pessoa errada. Sobre a noite passada, não foi o que pareceu.

Ela se virou para sair da cozinha, e acrescentou por cima do ombro:

— Só *para o caso* de você estar interessado.
— Também não é da minha conta — murmurou Freddy, mal-humorado, enquanto derramava a água fervendo na caneca.

Mentiroso, mentiroso!, pensou Sarah.

O The Moon is Missing estava recebendo um grupo saído do enterro de um antigo treinador de boxe de noventa e dois anos e também comerciante de cavalos, chamado Eddy "The Neddy"O'Reagan. O grupo claramente já estava brindando entusiasticamente o morto querido fazia algum tempo, e o humor estava alegre, agitado e sentimental. Laura e Sarah conseguiram se apertar em um dos reservados, pediram um cassoulet de *saucisse* e batata *puréed*, com um copo do tinto da casa para Sarah e uma Diet Coke para Laura, e colocaram o assunto em dia. As duas haviam se falado brevemente depois da morte de Anthony, mas desde então Sarah estivera trabalhando em um caso importante, que acabara de ser ouvido no tribunal.

— Você ganhou? — perguntou Laura.

— É claro! — disse Sarah e espetou uma salsicha de aparência flácida com um feijão cozido. — Mas deixa isso pra lá. Me conte tudo.

Foi o que Laura fez. Ela contou sobre o testamento de Anthony e sobre a carta, sobre o escritório cheio de coisas, sobre se esconder de Sunshine e sobre ser o mais recente e mais suculento assunto das fofocas locais. E sobre Felicity.

— Bom... Por um lado, é incrível, a casa é linda. Mas o departamento de coisas perdidas monumental que veio com ela é outra questão totalmente diferente. Como vou fazer para devolver todas aquelas coisas? É loucura. Não tenho ideia do que fazer em relação a Sunshine, não há qualquer garantia de que o site na internet vá funcionar, e a maior parte dos moradores daqui acha que eu sou uma golpista. Vou terminar morando em uma casa cheia de ratos e teias de aranha, com as coisas perdidas das pessoas, até ter cento e quatro anos. E, quando eu morrer, vão se passar meses até que alguém se dê conta do que aconteceu. E, depois de finalmente arrombarem a casa e me encontrarem, vou estar me liquefazendo no sofá.

— E nem vai ser a primeira vez — comentou Sarah, com uma piscada de olho. Mas então ela pousou a faca e o garfo e afastou o prato.

— Laura. Minha querida, encantadora, divertida, inteligente e terrivelmente irritante Laura. Você recebeu de presente uma casa grande e linda, cheia de tesouros, com um jardineiro sexy de brinde. Anthony te amou como a uma filha e confiou a você tudo o que era mais precioso para ele. E, em vez de estar dando cambalhotas de alegria, você está sentada aí, se lamentando. Ele acreditou em você. Eu sempre acreditei em você. Não é apenas da Sunshine que você está se escondendo, é de tudo. Já está na hora de parar de se esconder e de começar a se divertir. E para o inferno com o que qualquer outra pessoa pensar — acrescentou, para deixar bem claro o seu ponto de vista.

Laura deu um gole na Diet Coke. Não estava convencida. E ficava apavorada com a ideia de decepcionar mais uma pessoa que a amava.

Sarah observou o rosto perturbado de sua amiga mais querida. Então, estendeu a mão e a pousou em cima da de Laura. Estava na hora de dizer algumas verdades profundas, havia muito adiadas.

— Laura, você precisa deixar o passado para trás. Você merece ser feliz, mas é você mesma que tem que fazer isso acontecer. Está nas suas mãos. Você tinha dezessete anos quando conheceu Vince, ainda era uma criança. Mas agora é uma mulher adulta, portanto comece a se comportar como tal. Não continue a se punir por coisas que fez no passado, mas também não use essas coisas como desculpa. Você agora tem uma oportunidade de construir uma vida boa de verdade. Agarre essa oportunidade com toda a força e vá em frente.

Sarah se recostou para observar o impacto que suas palavras estavam tendo. Ela provavelmente era a única pessoa no mundo que poderia falar com Laura daquele jeito. E que falaria. Estava determinada a encontrar a mulher que existia ali e trazê-la para fora. À força, se necessário.

— Você tem noção de que todas nós tínhamos uma queda por Vince naquela época?

Laura a encarou com uma expressão de incredulidade.

— É sério. Não foi só você. Ele era bonito, tinha um carrão e fumava cigarros Sobranies. O que mais uma garota poderia querer? Todas nós achávamos que o Vince fosse sexo ambulante. Foi pura falta de sorte ele ter escolhido você.

Laura sorriu.

— Você sempre foi uma sabichona insuportável.

— Sim, mas estou certa. Não estou? Pelo amor de Deus, Laura. Você é melhor que isso! Quando se transformou em uma chorona? Acaba de receber uma oportunidade fantástica, do cacete, puro ouro vinte e quatro quilates, que só acontece uma vez na vida, e que para a maior parte das pessoas vai ficar apenas no terreno dos sonhos. Se você se acovardar agora, nunca vou lhe perdoar. Porém o mais importante é que *você* nunca vai se perdoar! — Sarah ergueu o copo em um brinde. — Quanto a ser loucura, ora, acho que combina perfeitamente. Você sempre foi doidinha.

Laura sorriu. Aquele era o apelido que Sarah lhe dera muitos anos antes, na faculdade, quando a vida ainda era empolgante e cheia de possibilidades.

— Cretina... — murmurou Laura.

— Como? — Até a normalmente imperturbável Sarah pareceu um pouco chocada.

Laura sorriu.

— Estou falando de mim, não de você.

— Eu sabia. — Sarah sorriu de volta.

Lentamente, Laura estava se dando conta de que a vida *ainda* era empolgante e cheia de possibilidades... possibilidades que ela desperdiçara anos da própria vida desejando ter, mas não correndo atrás. Tinha muita, muita coisa para colocar em dia.

— E quanto a Sunshine? — perguntou. — Algum conselho?

— Converse com ela. A garota tem síndrome de Down, não é surda. Conte a ela como se sente. Dê um jeito. E aproveite para também contar a Sunshine o que realmente aconteceu no seu encontro com Graham. Se você não contar para o Freddy, tenho certeza de que ela vai contar.

Laura balançou a cabeça.

— Talvez, mas de qualquer modo ele não se importa. Ouvi o que Freddy disse quando você sugeriu que podíamos estar aprontando na despensa. "Sem chance."

— Ah, Laura! Às vezes você é bem tapada.

Laura controlou a vontade de enfiar o garfo nas costas da mão da amiga.

— Lembra do Nicholas Barker, do colégio de meninos?

Laura se lembrava de um garoto alto, sardento, com braços fortes e sapatos arranhados.

— Ele estava sempre puxando o meu cabelo no ônibus, ou me ignorando completamente.

Sarah sorriu.

— Ele era tímido. E fazia aquilo porque estava a fim de você.

Laura gemeu.

— Ah, Deus. Não diga que não evoluímos nada desde que estávamos no quinto ano.

— Fale por si mesma. Mas, na minha opinião, você com certeza tem assuntos sérios a resolver. Principalmente se está tão interessada no Freddy quanto ele obviamente está interessado em você. E agora eu quero uma sobremesa!

Sarah chamou um táxi para pegá-la no pub e levá-la até a estação. As duas amigas ficaram esperando no estacionamento, e Laura abraçou Sarah, agradecida.

— Muito obrigada por ter vindo. Desculpe eu ter sido tão chata.

— Nada fora do normal — brincou Sarah. — Mas, falando sério, de nada. Você faria o mesmo por mim.

— É claro que eu não faria.

Aquela era Laura, sempre se escondendo atrás de uma brincadeira, descartando elogios. Mas Sarah nunca se esqueceria de que tinha sido Laura, oito anos antes, que se sentara ao lado dela em um quarto de hospital, secando suas lágrimas, enquanto o marido de Sarah, arrasado, andava de um lado para o outro no estacionamento do hospital, fumando e chorando. Foi Laura que segurou a mão dela enquanto ela dava à luz sua primeira filha, uma menina preciosa que morreu antes de elas terem a chance de se conhecer. Uma filha que teria sido batizada de Laura-Jane.

No fim daquela tarde, Laura foi em busca de Sunshine, que estava sentada no banco do parque, de frente para a casa.

— Posso me sentar? — perguntou.

Sunshine sorriu. Um sorriso caloroso e acolhedor, que encheu Laura de culpa e vergonha.

— Quero me desculpar — falou.
— Pelo quê?
— Por não ser tão boa amiga para você quanto você é para mim.

Sunshine pensou por um momento.

— Você gosta de mim?
— Sim, eu gosto. Muito mesmo.
— Então por que você se esconde? — perguntou a jovem, com a voz triste.

Laura suspirou.

— Porque tudo isso é novo para mim, Sunshine. Morar nessa casa, as coisas perdidas, tentar fazer o que o Anthony gostaria que eu fizesse. Às vezes eu fico irritada e confusa, e preciso ficar sozinha.

— Então por que não me diz?

Laura sorriu para ela.

— Porque às vezes eu sou uma boba idiota.
— Você sente medo?
— Às vezes, sim.

Sunshine pegou a mão de Laura e apertou com carinho. Os dedos macios e gorduchos estavam gelados. Laura puxou-a do banco.

— Venha, vamos tomar uma deliciosa xícara de chá — falou.

26

— Acho que ele precisa de um biscoito — disse Sunshine, acariciando ternamente o monte de pelos e ossos que já tinha sido um cão de caça, mais especificamente um lurcher.

O animal olhava para ela com olhos assustados, que refletiam as surras que tivera de suportar. Cansados de torturá-lo, seus algozes o haviam abandonado, para que cuidasse de si. Freddy achara o cachorro na noite anterior, deitado na grama, do lado de fora de Padua. Estava chovendo forte e o animal estava molhado e exausto demais para resistir quando Freddy o pegara e o levara para dentro. Ele fora atingido por um carro e tinha um ferimento superficial no traseiro, que Laura limpara e cobrira com um curativo, enquanto Freddy o segurava, tremendo, enrolado em uma toalha. O cão se recusou a comer qualquer coisa, mas bebeu um pouco de água, e Laura ficou acordada com ele a noite toda, cochilando em uma poltrona, enquanto o cachorro permanecia deitado a poucos centímetros da lareira, enrolado em uma manta e sem se mexer. Quando as primeiras luzes fracas da manhã de inverno entraram pelas cortinas de renda do escritório de Anthony, ela endireitou o corpo. Seu pescoço estava travado e reclamou, depois de uma noite toda torta na poltrona. O fogo agora estava reduzido a umas poucas brasas, mas o cachorro não se mexeu.

Por favor, meu Deus, pensou Laura, enquanto se inclinava para a frente para checar se a manta subia e descia, o que seria a prova de que sua prece tinha sido atendida. Nada. Nenhum movimento. No entanto, antes que as lágrimas que enchiam os olhos dela pudessem escorrer, a manta se agitou de repente. Laura ouviu um ressonar profundo e um ronco sonoro que ela não entendeu como não ouvira durante a noite.

Sunshine ficou eufórica quando chegou naquela manhã e encontrou o hóspede canino deles. Aquilo era o mais animada que Laura já vira a garota, normalmente tão séria e solene. Juntas, as duas conseguiram fazer o cachorro comer um pouco de frango cozido e uma fatia de pão com manteiga. Sunshine havia examinado com gentileza o corpo esquelético do bicho e estava determinada a alimentá-lo com o que conseguisse.

— Não devemos dar comida demais a ele de uma vez — alertou Laura. — O estômago dele deve ter encolhido, e se exagerarmos ele vai acabar vomitando.

Sunshine fez uma careta que deixava clara de forma admirável sua desaprovação ao vômito.

— Talvez ele precise beber mais água? — sugeriu, esperançosa.

Laura conseguia entender a ansiedade da jovem. Também estava desesperada para deixar o pobrezinho melhor, mais gordo, mais em forma. Feliz. Mas às vezes o melhor é não fazer nada, por mais difícil que isso possa ser.

— Acho que ele só precisa descansar — disse ela a Sunshine. — Só enrole a manta ao redor dele e o deixe em paz um pouquinho.

Sunshine "enrolou a manta ao redor dele" com muito cuidado, por cerca de dez minutos, antes que Laura finalmente conseguisse persuadi-la a ajudá-la com o site. Freddy chegou mais cedo que de costume e encontrou todos no escritório.

— E como vai indo o pobre camarada?

Laura não conseguiu se forçar a levantar os olhos da tela.

— Um pouco melhor, eu acho.

Desde o episódio na despensa, o constrangimento entre Freddy e Laura pairava entre os dois como fumaça. Ela estava louca para esclarecer as coisas e contar a ele o que realmente acontecera no encontro com Graham, mas por algum motivo nunca conseguia encontrar um modo de começar a conversa. Ele foi até a lareira e se agachou perto da manta. Um par de olhos grandes e tristes o espiou. Freddy ofereceu as costas da mão para o cachorro cheirar, mas o animal recuou instintivamente, com certeza por causa de experiências amargas já sofridas.

— Ei, ei, calma, camarada. Ninguém aqui vai machucar você. Fui eu que te encontrei.

O cachorro ouviu a voz gentil, esticou o nariz cautelosamente para fora da manta e farejou hesitante a mão estendida. Sunshine observava tudo de perto. Com um suspiro exagerado, ela levou as duas mãos ao quadril.

— Ele devia estar descansando — disse, em tom de censura.

Freddy se levantou com as mãos para cima, em um gesto de rendição, e foi até a mesa, onde Laura estava diante do notebook.

— Então, você vai ficar com ele?

Sunshine respondeu antes que Laura pudesse abrir a boca.

— Com certeza, eu juro e aprendo até a voar, mas nós vamos ficar com ele! O cachorro estava perdido e você encontrou ele. É isso o que nós fazemos — disse e jogou as mãos para o alto para enfatizar e reforçar as palavras. Ela demorou algum tempo pensando e organizando os sentimentos, mas, quando finalmente voltou a falar, foi em tom de desafio. — Nós não vamos devolvê-lo.

Sunshine olhou para Freddy e então para Laura, para garantir. Freddy piscou para ela e sorriu.

— Não se preocupe, Sunshine. Acho que não há ninguém que vá querê-lo de volta. — Mas logo acrescentou, como se só então se desse conta do seu lugar: — É claro que a decisão é da Laura.

Laura olhou para o montinho enrolado na manta, ainda se aquecendo junto ao fogo, sem ter noção de que, no momento que foi carregado para dentro de casa, estava seguro. Daquele momento em diante, o cachorro passou a ser dela.

— Temos que dar um nome a ele — falou.

Mais uma vez, Sunshine já estava uma página à frente.

— Ele se chama Cenoura.

— Ah, é? — falou Freddy. — E isso porque...?

— Porque ele foi atingido por um carro à noite, porque não viu o carro.

— E? — continuou Freddy, inclinando a cabeça.

— Cenouras ajudam a ver no escuro.

Sunshine concluiu em tom alto e lento, como um turista em um país estrangeiro.

Depois da deliciosa xícara de chá, que Sunshine permitiu que Laura preparasse enquanto ela tomava conta de Cenoura, Freddy saiu para trabalhar no jardim e Laura e Sunshine voltaram a atenção para "O Guardião das Coisas Perdidas". Laura havia começado a tarefa hercúlea de registrar os detalhes de todas as coisas perdidas em um banco de dados que poderia ser acessado pelo site. Sunshine estava selecionando as coisas das prateleiras e gavetas. Depois que Laura registrava os detalhes de um objeto em particular, ele era marcado com uma estrela dourada adesiva que podia ser comprada em embalagens com cinquenta unidades na agência do correio. Elas tinham comprado dez embalagens, mas, depois que começaram a catalogação, Laura teve a sensação de que poderiam precisar de muito mais. Sunshine colocava os objetos em uma fila organizada em cima da mesa: uma pinça, uma carta de baralho em miniatura (o rei de paus) e um soldadinho de plástico. A pulseira da amizade permaneceu na sua mão.

Pulseira trançada preta e vermelha.
Encontrada na passagem subterrânea entre Fools Green e a
Maitland Road, em 21 de maio...

Chloe sentiu a saliva grossa na boca, antes que a primeira onda de vômito subisse por sua garganta. O espasmo a fez dobrar o corpo, enquanto tentava não sujar os sapatos novos. As paredes de concreto da passagem subterrânea reverberaram com o som da vergonha e da humilhação dela.

Todos gostavam do sr. Mitchell. Ele era o professor mais legal da escola. "Os garotos querem ser ele e as garotas querem ficar com ele", cantarolara a amiga dela, Claire, na véspera mesmo, quando o sr. Mitchell passara por elas no corredor. Chloe não queria ficar com ele. Não mais. Ela queria ficar em qualquer lugar desde que ele não estivesse. O sr. Mitchell ("Me chame de Mitch, se você não contar, eu não conto") ensinava música, e, a princípio, Chloe também dançaria qualquer ritmo que ele escolhesse tocar. O professor tinha o dom inestimável de ser uma pessoa razoável. Isso combinado com um rosto bonito e um encanto ardiloso tornava a adoração por ele inevitável. Chloe havia implorado à mãe para ter as aulas particulares de canto que ela sabia que o sr. Mitchell ministrava. Na casa dele. A mãe ficou surpresa. Chloe era uma menina tranquila, ficava satisfeita em se mesclar ao coro, em vez de assumir o centro do palco. Era uma "boa" menina. Uma menina "gentil". Seria difícil conseguir dinheiro para as aulas de canto, mas talvez a mãe tenha achado que pudessem dar mais autoconfiança a Chloe. E o sr. Mitchell era um professor brilhante. Ele parecia realmente se importar com os alunos, não era como outros no colégio, que simplesmente davam as horas combinadas de aula, recebiam por elas e iam embora.

A princípio, foi empolgante. O contato visual se estendia apenas um pouco demais durante a aula, o sorriso cintilando na direção de Chloe. Ela era especial para ele, tinha certeza disso. No caminho para aquela primeira aula de canto, Chloe estava zonza de nervoso. Enquanto caminhava até a casa dele, passou brilho nos lábios, rosado e cintilante: "Biquinho apaixonado". Mas logo esfregou a boca para tirar o brilho. Durante a terceira aula, o sr. Mitchell a tinha feito sentar ao lado dele no piano. A mão que ele pousou na coxa dela foi excitante, empolgante. Mas foi errado. Como pegar um atalho por um beco escuro, tarde da noite. Você sabe que não deve fazer isso. Sabe que é perigoso, mas talvez só uma vezinha não tenha problema. Na vez seguinte, o sr. Mitchell ficou parado atrás dela e colocou as mãos no peito de Chloe — gen-

tilmente, acariciando. Ele disse que precisava checar se ela estava respirando corretamente. A fantasia infantil de romance foi rudemente substituída pela realidade sórdida das mãos dele tateando, do hálito quente e arfante no ouvido dela. Então, por que ela voltara? Mesmo depois daquilo, ela ainda voltara. Como não voltaria? O que diria à mãe? Afinal, queria aquilo tanto quanto ele. Foi isso o que sr. Mitchell lhe disse, e ela ficou abalada pela verdade perigosa nas palavras dele. Afinal, a princípio também quisera mesmo, não é?

A dor física ainda ecoava através do corpo de Chloe, amplificada pelas imagens que se repetiam sem parar em sua mente. Ela não dissera não. Não gritara não. Talvez tenha feito isso em sua mente, mas não em voz alta. O corpo que tinha sido só dela estava perdido para sempre — se tinha sido tomado ou entregue, ainda não tinha certeza. Chloe limpou a boca de novo, e, ao fazer isso, a pulseira da amizade que usava chamou a sua atenção. Ele havia dado aquela pulseira a ela no fim da primeira aula porque, dissera o sr. Mitchell, eles seriam amigos muito especiais. Ela arrancou a pulseira e jogou longe. Havia sido tomado. Agora Chloe tinha certeza.

Sunshine apertou o bracelete com força na mão. Laura não a viu se encolher porque estava com os olhos concentrados na tela à sua frente, os dedos disparando no teclado. A garota levou um dedo de alerta aos lábios, por causa de Cenoura, e jogou a pulseira no fogo. Então, voltou para as gavetas, para escolher mais coisas.

Bem no alto da prateleira, a lata de biscoitos ainda esperava por sua estrela dourada.

27

— Devo preparar uma deliciosa xícara de chá quando o homem entediado da van chegar? — perguntou Sunshine, querendo ser útil.

Laura assentiu distraidamente, preocupada em arrumar um lugar para colocar a árvore de Natal enorme que naquele momento estava deitada languidamente, ocupando a maior parte do chão do hall. Freddy insistia que, de acordo com as medidas que tirara, haveria ainda cerca de trinta centímetros de espaço entre o topo da árvore e o teto, depois que eles a colocassem na posição certa. Antes que começasse uma discussão a respeito, ele fora procurar no galpão o suporte de metal que sustentaria a árvore, para provar seu cálculo. Mais tarde, naquela manhã, eles estavam esperando um homem que iria consertar a rede de banda larga.

— Não sabemos a hora exata — avisara a Laura a mulher do atendimento ao cliente —, mas podemos lhe dar uma previsão entre 10h39 e 15h14.

Sunshine estava de olho no relógio do hall, ou o máximo que conseguia ver por entre os galhos da árvore. Laura finalmente ensinara a garota a ver as horas — mais ou menos —, e fazer isso a cada oportunidade que tinha se tornara a mais recente obsessão de Sunshine. Curioso sobre a comoção ao redor, Cenoura deixara sua cama confortável perto do fogo para investigar um pouco, hesitante.

Bastou uma breve olhada na floresta que espreitava do hall para que ele voltasse correndo ao escritório. Freddy chegou com o suporte e, depois de decidirem que talvez o hall fosse o melhor lugar para acomodar a altura e o diâmetro prodigiosos da árvore, ele e Laura tentavam manobrá-la para colocá-la na posição certa, sob a orientação errática de Sunshine, quando a campainha da porta tocou e Sunshine correu para atender, deixando Freddy e Laura em um abraço constrangido com a conífera gigante.

O homem que esperava na porta tinha um ar de superioridade totalmente injustificado por patente, aparência, educação ou habilidade. Ele era, em resumo, um grande arrogante. Um pequeno grande arrogante. Sunshine ainda não sabia disso, mas pôde sentir.

— Você é o moço entediado da van? — perguntou ela com cautela.

O homem ignorou a pergunta.

— Estou aqui para ver a Laura.

Sunshine checou a hora.

— Você chegou cedo demais. São só dez horas. Ainda não deu seu horário.

O homem olhou para ela do jeito que as outras crianças tinham olhado na escola, quando a xingaram e empurraram no playground.

— Que disparate é esse? Eu só quero ver a Laura.

Ele a empurrou para passar e entrou no hall, onde Laura e Freddy ainda estavam agarrados à árvore. Sunshine o seguiu, claramente aborrecida.

— É o homem entediado da van — anunciou —, e ele não é muito gentil.

Laura soltou a árvore. Pego de surpresa, Freddy foi quase esmagado pelo peso da árvore e a deixou cair, errando por centímetros o intruso, que gritou furioso:

— Jesus Cristo, Laura! Que diabos está tentando fazer? Me matar?

Laura o encarou como nunca fizera antes, com os olhos firmes e uma compostura de aço.

— Até que não é má ideia.

O homem claramente não estava esperando aquela nova versão de Laura, e ela pareceu apreciar o desconforto dele. Freddy estava intrigado com o rumo inesperado dos eventos, mas tentou fingir indiferença, enquanto Sunshine se perguntava que história era aquela — se Laura realmente conhecia o homem entediado da van, por que ela o convidara a ir a Padua, se ele era tão horrível. E ela com certeza não ia preparar uma deliciosa xícara de chá para aquele homem. Laura finalmente desfez a cena.

— O que você quer, Vince? — perguntou, com um suspiro. — É melhor conversarmos na cozinha.

Enquanto a seguia para fora do hall, Vince não conseguiu resistir a mirar Freddy de cima a baixo, e recebeu o olhar firme do outro homem em retorno. Na cozinha, Laura não ofereceu a ele nada além de uma breve oportunidade de explicar sua presença ali.

— Não me oferece nem uma xícara de chá? — perguntou Vince no tom adulador que ela já o ouvira usar com tanta frequência no quarto, logo que eles se casaram, e quando não era chá que ele queria. Ela estremeceu com a lembrança. Sem dúvida Selina, da Manutenção, a tal altura também já estaria terrivelmente familiarizada com aquilo. Laura quase sentiu pena da mulher.

— Vince, por que está aqui? O que você quer?

Ele abriu um sorriso, que pretendia ser sedutor mas que saiu apenas sórdido.

— Quero que sejamos amigos.

Laura riu alto.

— Quero mesmo — continuou ele, o desespero começando a se insinuar sutilmente em seu tom.

— E Selina?

Vince se sentou e enfiou a cabeça nas mãos. Foi tão teatral que Laura quase sentiu vontade de rir.

— Nós terminamos. Eu não consegui amar Selina como amava você.
— Sorte a dela. Selina te deixou, não foi?

Vince ainda não estava pronto para desistir.

— Escute, Laura, eu nunca deixei de amar você.

— O quê? Mesmo quando estava fazendo a manutenção em Selina?

Ele se levantou e tentou pegar a mão dela.

— Foi só uma coisa física. Só sexo. Nunca deixei de pensar em você, de sentir saudade, de querer você de volta.

Laura balançou a cabeça, em uma incredulidade irônica.

— Mas não é estranho que você nunca tenha pensado em entrar em contato comigo? Nem um cartão de aniversário, ou de Natal, um telefonema. Me diga, Vince, por que isso? Por que agora? Não tem nada a ver com essa casa enorme que por acaso eu herdei, não é?

Vince voltou a se sentar, tentando arrumar um argumento coerente. Laura sempre fora inteligente demais para ele, mesmo quando era só uma menina. E ele *realmente* a amara naquela época, do jeito dele, mesmo sabendo que, na verdade, Laura era areia demais para seu caminhão, com a educação refinada e as boas maneiras. Mas naquela época ele ainda tinha conseguido encontrar maneiras de impressioná-la. Talvez se o bebê deles tivesse sobrevivido, ou se eles tivessem conseguido ter outro bebê, as coisas tivessem sido diferentes. Ele teria gostado de ter um filho com quem jogar futebol, ou uma menininha para andar de cavalinho nas costas dele, mas não era para ser, e no fim os esforços infrutíferos deles para terem um filho se tornaram mais uma coisa a afastá-los. Ao longo dos anos, conforme ficava mais velha, Laura se tornou mais uma adversária e cada vez menos uma parceira, no sentido matrimonial do termo. Ela percebeu os defeitos dele, e Vince, por sua vez, os exagerava para irritá-la. Era a única defesa dele. Ao menos Selina não se incomodara com os cotovelos dele em cima da mesa, ou com a tampa do vaso sanitário levantada. Bem, pelo menos, não no início.

Laura ainda esperava calmamente por uma resposta. A compostura dela o enfureceu e a máscara de civilidade finalmente caiu, revelando a verdade feia por trás.

— Eu soube do seu encontro com Graham. Você sempre foi uma megera frígida — atacou Vince.

Antes de chegar ali, ele prometera a si mesmo que não perderia a cabeça. Mostraria à srta. Metidinha que era tão bom quanto ela. Mas, como sempre, Laura conseguia irritá-lo apenas sendo ela mesma. Sendo melhor que ele.

Para Laura bastou. Ela pegou a coisa mais próxima de suas mãos, uma caixa de leite aberta, que por acaso estava azedando, e jogou o conteúdo no rosto zombeteiro de Vince. Ela errou a mira, mas o acertou bem no peito, espalhando o líquido rançoso por toda a camisa polo de uma marca cara, manchando a camurça escura do paletó também caro. Laura estava olhando ao redor em busca de mais munição quando a porta da cozinha foi aberta. Era Freddy.

— Está tudo bem?

Ela colocou a próxima arma escolhida, a embalagem de detergente, de volta em cima da pia com um baque surdo.

— Sim, está tudo ótimo. Vince já está de saída, não é mesmo?

Vince passou desajeitadamente por Freddy e entrou no hall, onde Sunshine estava parada, sem saber direito o que fazer. Ele se virou para Laura, a fim de lançar o insulto final com o devido autocontrole.

— Espero que você seja muito feliz nessa sua casa grande, com a sua amiguinha retardada e o seu garotão.

Sunshine, que já não era mais a criança do parquinho, respondeu com uma classe admirável.

— Não sou retardada, sou uma Downçarina.

Foi a vez de Freddy, então, em tom bem mais ameaçador.

— E ninguém fala com as minhas garotas assim, portanto suma daqui e não volte.

Vince nunca soube quando manter a boca fechada.

— Ou o quê?

Segundos depois de receber a resposta, ele estava caído de costas em cima da árvore de Natal, segurando o nariz que sangrava, tentando se desvencilhar das agulhas do pinheiro. Quando finalmente conseguiu ficar de pé, cambaleante, saiu pela porta da frente, alegando danos corporais graves e ameaçando chamar a polícia e o advogado dele. Quando Vince bateu a porta, depois de sair, a cabeça de Cenoura apareceu de trás da porta do escritório, e ele latiu só uma vez, mas com determinação, na esteira de Vince. Os três ficaram olhando para o cachorro, espantados. Foi a primeira vez que ele latiu desde que tinha chegado a Padua.

— Muito bem, camarada! — disse Freddy, estendendo a mão para acariciar as orelhas de Cenoura. — Isso certamente fez o cara apressar o passo.

O som da campainha fez o cachorro fugir correndo de volta para o escritório. Freddy atravessou o hall a passos firmes e abriu a porta de supetão. Do outro lado estava um rapaz com uma expressão de surpresa, um crachá de plástico pendurado ao redor do pescoço e uma maleta de ferramentas preta na mão.

— Sou Lee — disse ele, mostrando o crachá. — Vim consertar a banda larga de vocês.

Freddy se afastou para deixá-lo entrar e Laura levou o rapaz até o escritório, dando a volta na árvore de Natal. Cenoura aproveitou para sair em disparada. Sunshine entrou atrás deles, a mente funcionando a todo o vapor, enquanto tentava entender exatamente o que estava acontecendo. Acabou revirando os olhos e suspirando alto.

— Você é o homem entediado da van! — Ela checou o relógio. — E veio no horário.

Lee sorriu, sem saber direito o que dizer. Ele já fizera trabalhos estranhos antes, e aquele estava caminhando para subir para o topo da lista.

— Posso preparar uma deliciosa xícara de chá para você?

O sorriso do rapaz ficou mais largo. Talvez as coisas estivessem melhorando.

— Eu adoraria uma xícara de café, se for possível.

Sunshine balançou a cabeça.

— Eu não faço café. Só chá.

Lee abriu rapidamente a caixa de ferramentas. Talvez fosse melhor só terminar logo aquele trabalho e sair dali.

— É claro que você pode tomar uma xícara de café — apressou-se a intervir Laura. — Como prefere? Venha, Sunshine. Vou preparar e você pode ficar olhando. Assim, da próxima vez, vai saber fazer sozinha.

Sunshine pensou por um momento e, depois de se lembrar das ameaças de Vince, se permitiu ser persuadida.

— Assim, quando a polícia chegar, vou poder preparar para eles uma deliciosa xícara de café também.

28

The very thought of you.
A música invadiu o sono de Laura, embora ela não tivesse certeza se era parte do sonho que estava tendo, ou se vinha do jardim de inverno, no andar de baixo. Laura ficou deitada, imóvel, ouvindo, aconchegada no edredom. Silêncio. Relutante, ela saiu da cama para o ar frio com perfume de rosas, vestiu o roupão e foi até a janela para deixar a manhã de inverno entrar.

E viu um fantasma.

Laura espiou através do vidro congelado, sem querer acreditar no que via: uma sombra, talvez uma silhueta, transparente como as bordas das teias de aranha que tremulavam na brisa gelada, entre as roseiras. Laura balançou a cabeça. Não era nada. O bom senso costumeiro tinha tirado folga e a imaginação dela correra solta, tumultuando a razão com chuva de pipocas e chapéus engraçados. Foi só isso. A visita de Vince a abalara. Ele deixara pegadas sujas por toda a bela vida nova dela. Mas agora Vince se foi, disse Laura a si mesma, e era improvável que retornasse. Ela sorriu, se lembrando com satisfação do leite azedo escorrendo da camisa dele, e do horror no rosto de Vince enquanto se debatia como uma tartaruga virada ao contrário, no meio dos galhos da árvore de Natal. Mas talvez outra coisa também a tivesse abalado. Freddy. Ele a chamara de "sua garota". E Laura se sentira absurda e perigosamente lisonjeada. Ela repassara o momento vezes sem conta na mente, mas a cada vez a cena era acompanhada de forma irritante e persistente por uma vozinha de alerta que lhe dizia para não ser tola. E naquele momento ela não ousava pensar a respeito de forma alguma. Era hora de uma deliciosa xícara de chá.

No andar de baixo, o perfume da árvore de Natal se espalhava pelo ar em todos os cômodos. Era maravilhoso. A árvore cintilava com enfeites brilhantes, bolas e todo tipo de decoração que Laura encontrara em uma caixa no sótão. Anthony sempre montara uma árvore no Natal, mas suas árvores costumavam ser muito mais modestas e a maior parte dos enfeites na caixa provavelmente nunca tinha sido usada. Laura colocou duas fatias de pão na torradeira e se serviu de uma xícara de chá. Os barulhos na cozinha finalmente tiraram Cenoura da caminha dele perto do fogo, no escritório, e ele foi se sentar aos pés de Laura, esperando pelo café da manhã, composto de torrada e ovos ligeiramente mexidos. Apesar dos esforços para engordá-lo, Freddy continuava "pouco mais que pele e ossos", de acordo com Freddy. Mas o cachorro estava muito mais feliz agora, e já começava a ver a vida como uma curiosa aventura em vez de uma provação aterrorizante. Naquele dia, Sunshine ia fazer compras de Natal com a mãe, e Freddy estava visitando a irmã e a família dela em Slough. Ele tinha dito a Laura que aquela visita pouco antes do Natal era o bastante para renovar seu certificado de "bom irmão mais velho", desde que fosse acrescida de presentes generosos (de preferência dinheiro vivo) para a sobrinha ingrata e o sobrinho mal-humorado. Laura acabou de tomar o chá e limpou as migalhas da torrada dos dedos. Talvez um dia passado na própria companhia lhe fizesse bem. Além do mais, Cenoura estava com ela, com a cabeça apoiada em seu colo naquele momento. Depois de um rápido passeio ao redor do jardim congelado, que permitiu que Cenoura levantasse a perna contra o tronco de várias árvores, e que Laura garantisse que não havia qualquer espectro, fantasma ou alma penada vagando pelo roseiral, ela aumentou o fogo na lareira do escritório e Cenoura se acomodou novamente na cama dele, com um suspiro de satisfação. Laura pegou uma caixa em uma das prateleiras e distribuiu o conteúdo em cima da mesa. O notebook acendeu, voltando à vida, e o amplo departamento virtual de coisas perdidas, do qual ela agora ocupava o lugar do Guardião, abriu as portas. Laura pegou o primeiro objeto à sua frente.

Guarda-chuva de criança, branco com corações vermelhos. Encontrado na escultura de Alice no País das Maravilhas, no Central Park, em Nova York, em 17 de abril...

Marvin gostava de se manter ocupado. Isso impedia que os maus pensamentos se esgueirassem para dentro de sua mente, como formigas pretas se agitando sobre o corpo de um pássaro morto. As drogas que o médico dele receitava às vezes ajudavam, mas nem sempre. Quando ele adoecera, costumava enfiar bolas de algodão nos ouvidos, tapar o nariz e manter os olhos e a boca bem fechados. Ele achava que, se todos os orifícios em sua cabeça estivessem bloqueados, os pensamentos não conseguiriam entrar. Mas precisava respirar. E, por menor que fosse a abertura entre os lábios, os maus pensamentos sempre conseguiam dar um jeito de entrar. Estar muito ocupado era um modo eficaz de manter os pensamentos maus afastados... e as vozes também.

Marvin era o homem guarda-chuva. Ele recolhia todos os guarda-chuvas quebrados que eram jogados no lixo no Setor de Achados e Perdidos no Trânsito da cidade de Nova York e os consertava na sala escura e lúgubre que era seu único lar.

Ainda não estava chovendo, mas havia previsão de chuva. Marvin adorava a chuva. Ela lavava o mundo, deixando tudo limpo e cintilante, fazia a grama cheirar divinamente. As nuvens da cor de fumaça se deslocavam rapidamente no céu. Não iria demorar. Marvin era um homem grande como um gigante. Ele caminhava pela Quinta Avenida, as botas pesadas batendo com força na calçada, o casaco cinza, longo, oscilando atrás dele como uma capa. Os dreads extravagantes nos cabelos pretos tinham fios grisalhos, e os olhos dele nunca paravam quietos, iam de um lado para o outro como os de um cavalo selvagem assustado.

— *Guarda-chuvas de graça!*

O Central Park era o lugar favorito dele para trabalhar. Ele entrou pela 72nd Street e se encaminhou para o Conservatory Water. Gostava de observar os barquinhos à vela deslizando pela água como cisnes. A temporada dos barquinhos acabara de começar e, apesar da ameaça de chuva, alguns de tamanho considerável já estavam velejando. O ponto de Marvin era perto da escultura de Alice no País das Maravilhas. As crianças que brincavam ali não pareciam se importar com ele, como acontecia com vários adultos. Talvez elas achassem que ele também parecia um personagem de alguma história. Não havia crianças ali naquele dia. Marvin pousou o saco com guarda-chuvas dele perto do cogumelo menor, bem no momento que os primeiros pingos de chuva começaram a cair em cima do topo liso cor de bronze dos cogumelos.

— *Guarda-chuvas de graça!*

A voz profunda de Marvin ribombava como um trovão através da chuva. As pessoas passavam correndo, mas desviavam os olhos quando ele oferecia um de seus presentes. Ele nunca conseguia entender aquela atitude. Estava só tentando ser uma boa pessoa. Os guarda-chuvas eram de graça. Por que a maior parte das pessoas fugia dele como o diabo da cruz? Ainda assim, Marvin continuava firme ali.

— *Guarda-chuvas de graça!*

Um rapaz em um skate freou bem na frente dele. Estava encharcado e usava só uma camiseta, jeans e tênis de cano alto, e ainda sorria como o gato de Cheshire por cima do ombro de Alice. O rapaz pegou o guarda-chuva que Marvin estava oferecendo e bateu com a mão espalmada na dele para agradecer.

— Valeu, camarada!

Ele saiu em disparada, o skate levantando água das poças, e segurando um enorme guarda-chuva rosa acima da cabeça. A chuva virou um chuvisco e as pessoas no parque passaram a andar mais devagar. A princípio, Marvin não a viu. Uma garotinha usando uma capa vermelha. Ela havia perdido um dos dentes da frente e tinha sardas no nariz.

— Oi — disse a menina. — Sou Alice. Igual à estátua. — E apontou para a xará.

Marvin se agachou para poder vê-la melhor e estendeu a mão.

— Sou o Marvin. Prazer em conhecê-la.

Ela era britânica. Marvin reconheceu o sotaque da TV. Sempre achara que a Inglaterra seria um bom lugar para ele, com seus dentes tortos e o amor pela chuva.

— Aqui está você, Alice! O que eu lhe disse sobre falar com estranhos?

A mulher que se juntara a eles encarava Marvin como se ele estivesse prestes a mordê-las.

— Ele não é um estranho. É o Marvin.

Marvin abriu seu melhor sorriso e ofereceu a mulher o que havia de melhor em sua bolsa.

— Guarda-chuva de graça?

A mulher o ignorou, agarrou a mão de Alice e tentou arrastar a menina embora. Lixo. Era assim que ela o estava tratando, como se ele fosse lixo. Marvin sentiu o rosto ficar quente. Os pelos de sua nuca se arrepiaram e seus ouvidos começaram a zumbir. Ele não era lixo.

— Pegue isso! — rugiu e empurrou o guarda-chuva para a mulher.

— Não toque em mim, seu idiota — disse a mulher, com raiva. Ela deu as costas a Marvin, arrastando uma Alice em lágrimas. Assim que a mão da mãe passou a segurá-la com menos força, Alice se desvencilhou e correu de volta para a escultura.

— Marvin! — chamou, pois queria desesperadamente consertar as coisas.

Os olhos dos dois se encontraram e, antes que a mãe pudesse pegá-la de volta, Alice soprou um beijo para ele. E Marvin pegou o beijo. Antes de ir embora para casa, ele deixou um guarda-chuva branco com corações vermelhos apoiado contra o Coelho Branco. Só para o caso de ela voltar.

Laura bocejou e esticou o corpo na cadeira. Então checou as horas. Três horas diante da tela era mais que o bastante para aquele dia. Precisava de um pouco de ar.

— Venha, Cenoura — chamou. — Hora de dar um passeio.

Do lado de fora, o céu estava de um cinza marmorizado.
— Parece que vai chover — disse Laura para o cachorro relutante. — Acho que vamos precisar de um guarda-chuva.

29

A sala de jantar parecia saída de um conto de fadas. A mesa estava posta com toalha e guardanapos brancos como a neve. Talheres de prata ladeavam os pratos em cada lugar e copos de cristal lapidado cintilavam e refletiam a luz do candelabro acima da mesa. Era o primeiro Natal de Laura como dona de Padua, e ela queria fazer justiça à casa. Se conseguisse isso, talvez fosse capaz de banir os pensamentos indesejados que desfilavam por sua mente como formigas saindo de uma rachadura na parede da despensa. Laura não conseguia afastar a sensação de que a antiga dona ainda não se fora de vez. Ela pegou os tubinhos de festa natalinos brancos e prateados na caixa e colocou um em cima de cada guardanapo muito bem dobrado, para serem abertos após o jantar.

Naquela manhã, mesmo ainda estando escuro, Laura soube que alguma coisa no quarto havia mudado. Era a mesma sensação que lhe dizia, quando era criança, na manhã de Natal, que a meia ao pé da cama — que estivera vazia quando ela tinha ido dormir — agora estava cheia. De algum modo, conseguia sentir a alteração. Enquanto ia descalça até a janela, pisou em coisas que não eram o carpete: macias, duras, pontudas, lisas. A luz do dia confirmou que as gavetas da cômoda tinham sido abertas e seu conteúdo espalhado pelo chão.

Laura pegou um dos copos de vinho e poliu uma mancha imaginária. Sunshine, o pai e a mãe da jovem passariam o almoço de Natal com ela. O irmão também tinha sido convidado, mas ele "não estava a fim". Freddy também iria. Laura ficara em dúvida se deveria convidá-lo ou não, mas um sermão rápido de Sarah a convencera. Ele aceitou e, desde então, Laura gastara uma enorme quantidade de tempo tentando descobrir por quê. Havia inúmeras e variadas hipóteses: ela o pegara de surpresa; ele estava solitário; ele queria comer peru assado, mas não sabia cozinhar; ele não tinha outro lugar para ir; ele sentia pena dela. A única explicação que Laura se sentia mais relutante em aceitar, mas que também a empolgava muito, era a mais simples e a que mais a deixava nervosa. Freddy iria porque queria ir.

Talvez ela mesma tivesse feito aquilo no quarto enquanto dormia, como uma espécie de sonambulismo. Um sono destrutivo. Não fora um assaltante, porque nada estava faltando. Na véspera, Laura encontrara Sunshine no jardim de inverno, dançando ao som da música de Al Bowlly, que começara a assombrá-la, noite e dia.

— Você colocou essa música para tocar?

Sunshine balançou a cabeça.

— Já estava tocando, e quando ouvi entrei aqui para dançar.

Laura nunca ouvira a jovem contar uma mentira.

— Estão prontas!

Sunshine entrou de repente na sala de jantar, checando o relógio em seu pulso. Ela estava fazendo tortas de carne com especiarias, e agora a cozinha estava cheia de farinha e de açúcar de confeiteiro. Laura seguiu a garota, que andava a passos rápidos de volta para a cozinha e começou a pular de um pé para o outro, animada, enquanto Laura tirava as tortas do forno.

— Estão com um cheiro delicioso — comentou Laura, e Sunshine enrubesceu de orgulho.

— Bem na hora — disse Freddy, entrando pela porta dos fundos e trazendo junto uma lufada de ar gelado. — Hora de uma deliciosa xícara de chá e de uma tortinha ainda mais deliciosa.

Quando os três já estavam sentados à mesa, tomando chá e abanando a boca para esfriar os pedaços de torta, que ainda estavam um pouco quentes demais, Freddy encarou Laura, pensativo.

— O que houve? — perguntou.

— Nada. — Foi mais um reflexo que uma resposta.

Ele ergueu as sobrancelhas. Sunshine abocanhou o restante da torta e falou com a boca cheia.

— É mentira.

Freddy riu alto.

— Bom, zero pelo tato, mas dez pela sinceridade.

Os dois olharam para Laura, em expectativa. Ela contou, então. Sobre a cômoda, a música, até sobre a sombra que vira no roseiral. Sunshine não ficou nem um pouco impressionada.

— É só a moça — disse, como se fosse óbvio.

— E que moça é essa? — perguntou Freddy, os olhos fixos em Laura.

— A esposa do casamento de Santo Anthony. A Moça das Flores.

Sunshine pegou outra torta e deixou cair embaixo da mesa para Cenoura. Freddy piscou para ela e falou, apenas com o movimento dos lábios:

— Eu vi isso.

A jovem quase sorriu.

— Mas por que ela ainda está aqui, agora que Anthony se foi? — Laura ficou surpresa ao ver que levava a ideia a sério o bastante para perguntar.

— Sim. Por que ela ainda está aqui, fazendo confusão, perturbando a paz? E depois de darmos a ela um casamento tão encantador? — Laura não tinha ideia se Freddy estava falando sério ou não.

Sunshine deu de ombros.

— Ela está chateada.

Apesar de seu ceticismo, Laura sentiu o estômago dar uma cambalhota.

O dia de Natal amanheceu claro e ensolarado, e, enquanto andava pelo jardim com Cenoura, Laura sentiu o humor melhorar. A noite de Natal passara sem qualquer eventualidade, e ela até fora à Missa do Galo, na igreja local. Tivera uma palavrinha com Deus e talvez isso tenha ajudado. Laura e Deus não se falavam com muita frequência, mas ele ainda estava na lista de cartões de Natal dela.

Sunshine, a mãe e o pai chegaram ao meio-dia em ponto.

— Sunshine está pronta desde as oito — disse a mãe da garota, enquanto entregavam os casacos a Laura. — Ela teria chegado aqui para o café da manhã, se tivéssemos deixado.

Laura os apresentou a Freddy.

— Estes são Stella e Stan.

— Nós nos chamamos de "Os SS" — brincou Stella. — Foi muita gentileza sua nos convidar.

Stan sorriu e entregou um vaso de copos-de-leite e uma garrafa de espumante Cava cor-de-rosa para Laura.

— Não há nada como uma taça de espumante rosé no Natal — disse Stella, alisando a frente de seu melhor vestido e conferindo o cabelo no espelho do hall.

Enquanto Sunshine orgulhosamente lhes mostrava a casa, Stella e Stan soltaram as exclamações apreciativas de praxe. Na cozinha, Freddy estava mexendo o recheio do peru, regando as batatas assadas, espetando couves-de-bruxelas que ferviam e tomando vodca martínis. E lançando olhares apreciativos para Laura, de vez em quando. Umas duas vezes os olhos dos dois se encontraram, e ele se recusou a desviar o olhar. Laura estava começando a sentir calor. Freddy insistira em ajudar, para agradecer o convite. Ele ergueu o copo para Laura.

— Se eles são Os SS, então eu sou 007.

O almoço de Natal foi tão glorioso quanto se esperava. Sentados diante da mesa de conto de fadas, toda de prata, branco e brilhos, eles comeram demais, beberam demais, abriram os tubinhos e contaram piadas horríveis. Cenoura acampou embaixo da mesa e ficou aceitando os bocadinhos que um ou outro lhe ofereciam. Laura descobriu que Stella fazia parte de um clube do livro e que dançava flamenco, e que Stan estava no time de dardos do pub local. No momento, o time dele estava em segundo lugar na liga e, com mais três jogos ainda por acontecer, eles tinham esperança de vencer o campeonato. Mas a verdadeira paixão de Stan era a música. Para enorme prazer de Freddy, eles compartilhavam um gosto musical amplo e eclético, indo de David Bowie a Art Pepper, de The Proclaimers a Etta James. Era fácil ver de onde vinha o amor de Sunshine pela música e pela dança.

Enquanto Laura, Sunshine e Stella tiravam a mesa e atacavam o terreno bombardeado que um dia já fora a cozinha, Freddy e Stan se recostaram nas cadeiras como dois suflês murchos.

— Esse foi o melhor almoço de Natal que eu já tive em anos. — Stan passou a mão pela barriga com carinho. — Só não diga isso à patroa — acrescentou, piscando para Freddy.

Cenoura se aventurou a sair de debaixo da mesa e estava dormindo satisfeito ao lado de Freddy, que aproveitou para servir um copo de uísque para Stan.

— Então, é tão incrível quanto parece ser condutor de trem? Como o sonho de todo garoto?

Stan girou o líquido cor de âmbar no copo e cheirou, aprovando.

— Na maior parte do tempo, sim — respondeu. — Em alguns dias eu me sinto o homem mais sortudo da terra. Mas eu quase estraguei tudo antes mesmo de começar.

Ele deu um gole no uísque e acessou mais uma vez as lembranças que tinha se esforçado tanto para esquecer.

— Eu tinha começado a conduzir sozinho o trem fazia umas duas semanas. Era a minha última viagem do dia. Estava frio e escuro do lado de fora, e eu não via a hora de jantar. Nem sequer a vi até ela atingir o trem. Depois disso, não havia muito mais dela para ser visto.

Ele deu outro gole no uísque, maior dessa vez.

— Saiu no jornal local. Disseram que a mulher estava doente, sofrendo dos nervos. Estava parada no frio, esperando. Esperando pelo meu trem. Que pena, meu Deus. A mulher tinha uma filhinha. Tão pequena, um amor. Publicaram a foto da menina no jornal.

Freddy balançou a cabeça e deixou o ar escapar por entre os dentes.
— Jesus, Stan, sinto muito.

Stan tomou o restante do uísque e pousou o copo na mesa.

— É o uísque — disse. — Me deixa sentimental. Já faz muito tempo. Graças a Deus Stella conseguiu colocar juízo na minha cabeça e me convenceu a continuar como condutor. — Eles ficaram sentados em silêncio por um tempo, então Stan acrescentou: — Mas nem uma palavra sobre isso para Sunshine. Eu nunca contei a ela.

— É claro.

As orelhas de Cenoura se ergueram quando ele ouviu som de passos no hall. Sunshine entrou carregando uma bandeja, seguida por Laura e Stella. A jovem pousou a bandeja em cima da mesa.

— Agora está na hora da deliciosa xícara de chá e das tortinhas de carne com especiarias ainda mais deliciosas — disse ela e apontou para a travessa com uma pilha de tortinhas. — Então vamos brincar de "Conveniências".

No meio da primeira rodada, Sunshine se lembrou de uma coisa que vinha pretendendo contar aos pais.

— Freddy é uma merda trepando.

Freddy quase engasgou com o uísque, mas Stella respondeu com uma compostura admirável.

— O que a faz pensar assim, pelo amor de Deus?
— Felicity me contou. Ela é namorada do Freddy.
— Não é mais — grunhiu Freddy.

Stan se sacudia de tanto rir, e Freddy estava claramente mortificado, mas Sunshine não se deteve.

— O que significa "uma merda trepando"?
— Significa que ele não beija muito bem. — Foi a primeira coisa que surgiu na cabeça de Laura.

— Talvez você deva praticar mais, então — sugeriu a garota, com gentileza, enquanto dava palmadinhas carinhosas na mão de Freddy.

Quando Sunshine e "Os SS" foram embora, a casa pareceu muito silenciosa. Laura foi deixada sozinha com Cenoura. E Freddy. Mas onde ele estava? Havia desparecido enquanto ela acompanhava Sunshine e "Os SS" até a porta e se despedia deles. Laura se sentia como uma adolescente boba, sem saber se estava empolgada ou com medo. Era o vinho, disse a si mesma. Freddy veio do jardim de inverno e a pegou pela mão.

— Venha.

O jardim de inverno estava iluminado por dezenas de velas, e havia uma garrafa de champanhe em um balde de gelo, com dois copos ao lado.

— Dança comigo?

Quando ele pousou a agulha sobre o disco, Laura conversou silenciosamente com Deus pela segunda vez em dois dias. *Por favor, por favor, que não seja Al Bowlly.*

Nos braços de Freddy, Laura desejou que Ella Fitzgerald improvisasse mais alguns versos para "Someone to Watch Over Me". Freddy levantou os olhos e Laura seguiu o olhar dele até um ramo de visco que ele pendurara no candelabro acima deles.

— A prática leva à perfeição — sussurrou Freddy.

Enquanto eles se beijavam, o porta-retratos com a foto de Therese se espatifava silenciosamente em uma chuva de cacos.

30

Eunice

1989

As fotos no aparador supostamente deveriam ajudar Godfrey a se lembrar de quem eram as pessoas, mas nem sempre funcionavam. Quando Bomber, Eunice e Baby Jane entraram na sala de estar ensolarada, Godfrey pegou a carteira.

— Vou apostar dez libras no My Bill, na corrida das 14h45, em Kempton Park.

Grace deu uma palmadinha carinhosa na mão do marido.

— Godfrey, querido, é Bomber... seu filho.

Godfrey espiou Bomber por cima da moldura dos óculos e balançou a cabeça.

— Que besteira! Acha que eu não reconheceria o meu próprio filho? Não consigo me lembrar do nome desse camarada, mas ele com certeza é o meu agente de apostas.

Eunice viu os olhos de Bomber se encherem de lágrimas, enquanto ele se lembrava das tantas vezes que fizera apostas para o pai, sob a orientação estrita de: "Não conte à sua mãe". Ela pegou Godfrey carinhosamente pelo braço.

— Que lindo lugar você tem aqui. Está um dia lindo também. Será que faria a gentileza de me mostrar os jardins?

Godfrey sorriu para ela, encantado.

— O prazer é todo meu, minha jovem. Espero que meu cachorrinho também possa dar um passeio — comentou, olhando para Baby Jane com um ar ligeiramente confuso. — Embora eu deva confessar que quase me esqueci dele.

Godfrey colocou o chapéu que Grace lhe passou.

— Vamos, Bomber — disse para Baby Jane —, hora de esticar as pernas.

Por mais ofendida que Baby Jane possa ter se sentido por ser confundida com um macho, ainda assim encarou bem a situação. Melhor que Bomber em relação a ser confundido com o agente de apostas do pai. Grace pousou a mão no rosto do filho.

— Levante a cabeça, meu bem. Eu sei que é difícil. Ontem de manhã ele se sentou de repente na cama e me acusou de ser Marianne Faithfull.

Bomber sorriu mesmo contra a vontade.

— Vamos, mãe. É melhor segui-los antes que eles se metam em alguma confusão.

Do lado de fora, a trilha de vapor de um avião deixava um risco no céu azul. Como a espinha dorsal saliente de um animal pré-histórico. A Folly's End House não era um lugar muito animado, mas tinha jardins amplos e lindos para que os residentes aproveitassem. Grace e Godfrey tinham se mudado para lá apenas três meses antes, quando ficou claro que a capacidade de compreensão de Godfrey havia navegado para climas distantes, e Grace já não era capaz de lidar sozinha com ele. Godfrey de vez em quando fazia uma breve parada nas praias da realidade, mas na maior parte do tempo era um barco à deriva. E Folly's End tinha sido o porto perfeito. Os dois tinham os próprios aposentos, mas havia ajuda à mão quando precisavam.

Godfrey passeava de braço dado com Eunice ao sol, cumprimentando com um sorriso todos que encontravam. Baby Jane corria à frente. Quando ela parou para fazer xixi, Godfrey balançou a cabeça e estalou a língua em desaprovação.

— Eu realmente gostaria que esse cachorro aprendesse a levantar a perna. Quando nos dermos conta, ele vai estar usando lilás e cantando canções de musicais.

Eles chegaram a um banco de madeira, perto de um lago ornamental, e se sentaram. Baby Jane ficou parada bem na beira do lago, fascinada com a cintilação e os movimentos de prata e ouro das carpas reunidas à espera de comida.

— Nem pense nisso — alertou Eunice. — Não é sushi.

Quando Grace e Bomber os alcançaram, Godfrey estava contando a Eunice sobre os outros moradores do lugar.

— Temos Mick Jagger, Peter Ustinov, Harold Wilson, Angela Rippon, Elvis Presley, Googie Withers e a sra. Johnson, que costumava cuidar da lavanderia na Stanley Street, e você não imagina com quem eu acordei ao meu lado na outra manhã.

Eunice balançou a cabeça, animada. Godfrey fez uma pausa, mas logo balançou a cabeça, também, com tristeza.

— Não, e nem eu sei. Por um momento me veio à mente, mas agora se foi.

— Você me disse que era Marianne Faithfull — falou Grace, tentando ser útil. Godfrey deu uma gargalhada.

— Pelo amor de Deus, acho que eu me lembraria disso — falou, piscando para Bomber. — A propósito, você já fez a minha aposta?

Antes que Bomber pudesse responder, Eunice voltou a atenção dele para uma figura a distância, usando enormes óculos escuros e saltos de uma altura vertiginosa, cambaleando na direção deles.

— Ah, não! — gemeu Bomber. — O que ela quer, pelo amor de Deus?

Portia demorou algum tempo para alcançá-los, vindo pelo gramado, e Eunice acompanhou seu progresso precário com um prazer silencioso. Baby Jane pulou de repente no colo de Godfrey e começou a aquecer seu rosnado. Godfrey observou a aproximação da filha apenas ligeiramente curioso e sem qualquer sinal de reconhecê-la.

— Oi, mamãe! Oi, papai! — grasnou Portia, sem entusiasmo. Godfrey olhou para trás, para ver com quem ela estava falando.

— Portia — começou Bomber, com gentileza —, ele nem sempre se lembra...

Antes que ele pudesse terminar, ela se jogou no banco ao lado de Godfrey e tentou pegar a mão dele. Baby Jane rosnou em alerta e Portia ficou de pé de novo em um pulo.

— Ah, pelo amor de Deus. Esse cachorro odioso de novo, não!

Godfrey abraçou Baby Jane em um gesto protetor.

— Não fale assim com o meu cachorro, mocinha. Quem é você, por sinal? Vá embora de uma vez, nos deixe em paz!

Portia estava lívida. Ela dirigira por trinta quilômetros de Londres até ali, com uma terrível ressaca, e se perdera três vezes no caminho. E estava perdendo um brunch de apresentação de bolsas e cintos de grife.

— Não seja absurdo, papai, que droga! Você sabe muito bem que eu sou sua filha. Só não passo o tempo todo aqui, paparicando você como a droga desse seu precioso filhinho e a assistente patética e apaixonada dele. Você sabe muito bem quem eu sou, droga! — falou, muito alterada.

Godfrey permaneceu impassível.

— Minha jovem — disse, olhando para o rosto muito vermelho dela —, você claramente passou tempo demais no sol sem chapéu e isso acabou mexendo com seu bom senso. Nenhuma filha minha usa esse tipo de linguagem, ou se comporta dessa forma abominável. E esse homem é meu agente de apostas.

— E quanto a ela? — zombou Portia, apontando para Eunice.

Godfrey sorriu.

— Essa é Marianne Faithfull.

Grace conseguiu convencer Portia a entrar com ela para beber alguma coisa. Bomber, Eunice, Godfrey e Baby Jane continuaram a passear pelo jardim. Embaixo de uma das macieiras, uma mesinha havia sido posta para o chá e uma senhora elegante estava sentada tomando uma xícara com uma mulher mais jovem que comia uma tortinha de limão.

— São as minhas favoritas — anunciou a mulher, quando eles passaram e disseram "olá". — Aceitam uma? — Ela ofereceu a bandeja de doces.

Bomber e Eunice declinaram, mas Godfrey se serviu. Baby Jane era a personificação da tristeza. A senhora mais velha sorriu e disse para a outra:

— Eliza, acho que você se esqueceu de alguém.

Baby Jane ganhou duas tortinhas.

De volta à casa principal, eles encontraram Grace sozinha.

— Onde está Portia? — perguntou Bomber.

— Voltou para Londres. Muito indignada, devo dizer — falou Grace. — Tentei explicar a ela, mas... — Ela encolheu os ombros, triste.

— Eu não entendo como Portia pode se comportar de um modo tão horrível — comentou Bomber.

Grace olhou de relance para onde Godfrey estava conversando com Eunice, para garantir que ele não estava ouvindo.

— Acho que eu entendo.

Ela pegou o filho pelo braço e o levou até o sofá.

— Eu me lembro de quando Portia era muito jovem. — Grace deixou escapar um sorriso triste, enquanto se lembrava da filha pequena, com um sorriso onde faltavam alguns dentes e o cabelo preso em maria--chiquinhas tortas. — Ela sempre foi louca pelo seu pai.

Bomber pegou a mão dela e apertou.

— E agora ela o está perdendo — continuou Grace —, e talvez pela primeira vez em sua vida adulta esteja encarando algo que o dinheiro dela não pode comprar. O coração de Portia está se partindo e ela não pode fazer nada a respeito.

— A não ser magoar os que a amam — retrucou Bomber, irritado.

Grace deu uma palmadinha no joelho do filho.

— Ela simplesmente não sabe como lidar com a situação. Saiu daqui chorando, depois de chamar o pai querido de truta velha e má.

Bomber abraçou a mãe.

— Deixa pra lá, mãe. Você sempre pode contar com a droga desse seu precioso filhinho.

Quando eles já estavam indo embora, Godfrey puxou Eunice para o seu lado.

— Uma palavrinha no seu ouvido — disse em tom conspiratório, e abaixou a voz. — Tenho certeza de que aquela mulher *era* a minha filha. Mas tem que haver algum consolo em ter essa maldita doença.

31

De acordo com Sunshine, Laura tinha "hospedado" Freddy por uma noite. O fato é que Laura *não* tinha "hospedado" Freddy, mas dormido com ele, na mesma cama — só não *dormira* com ele. Laura sorriu para si mesma ao pensar nos eufemismos da língua usando a mesma palavra para significados diferentes, e ainda assim não dizendo exatamente o que se quer. Sexo. Ela não fizera sexo com Freddy. Ainda. Pronto. No espaço de duas frases tinha ido da insinuação ao ato!

Na noite de Natal, ela e Freddy dançaram, tomaram champanhe e conversaram. E conversaram. E conversaram. Ela contara tudo a ele sobre a escola, sobre as toalhinhas de bandeja e sobre Vince. Contou sobre o bebê que perdera, e ele a abraçara com força. Então Laura contou sobre os contos que tinha escrito para a *Feathers, Lace and Fantasy Fiction*, e Freddy chorou de rir. Ele contou a ela sobre a ex-noiva, Heather — uma consultora de recrutamento que queria se casar e ter filhos, e ele não queria. Ao menos não com ela. Também contou por que tinha vendido a pequena empresa de consultoria em TI (para profunda consternação de Heather e a gota d'água para o fim do relacionamento deles) para se tornar jardineiro. Ele tinha enjoado de ver o mundo através de uma janela, em vez de estar do lado de fora, vivendo no mundo. Laura finalmente contou a Freddy sobre Graham e sobre o encontro desastroso dos dois e, depois de alguma hesitação e de outra taça de champanhe, contou até sobre o beijo.

Freddy sorriu.

— Bem, pelo menos você ainda não subiu correndo a escada para lavar a boca. Vou presumir que é um bom sinal. E espero que você fique com aquele vestido!

Ele ficou quieto por um momento.

— Eu era tímido demais para beijar uma garota até ter dezessete anos exatamente por causa disto — falou e tocou levemente a cicatriz acima da boca. — Nasci com lábio leporino, e o trabalho do cirurgião não foi dos melhores...

Laura se inclinou para a frente e deu um beijo gentil na boca de Freddy.

— Bom, com certeza isso não parece comprometer a sua técnica atualmente.

Freddy contou a ela sobre Felicity, um encontro às cegas armado por uma mulher para quem ele trabalhava como jardineiro fazia muitos anos. Ela jurou que eles se entenderiam "como uma casa em chamas". Era verdade, no pior sentido, mas Felicity era uma das amigas mais próximas da mulher para quem ele trabalhava, e por isso Freddy continuou a sair com ela, enquanto tentava pensar em uma rota de fuga digna.

— Uma noite, eu não consegui mais encarar a ideia de ouvir Felicity se vangloriando, zurrando e me chamando de maldito Freddy, e dei o bolo nela. Não foi muito digno, eu sei, mas acabou sendo tremendamente eficaz. Perdi minha cliente, mas valeu.

Finalmente, quando Freddy e Laura ficaram sem assunto, encontraram conforto nos braços um do outro, e dormiram enrodilhados como pétalas em um botão de flor.

Eles dormiram no quarto de hóspedes, perto do antigo quarto de Therese. No dia em que acordou e encontrou o conteúdo das gavetas espalhado no chão, Laura tinha mudado as coisas dela para o quarto ao lado. Não que tivesse medo exatamente. Ou talvez tivesse um pouco. Na verdade a sensação, horrível, era de ter, se não um espectro, um convidado inesperado em sua festa. Uma colher de sopa faltando, uma das pernas da mesa curta demais, um dos coquetéis de champanhe insípido, um dos segundos violinos muito agudo. Havia uma súbita desarmonia em Padua, e Laura não tinha ideia do que fazer para restaurar a paz. Cenoura nunca entrava no quarto de Therese, mas ficou satisfeito em abandonar seu lugar perto do fogo, na noite de Natal, para se aninhar aos pés da cama onde Freddy e Laura dormiam.

Quando Sunshine descobriu sobre Freddy ter se "hospedado" lá, quis saber todos os detalhes. Que pijama Freddy tinha usado? Como ele escovou os dentes sem uma escova de dentes? Ele roncava? E eles se beijaram? Freddy contou a ela que tinha pegado emprestado uma roupa de dormir de Laura, que limpara os dentes com sabonete e uma flanela e que não, ele não roncava, mas Laura sim — o bastante para sacudir as janelas. E, sim. Eles tinham se beijado. Sunshine quis saber se Freddy beijava melhor agora e ele disse a ela que estava tendo aulas. Laura nunca tinha visto a jovem rir tanto, mas em quanto ela acreditou de tudo aquilo era difícil dizer. O quanto ela repetiria quando chegasse em casa era mais fácil de adivinhar.

Era noite de Ano-Novo, e ainda estava cedo. O quarto de hóspedes também tinha vista para o roseiral, mas naquela manhã mal era possível ver alguma coisa por causa da chuva que caía. Freddy estaria ali mais tarde. Eles iam sair naquela noite para se juntar às comemorações de réveillon no pub local. Enquanto isso, Laura se sentiu inexoravelmente atraída para o escritório. Armada com torrada suficiente para ambos e um bule de chá, ela foi para o escritório, seguida por Cenoura, e acendeu o fogo. Então pegou uma caixinha em uma prateleira e dispôs o conteúdo sobre a mesa. Do lado de fora chovia mais que nunca, e o som da água correndo era um contraponto para os estalos do fogo. Pela primeira vez, Laura segurou nas mãos um objeto que não sabia nomear. E, mesmo depois de ler a etiqueta, continuou a ignorar seu propósito ou origem.

Casa de madeira, porta e janelas pintadas, nº 32.
Encontrada em uma caçamba de lixo na frente do nº 32 na Marley
Street, em 23 de outubro...

Edna espiou o crachá do rapaz. Ele disse que era da companhia de água e que estava ali para conferir as válvulas e o encanamento. Era só uma visita de cortesia. Eles faziam aquilo para todos os clientes com mais de setenta anos, antes de o inverno chegar, disse o homem. Edna tinha setenta e oito anos e precisou dos óculos de leitura para ler o que estava escrito no crachá. Seu filho, David, estava sempre lhe pedindo para ser extremamente cuidadosa em relação a abrir a porta para estranhos. "Mantenha sempre a corrente fechada, até saber quem é", tinha avisado ele. O problema era que, com a corrente fechada, ela só conseguia abrir uma fresta da porta, então ficava distante demais para conseguir ler o crachá. Mesmo com os óculos de leitura. O rapaz sorriu pacientemente. Ele parecia correto. Estava usando um macacão prático com uma logomarca no bolso direito no peito e carregava uma maleta de ferramentas preta. O crachá tinha uma foto em que a pessoa se parecia com ele, e ela achou que conseguia ver as palavras "Tâmisa" e "Água". E o deixou entrar. Não queria que o rapaz pensasse que era uma velha tola e indefesa.

— Aceita uma xícara de chá? — perguntou.

Ele deu um sorriso agradecido.

— A senhora é uma joia, nada menos. Estou morrendo de sede. O último chá que tomei foi às sete da manhã. Coloque leite e dois cubos de açúcar e serei um homem feliz.

Ela mostrou a ele o lavabo no andar de baixo e então o banheiro no andar de cima, e depois o roupeiro onde ficava o tanque de água. Na cozinha, colocou a chaleira com água no fogo e, enquanto esperava que fervesse, olhou para a longa faixa que era o quintal nos fundos. Edna morava naquela casa no leste de Londres havia quase sessenta anos. Ela e Ted tinham se mudado para lá quando se casaram. Ali haviam criado os filhos, e, quando David e a irmã, Diane, cresceram e se foram, a casa já estava paga. É claro que eles nunca teriam conseguido comprá-la nos tempos atuais. Edna era a única que restava dos velhos tempos. Uma por uma, as casas tinham sido compradas, renovadas, e os preços subido a alturas inimagináveis, como teria dito Ted. Agora, a rua estava cheia de jovens profissionais com carros caros, conjuntos para preparar fondue e tanto dinheiro que nem sabiam onde gastar. Não era como nos velhos tempos, quando as crianças brincavam na rua e todos os vizinhos se conheciam, sabiam quem trabalhava em quê.

O rapaz encontrou o caminho de volta até a cozinha e entrou bem no momento em que Edna servia o chá.

— Bem como eu gosto — disse ele, depois de tomar o chá de uma vez. — Parecia estar com pressa. — Está tudo em ordem no andar de cima.

Ele deu uma olhada rápida embaixo da pia da cozinha e lavou a xícara. Edna ficou impressionada. Era um bom rapaz, como David. A mãe certamente o criara bem.

No início da tarde, a campainha voltou a tocar. Duas visitas em um dia era um fato quase inédito. Ao abrir a fresta da porta, Edna viu uma mulher negra, pequena, vestida com elegância, que parecia ter cerca de sessenta anos. Ela usava um terninho azul-marinho com uma blusa tão branca que chegava a ser ofuscante. Em cima dos cachos cor de uísque, em um penteado rígido, a mulher usava um chapéu azul-marinho, com um veuzinho que cobria a metade de cima do seu rosto. Antes que qualquer uma das duas pudesse falar alguma coisa, os joelhos da mulher pareceram ceder e ela se apoiou no batente da porta para não cair. Instantes depois, estava sentada na cozinha de Edna, abanando o rosto com a mão e se desculpando profusamente com um belo sotaque jamaicano.

— Sinto tanto, minha cara. É só uma das minhas crises engraçadas. O médico diz que tem a ver com os meus açúcares. — Ela se inclinou para a frente na cadeira e quase caiu antes de se recuperar.

— Eu me sinto tão mal lhe impondo a minha presença assim.

Edna dispensou as desculpas da mulher.

— O que você precisa é de uma xícara de chá quente e doce — falou e voltou a encher a chaleira.

Para ser honesta, estava feliz em ter companhia. A mulher se apresentou como Irmã Ruby. Estava batendo de porta em porta, oferecendo seus serviços como curandeira espiritual, vidente e conselheira. Ela disse a Edna que era capaz de ler o futuro nas mãos, nas cartas e nos cristais. Também era praticante de Obeah, Jadoo e Juju. Edna não tinha ideia do que poderia ser Obadiah, Jedi ou Judy, mas sempre fora fascinada por cartomantes e afins, e era profundamente supersticiosa. Ela era do tipo em que sapatos novos nunca eram colocados embaixo da mesa, guarda-chuvas nunca eram abertos dentro de casa e não se cruzava com ninguém na escada. A avó irlandesa lia folhas de chá para todos os vizinhos, e uma das tias dela ganhara a vida como Madame Petulengra, fazendo leituras na bola de cristal em Brighton Pier. Quando Irmã Ruby, reanimada pelo chá, se ofereceu para ler a mão dela, Edna já estava à espera. Irmã Ruby pegou a mão de Edna, com a palma para cima, e passou uma de suas mãos por cima dela, várias vezes. Então, levou um minuto inteiro examinando a topografia enrugada da palma de Edna.

— Você tem dois filhos — disse, por fim. — Um rapaz e uma moça.
Edna assentiu.

— Seu marido faleceu... há oito anos. Ele teve uma dor, aqui.

Irmã Ruby segurou o peito com a mão livre. Ted tinha morrido de ataque cardíaco, quando voltava do pub para casa. Para a família, apenas flores, mas, se alguém desejasse fazer uma doação, que fizesse para a British Heart Foundation, uma fundação de pesquisa de problemas cardíacos. A Irmã Ruby virou a mão de Edna de um lado para o outro, como se estivesse tentando decifrar uma mensagem particularmente complexa.

— Você está preocupada com a sua casa — anunciou finalmente. — Quer ficar aqui, mas alguém quer que você saia. Um homem. É o seu filho?

Ela examinou mais de perto a mão de Edna, então afastou o corpo e fechou os olhos, como se estivesse tentando visualizar o homem em questão. De repente, se sentou muito empertigada e bateu com as mãos espalmadas na mesa.

— Ele é um homem de negócios! Quer comprar a sua casa!

Depois de uma segunda xícara de chá e de abrirem um novo pacote de biscoitos recheados Bourbon, Edna contou à Irmã Ruby tudo sobre Julius Winsgrave, incorporador de imóveis, empresário e um merda sórdido e ambicioso (ela só não usou a palavra "merda" com Ruby, já que a mulher era Irmã e tudo o mais). Ele vinha tentando convencê-la a vender a casa havia anos, comprara a maior parte das outras casas na rua e ganhara uma fortuna com elas. No fim, as táticas de intimidação do incorporador haviam forçado David a consultar o advogado e eles conseguiram uma liminar proibindo Julius Winsgrave de continuar a importuná-la. Mas Edna sempre tinha a sensação de que o homem estava voando em círculos acima dela, como um abutre, só esperando por sua morte.

Irmã Ruby ouviu com cuidado.

— Ele parece ser um homem mau e perigoso.

Ela se abaixou e pegou a bolsa grande, já bastante usada, e começou a revirar o que havia lá dentro.

— Tenho uma coisa aqui que com certeza pode lhe ajudar.

Ela colocou sobre a mesa, então, um pedaço de madeira plano, no formato da frente de uma casa, com quatro janelas pintadas grosseiramente e uma porta da frente azul. A mesma cor da porta de Edna.

— Qual é o número da sua casa, por favor? — perguntou Irmã Ruby.

— Trinta e dois.

A outra mulher pegou uma caneta na bolsa e escreveu um "32" grande na porta da frente da casa.

— Veja bem — falou. — Este é o Juju mais poderoso e vai protegê-la, desde que você faça exatamente o que eu digo.

Ela segurou a casa com força com as duas mãos e fechou os olhos. Seus lábios se mexeram furiosamente, em um encantamento silencioso, por vários minutos, antes de ela enfim colocar a casa no centro da mesa da cozinha.

— Ela deve ficar aqui — disse, em tom decidido. — Este é o centro da sua casa, e daqui ela vai proteger você. Mas precisa saber que agora esta casa — falou, apontando para o modelo de madeira — se tornou a sua casa. Enquan-

to a mantiver a salvo, sua casa também vai permanecer segura. Mas, se você permitir que ela sofra algum dano, o mesmo e até mais vai acontecer com os cimentos e tijolos ao seu redor, seja por fogo, água, invasão, o que for. Nada pode desfazer a magia, e nada pode desfazer a maldição.

Edna olhou para a casinha de madeira e se perguntou se ela realmente seria capaz de protegê-la de Julius Winsgrave. Bem, certamente não faria mal algum tentar. Irmã Ruby levou a xícara e o pires que usara para a pia e, apesar dos protestos de Edna, lavou-os antes de deixá-los no escorredor para secar. Quando Edna se virou de costas para guardar os biscoitos na lata, Irmã Ruby sacudiu a mão molhada em cima da casa de madeira, e três gotas de água caíram em cima da fachada pintada.

— Muito bem — disse Irmã Ruby e pegou a bolsa. — Já tomei muito o seu tempo.

Edna estava procurando pela própria bolsa, mas a outra mulher se recusou a receber qualquer pagamento por seus serviços.

— Foi um prazer conversar com você — falou, já seguindo na direção da porta.

Quando a maquiagem foi retirada, o rosto no espelho se tornou mais jovem. Por baixo dos cachos cheios da peruca estava um cabelo negro, alisado. De jeans, botas e um casaco com estampa de leopardo, Irmã Ruby desapareceu, dando lugar a Simone La Salle. Ela olhou o relógio caro no pulso e pegou a bolsa de grife. No restaurante, Julius já a esperava, tamborilando os dedos com impaciência na toalha imaculada que cobria a mesa.

— Champanhe, por favor — disse ela ao garçom que passava, sem qualquer sombra de sotaque estrangeiro.

Julius ergueu as sobrancelhas.

— Você merece?

Simone sorriu.

— O que você acha? — falou. — Funcionou com a precisão de um relógio. Meu menino foi lá hoje de manhã e mexeu na válvula reguladora de pressão.

Por sorte, o banheiro fica bem em cima da cozinha. — Ela voltou a checar o relógio. — *A esta altura o teto da cozinha já deve ter despencado.*

Julius sorriu.

— Mãe e filho formam um bom time.

Ele empurrou um envelope marrom pesado por cima da mesa. Simone conferiu o conteúdo e enfiou o envelope na bolsa. O garçom apareceu com o champanhe e serviu duas taças. Julius fez o brinde.

— Foi um prazer negociar com você.

Depois de levar Irmã Ruby até a porta, Edna aproveitou para se deitar um pouco no sofá. Duas visitas em um dia tinha sido um prazer, mas também fora um pouco cansativo. Quando acordou, cerca de uma hora mais tarde, estava chovendo. Na cozinha. A casa de madeira em cima da mesa estava ensopada. A tinta escorrera e as janelas praticamente já não existiam mais. Mas o número 32 ainda estava plenamente à vista. Edna levantou os olhos e viu uma mancha escura se espalhar terrivelmente pelo teto. A última coisa que ouviu foi o gemido dos encanamentos e do gesso cedendo.

— Tudo bem! Tudo bem! Eu me rendo.

Laura acariciou a cabeça quente que estivera empurrando delicadamente seu joelho pelos últimos cinco minutos. Cenoura estava com fome e precisando fazer xixi. Já passava muito da hora do almoço. Laura observou o mar de objetos marcados com estrelas douradas diante dela, em cima da mesa, e verificou o relógio. Quase três horas.

— Pobre Cenoura — comentou. — Aposto que deve estar apertado.

Ainda chovia, mas felizmente Cenoura tinha ganhado (entre muitas outras coisas) um casaco impermeável no Natal. Ele saiu rapidamente para o jardim, enquanto Laura preparava o almoço dos dois. Logo Cenoura estava de volta, deixando pegadas molhadas no piso de cerâmica. Depois do almoço, Laura subiu para decidir o que usaria naquela noite. Ela ficou constrangida com o tempo que levou para escolher a roupa de baixo apropriada. Apropriadamente inapropriada. Enquanto procurava por seu par de brincos favorito, imaginou que talvez pudesse ter deixado no quarto de Therese e foi procurar. Laura virou a maçaneta fria de metal. A porta estava trancada. Pelo lado de dentro.

32

Freddy cutucou Cenoura com o dedão do pé, embaixo das cobertas.
— Levante, seu cão preguiçoso, e vá preparar uma xícara de chá pra gente.

Cenoura se aconchegou mais em seu ninho no edredom e deixou escapar um gemido de satisfação. Freddy olhou para Laura com uma expressão suplicante e ela prontamente escondeu a cabeça embaixo do travesseiro.

— Acho que sobrou pra mim, então — disse ele.

Freddy saiu da cama e procurou alguma coisa para vestir, mais por causa do frio que por modéstia. O roupão de Laura não atendia muito bem ao propósito, mas estava convenientemente à mão. Freddy abriu as cortinas para um novo ano e eles viram o céu azul e um dia ensolarado. Laura se espreguiçou, nua embaixo das cobertas, e se perguntou se haveria tempo de dar um pulo no banheiro, para se fazer mais apresentável, um pouco menos meia-idade. Mas para quê? Freddy já a vira. Ela passou os dedos pelo cabelo e olhou no espelhinho em cima da mesa de cabeceira para ver se estava com o rosto manchado do rímel da noite da véspera. Pelo menos tinha belos dentes.

Duas horas depois, os dois já estavam de pé, vestidos e comendo feijão com torradas, quando Sunshine chegou. Laura e Freddy haviam prometido à garota que se o dia estivesse bonito os três levariam Cenoura para um passeio no parque. Laura e Freddy andavam de braços dados, enquanto Sunshine corria na frente com Cenoura, jogando uma bola de brinquedo presa a uma corda (outro presente de Natal) para ele pegar.

— Tenho a forte impressão de que o jovem Cenoura está acompanhando a brincadeira mais para a diversão de Sunshine do que por ele mesmo — comentou Freddy.

Laura observou enquanto Cenoura devolvia obedientemente a bola para Sunshine, só para ela logo jogá-la novamente em uma direção aleatória e dizer "Pegue!" para ele.

— Desconfio de que ele só vá brincar com ela até descobrir alguma coisa mais interessante para fazer.

E, como previsto, depois do lançamento seguinte, Cenoura observou a bola cair dentro de um arbusto de tojo, deu as costas e foi caçar coelhos. O pobre Freddy foi designado por Sunshine como substituto do cachorro e logo estava enfiado até os cotovelos no arbusto espinhento.

— Deixe isso — disse Laura, enquanto Freddy se arriscava a ser espetado várias vezes. — Vamos arrumar outra bola para ele.

— Não! — reclamou Sunshine. — Cenoura ganhou essa bola de presente de Natal. Ele vai ficar muito chateado e vai me odiar porque não consigo jogar em linha reta, porque sou uma retardada.

Sunshine estava à beira das lágrimas.

— Você não é retardada coisa nenhuma! — disse Freddy, finalmente saindo das profundezas do arbusto, acenando triunfal com a bola presa na corda. — Quem te chamou assim, pelo amor de Deus?

— Era assim que Nicola Crow me chamava na escola quando a gente brincava de rebater a bola com o bastão e eu deixava a bola cair.

— Pois bem, Nicola Crow é um ignorante e você, minha jovem, é uma Downçarina. Não se esqueça disso.

Ele entregou o brinquedo a ela e fez um carinho em seu rosto para afastar a expressão de tristeza. Mas era demais esperar por um sorriso. Cansado dos coelhos e alheio a todo o drama, Cenoura voltou calmamente e farejou o brinquedo. Então, lambeu a mão de Sunshine. O preço de um sorriso.

Eles voltaram a caminhar, Laura agora segurando o brinquedo de Cenoura, para mantê-lo em segurança, e Freddy examinando os machucados deixados pelos espinhos. Até Sunshine encontrar um objeto pequeno e brilhante caído na grama enlameada.

— Olha só — falou e cavou a lama com os dedos.

— O que é isso? — Freddy pegou o que Sunshine havia encontrado e limpou a lama. Era um chaveiro de metal, no formato de um elefante bebê.

— Vamos levar para casa — sugeriu Sunshine. — Escrever uma etiqueta para ela e colocar no site.

— Você não acha que já temos coisas perdidas demais? — disse Laura, lembrando-se do escritório já cheio de coisas ainda esperando nas gavetas e prateleiras para receber sua estrela dourada.

Mas Freddy concordou com Sunshine.

— Escute. Estive pensando em como fazer as pessoas se interessarem pelo nosso site. Colocar todas as coisas lá é só metade do trabalho. Fazer as pessoas certas visitarem o site é a outra parte. Mas a história de Anthony é incrível, e tenho certeza de que podemos conseguir que a imprensa local, talvez até mesmo o rádio e a televisão, se interessem por ela. E acho que ajudaria muito se nós tivéssemos coisas realmente recentes, que tenham sido perdidas e encontradas, assim como as coisas mais antigas.

O que realmente ajudou Laura foi Freddy ter usado "nós". Ela não estava mais encarando o legado hercúleo de Anthony sozinha; agora tinha ajuda. Uma ajuda que fora orgulhosa demais, ou tivera medo demais, para pedir.

De volta a Padua, Sunshine foi direto para o escritório para encontrar uma etiqueta para o chaveiro. Todos tinham sido convidados para tomar chá com a mãe e o pai da jovem, mas ela estava determinada a escrever a etiqueta e a colocar o chaveiro em uma caixa em uma estante antes de saírem. Laura subiu para se trocar, e Freddy limpou o grosso da lama das patas e pernas de Cenoura com uma toalha velha, na cozinha. No caminho para o quarto que estava usando, Laura testou a maçaneta do quarto de Therese. Ainda trancada. De volta à cozinha, ela escreveu uma etiqueta para o chaveiro sob o olhar atento de Sunshine.

— Sunshine?

— Hum? — A garota estava concentrada em ler o que Laura estava escrevendo.

— Lembra que outro dia você falou que A Moça das Flores estava chateada?

— Sim.

Laura pousou a caneta e assoprou a tinta para que secasse logo. Assim que deixou novamente a etiqueta na mesa, Sunshine a pegou e soprou um pouco mais. Só para garantir.

— Então, você acha que ela está chateada comigo?

Sunshine adotou a expressão "como você pode ser tão tonta?" e a postura que envolvia um revirar de olhos, uma bufadinha e as mãos nos quadris.

— Ela não está chateada só com você — o "é claro" ficou subentendido —, está chateada com todo mundo.

Não era aquela a resposta que Laura estava esperando. Se acreditasse no que Sunshine estava dizendo (e o júri ainda estava deliberando a respeito), então se sentia aliviada por não ser o único alvo da raiva de Therese, mas ainda não tinha ideia do que fazer para apaziguar o amor de Anthony.

— Mas por que ela está zangada?

Sunshine encolheu os ombros. Tinha perdido o interesse por Therese por ora, e já ansiava pelo chá. A jovem olhou o relógio de pulso. Já conseguia saber todas as "horas cheias" e a maior parte das "meias horas", e qualquer coisa no meio disso se tornava um "quase".

— São quase quatro horas — falou. — E o chá é às quatro em ponto. — Ela parou perto da porta. — Hoje de manhã, fiz bolinhos, pãezinhos, as tortas de carne ainda mais deliciosas, e uns camarões que voam ao vento. Para o nosso chá.

Freddy sorriu, imaginando que ela se referia a *vol-au-vents* de camarão.

— O que explica por que você só chegou aqui quase às onze e meia. — Ele piscou para Laura e falou, só mexendo a boca, sem som. — Sorte a minha.

— E o papai fez linguiças enroladas — disse Sunshine, enquanto vestia o casaco.

33

Eunice

1991

— Esses enroladinhos de linguiça não são páreo para os da sra. Doyle — comentou Bomber, encarando bravamente seu segundo enroladinho.

Desde que a sra. Doyle se aposentara e fora morar em um apartamento de frente para o mar em Margate, a padaria dela havia sido comprada por uma franquia, e os bolos e doces artesanais tinham sido substituídos por imitações pré-fabricadas e produzidas em série. Eunice lhe passou um guardanapo, quando viu as migalhas do salgado se espalharem pela frente da camisa e pelo colo dele.

— Tenho certeza de que Baby Jane vai ficar feliz em ajudar com qualquer sobra — comentou ela, e desviou os olhos para a carinha ansiosa da pequena pug.

Baby Jane estava sem sorte. Apesar da qualidade inferior do enroladinho, Bomber comeu tudo e fez o melhor que pôde para direcionar as migalhas na roupa para dentro da lata de lixo. Eunice tinha comprado dois enroladinhos de linguiça para o almoço dele como um agrado especial, deixando de lado ao menos daquela vez a preocupação com a saúde e o diâmetro da cintura de Bomber. Eles iam visitar Grace e Godfrey mais tarde, e as visitas a Folly's End vinham se tornando mais difíceis ao longo do último ano. Eunice desejava que houvesse alguma coisa que pudesse fazer, qualquer coisa, para aplacar um pouco o sofrimento de Bomber ao ver o homem que conhecera como pai recuar inexoravelmente na direção de um horizonte muito distante e inacessível. A boa saúde física de Godfrey era uma ironia amarga, cruelmente oposta à fragilidade mental dele, o que o deixava como uma criança grande, assustada e com raiva. "O corpo de um touro com a mente de uma traça", era como Grace costumava descrevê-lo. Para Godfrey, os amigos e a família agora eram estranhos que lhe inspiravam medo e deviam, se possível, ser evitados. Qualquer tentativa de demonstração física de afeto — um toque, um beijo, um abraço — era recebida com um soco ou um chute. Tanto Grace quanto Bomber tinham hematomas para provar. Grace permanecia estoica como sempre, mas agora, quase dois anos depois de eles terem se mudado para Folly's End, ela já não dividia mais o quarto com o marido. Atualmente, só era seguro amá-lo a distância. Portia mantinha distância total. As visitas dela haviam cessado quando a violência começou.

Bomber balançou a cabeça, incrédulo, enquanto tirava um manuscrito pesado de dentro de um envelope pardo que chegara com a correspondência daquela manhã.

— Tenho certeza de que ela só faz isso para me irritar.

Era o manuscrito mais recente de Portia.

— Ela manda esses manuscritos para mais alguém? — Eunice espiou por cima do ombro dele e pegou as folhas da sinopse.

— Tenho certeza de que sim. O que quase me faz morrer de vergonha. Ela com certeza mandou o último para Bruce. Ele disse que se sentia quase tentado a publicar só para ver a minha cara.

Eunice já estava lendo as páginas que pegara, o corpo tremendo com a risada contida. Bomber se recostou na cadeira e cruzou as mãos na nuca.

— Muito bem, vamos logo. Acabe com o meu sofrimento.

Eunice apontou o dedo para ele, sorrindo.

— É engraçado você ter dito exatamente isso, porque eu estava pensando que talvez pudéssemos fazer Kathy Bates sequestrar Portia, amarrá-la a uma cama em uma cabana remota no meio da floresta, quebrar as duas pernas dela com um martelo e então lhe dar algumas dicas importantes sobre como escrever um romance.

Depois de verem *Louca obsessão* pela primeira vez, eles tinham se divertido durante o jantar fazendo uma lista de escritores que talvez se beneficiassem de uma temporada no curso de escrita criativa de Kathy Bates. Eunice não conseguia acreditar que tinham se esquecido de Portia.

— Talvez fosse mais simples se ela apenas quebrasse todos os dedos, assim simplesmente não conseguiria mais escrever.

Eunice balançou a cabeça para Bomber em uma desaprovação zombeteira.

— Mas assim nós seríamos privados de joias literárias como esta — disse ela, acenando com a sinopse no ar.

Eunice pigarreou e fez uma pausa, para garantir um efeito dramático. Baby Jane deu um latidinho, para que ela falasse logo.

— Janine Ear é uma jovem órfã que foi criada pela tia rica e cruel, a sra. Weed. É uma moça estranha, que vê fantasmas, e a tia diz para todo mundo que a menina é "drogada" e manda a sobrinha para uma clínica particular de reabilitação chamada Highs Wood. O proprietário da clínica, sr. Bratwurst, gasta todo o dinheiro das mensalidades dos pacientes em heroína, e alimenta as meninas com pão e banha. Janine faz amizade com uma moça boa e sensata chamada Ellen Scalding, que morre quando se engasga com um pedaço de pão seco, porque não há nenhum socorrista de plantão e Janine não sabe fazer a manobra de Heimlich.

Eunice parou para verificar se o próprio Bomber não estava precisando de socorro. Ele se sacudia em gargalhadas silenciosas, e Baby Jane estava sentada aos pés dele parecendo vagamente confusa. Eunice esperou que Bomber se recompusesse um pouco antes de continuar.

— O sr. Bratwurst é mandado para a prisão por não cumprir os requisitos da lei em relação à saúde e segurança, e Janine aceita trabalhar como babá em uma mansão chamada Pricklefields, em Pontefract, onde deve tomar conta de uma garotinha francesa chamada Belle. O patrão dela é um homem sombrio e casmurro, com problemas secretos, chamado sr. Manchester, que grita muito, mas é gentil com os empregados. Janine se apaixona por ele. Uma noite, o sr. Manchester acorda e descobre que seu cabelo está pegando fogo, e Janine o salva. Ele a pede em casamento. O dia do casamento é um desastre.

— Não é a única coisa que é um desastre — diz Bomber, às gargalhadas.

Eunice continua.

— Quando eles estão prestes a trocar seus votos, surge um homem chamado sr. Mason, alegando que o sr. Manchester já é casado com a irmã dele, Bunty. O sr. Manchester os arrasta de volta a Prickelefields, onde eles veem Bunty, fora de si por causa do uso de crack, rastejando de quatro pelo sótão, e sua cuidadora correndo atrás dela, brandindo uma injeção de cetamina. Janine arruma suas coisas. Quando está prestes a morrer de hipotermia vagando pelos brejos, um bom ministro evangélico e suas duas irmãs a encontram e a levam para casa. Por incrível que pareça tanta sorte, Janine descobre que os irmãos são seus primos e, para maior sorte ainda, que um tio há muito perdido morreu e deixou todo o dinheiro para ela. Janine divide gentilmente a sua herança, mas se recusa a casar com o ministro e acompanhá-lo até Lewisham, onde ele vai trabalhar como missionário. Porque agora ela se dá conta de que o sr. Manchester sempre será o amor da sua vida. Ela volta para Pricklefields e descobre que a mansão foi destruída por um incêndio. Uma senhora que passa conta que a megera drogada da Bunty começou o fogo e morreu dançando no telhado enquanto a casa ardia em chamas. O sr. Manchester resgatou bravamente todos os empregados e a gatinha, mas ficou cego quando foi atingido por uma viga, e também perdeu uma das orelhas. Agora que ele está solteiro de novo, Janine decide dar outra chance ao relacionamento, mas explica ao sr. Manchester que eles terão que ir devagar, já que ela ainda tem "problemas para confiar nele". Seis semanas depois eles se casam, e, quando o primeiro filho do casal nasce, o sr. Manchester recupera milagrosamente a visão de um olho.

— É um gênio da comédia! — anuncia Eunice, sorrindo, e devolve as folhas a Bomber. — Tem certeza de que não se sente tentado a publicar?

Bomber jogou uma borracha nela, que se abaixou a tempo.

Eunice se sentou diante de sua mesa e apoiou o queixo nas mãos, pensativa.

— Por que você acha que ela faz isso? — perguntou a Bomber. — O que estou querendo dizer é que ela não pode estar fazendo isso só para irritar você. É esforço demais. E, de qualquer forma, conhecendo Portia, a brincadeira já teria perdido a graça a esta altura. Tem que haver mais alguma coisa além disso. E, se ela quisesse, poderia se autopublicar. Com certeza tem meios para isso.

Bomber balançou a cabeça, lamentando.

— Acho que ela realmente quer ser boa em alguma coisa. Infelizmente, só escolheu a coisa errada. Com todo o dinheiro que tem, todos os supostos amigos, imagino que a vida dela seja bastante vazia às vezes.

— Eu acho que talvez tudo isso seja por sua causa.

Eunice se levantou de novo e foi até a janela. Tinha mais facilidade de organizar os pensamentos quando estava em movimento.

— Acho que ela quer a aprovação do irmão mais velho. Quer elogios, validação, como você preferir chamar. E tenta conseguir isso por meio da escrita. Ela se pinta de outra maneira completamente diferente. É grosseira, egoísta, superficial e às vezes bastante cruel, e nunca admitiria que dá uma importância enorme ao que você pensa dela. Mas dá. No fundo, sua irmã caçula só quer que você tenha orgulho dela, e escolheu escrever. Não porque tenha algum talento, ou porque isso lhe dê alguma alegria. É um meio para atingir um fim. Você é um editor e ela quer escrever um livro que você considere bom o bastante para publicar. Por isso sempre "pega emprestado" enredos dos grandes clássicos.

— Mas eu amo Portia de verdade. Não posso aprovar o modo como ela se comporta, o modo como ela trata o meu pai e a minha mãe, ou o modo como fala com você. Mas ela é minha irmã. Sempre vou amá-la.

Eunice foi até onde ele estava e pousou a mão gentilmente em seus ombros.

— Eu sei disso. Mas acho que ela não sabe. Pobre Portia.

Ao menos daquela vez, ela estava falando sério.

34

Laura se sentou na cama, os punhos cerrados com tanta força que as unhas deixaram marcas na palma das mãos. Ela não sabia se estava com medo ou furiosa. A voz de Al Bowlly se erguia do jardim abaixo, e as notas sedutoras eram como unhas arranhando sem parar um quadro-negro.

— Quer saber, já fico enjoada só de pensar em você! — explodiu Laura, atirando com violência o livro que estava na mesinha de cabeceira, que foi parar do outro lado do quarto. O livro acertou um dos castiçais de vidro em cima da cômoda, que caiu no chão e se estilhaçou.

— Droga!

Laura pediu desculpas silenciosamente a Anthony. Ela se levantou e desceu as escadas para pegar a vassoura e a pá de lixo, e para verificar o que já sabia ser absoluta e inegavelmente verdade. O disco de Al Bowlly ainda estava guardado em sua capa de papel, no meio da mesa do escritório. A própria Laura o colocara ali ainda na véspera, já cansada de ouvir a música que agora a assombrava, literalmente, dia e noite. Tinha tido a esperança, por mais tolo que isso pudesse parecer, de que, se removesse fisicamente o disco das proximidades do gramofone, ele pararia de tocar. Mas Therese não tinha de seguir essas regras, regras físicas. A morte aparentemente a liberara dessas restrições prosaicas, e ela estava livre para fazer travessuras das formas mais criativas. E quem ou o que mais poderia ser? Anthony tinha sido absurdamente gentil com ela enquanto estava vivo, por isso era improvável que fosse se dar ao trabalho de perturbá-la daquele jeito trivial depois de morto. Afinal, Laura fizera, ou estava tentando fazer, tudo o que ele lhe pedira. Ela pegou o disco e olhou para o rosto sorridente do homem na capa, com o cabelo preto esticado e os olhos escuros ardentes.

— Você não tem ideia — disse Laura a ele, balançando a cabeça.

Ela guardou o disco dentro de uma gaveta e apoiou todo o peso do corpo contra ela ao fechá-la, para enfatizar o gesto. Como se aquilo fosse fazer alguma diferença. Tinha contado a Freddy sobre a porta do quarto de Therese e pedira a ele para ver se conseguia abri-la. Ele tentou girar a maçaneta e declarou que a porta estava trancada, mas então disse que achava que eles não deveriam fazer nada a respeito.

— Ela vai destrancar quando estiver pronta — dissera Freddy, como se estivessem falando em deixar uma criança fazendo birra se cansar.

Tanto Freddy quanto Sunshine pareciam aceitar Therese com uma tranquilidade que deixava Laura furiosa. A presença perturbadora de uma pessoa morta e espalhada pelo jardim com certeza deveria causar alguma perturbação, não? Principalmente porque, àquela altura e graças aos esforços deles, Therese devia estar existindo em algum lugar em estado de felicidade nupcial — embora reconhecidamente *post mortem*. Era uma ingratidão e tanto. Laura sorriu para si mesma, sem humor. Mas quem mais poderia ser se não Therese? Onde a razão falha, as quimeras florescem. Quando já estava terminando de varrer os cacos de vidro, ouviu Freddy e Cenoura voltando da caminhada.

Já na cozinha, no andar de baixo, diante de um chá com torradas, Laura contou a Freddy sobre a música.

— Ah, isso — disse ele, dando pedacinhos de torrada com manteiga para Cenoura. — Eu também ouvi, mas nunca dou muita importância. Nunca sei se é Sunshine ou não.

— Eu levei o disco para longe do gramofone, mas não fez a menor diferença, por isso o guardei em uma gaveta no escritório.

— Por quê? — perguntou Freddy, mexendo o açúcar no chá.

— Por que eu tirei o disco de onde estava, ou por que guardei na gaveta?

— As duas coisas.

— Porque está me deixando louca. Levei para longe, para que ela não possa mais colocá-lo para tocar.

— Quem? Sunshine?

— Não. — Laura parou por um instante, relutando em dizer em voz alta. — Therese.

— Ah, nossa fantasma residente. Você levou o disco para longe e não funcionou, então você achou que fechá-lo em uma gaveta talvez adiantasse?

— Na verdade, não. Mas me fez sentir melhor. Fico me perguntando o que mais ela vai fazer. Por que está bancando a prima-dona desse jeito? Ela tem Anthony agora, então qual é o problema de eu ficar com a casa? Era isso o que ele queria.

Freddy deu um gole no chá e franziu o cenho, enquanto pensava na pergunta dela.

— Lembre-se do que Sunshine falou. Ela disse que Therese não estava brava com você, e sim com todo mundo. A ira dela é indiscriminada. Então isso não tem a ver com a casa. Alguma coisa assim chegou a acontecer quando Anthony ainda estava vivo?

— Não que eu saiba. Sempre havia aquele perfume de rosas na casa, e uma vaga sensação de que Therese ainda estava por aqui, mas nunca vi, ou ouvi, nada realmente. E Anthony também nunca mencionou nada.

— Então, só depois que Anthony morreu a madame começou a fazer gracinhas?

— Sim. Mas isso é que eu não compreendo. Sempre presumi que ela estivesse esperando por ele em algum lugar no éter, ou seja lá onde for, por todos esses anos, treinando foxtrote, ou pintando as unhas...

Freddy sacudiu o dedo para ela, repreendendo-a gentilmente pelo tom sarcástico que se infiltrara em sua voz.

— Eu sei, eu sei. Estou sendo horrível. — Laura riu de si mesma. — Mas, falando honestamente, o que mais ela quer? Deveria estar feliz agora que o tem de volta. Em vez disso, fica pairando por aqui, tendo chiliques, como uma diva irritada. E morta.

Freddy pousou a mão em cima da dela e apertou.

— Eu sei que é inquietante. Ela com certeza é um pouco ativa...

— Principalmente para alguém que supostamente está morta — interrompeu Laura.

Freddy sorriu.

— Acho que vocês duas talvez se dessem bem. Pelo que Anthony me contou sobre Therese, vejo que vocês duas são mais parecidas do que você se dá conta.

— Ele falava com você sobre ela?

— Às vezes, sim. Principalmente mais para o fim. — Ele acabou de tomar o chá e voltou a encher a xícara. — Mas talvez estejamos deixando escapar alguma coisa aqui. Estamos presumindo que, só porque Anthony está morto e só porque espalhamos suas cinzas no mesmo lugar onde foram espalhadas as cinzas de Therese, eles devem estar juntos. Mas são mesmo as cinzas que importam? Elas não são só "restos", só o que é deixado para trás quando a pessoa se vai? Anthony e Therese estão mortos, mas talvez eles não estejam juntos e esse seja o problema. Se você e eu fôssemos a Londres separadamente e não marcássemos um lugar para nos encontrarmos, qual seria a probabilidade de nos acharmos? E vamos ser sinceros: para onde quer que eles tenham ido, tem que ser um lugar muito, muito maior que Londres, levando em consideração todas as pessoas mortas que devem ter ido para lá desde... ora, desde que as pessoas começaram a morrer.

Freddy se recostou na cadeira, parecendo muito satisfeito consigo mesmo e com sua explicação. Laura suspirou e afundou na própria cadeira, desanimada.

— Então, o que você está dizendo é que Therese na verdade está pior agora do que antes de Anthony morrer, porque antes ela ao menos sabia onde ele estava? Ah, que maravilha. Podemos ficar presos a ela por anos. Para sempre. Droga!

Freddy se levantou, parou atrás da cadeira de Laura e pousou as mãos com gentileza sobre os ombros dela.

— Pobre Therese. Acho que você deveria colocar o disco de volta no jardim de inverno.

Ele beijou o topo da cabeça dela e saiu para trabalhar no jardim. De repente, Laura se sentiu culpada. Provavelmente toda aquela conversa era bobagem, mas e se por acaso não fosse? Ela agora tinha Freddy, mas e se, depois de todo esse tempo, Therese ainda não tivesse Anthony?

Pobre Therese.

Laura se levantou e foi para o escritório. Pegou o disco na gaveta e levou de volta para o jardim de inverno, onde o colocou em cima da mesa que ficava ao lado do gramofone. Ela pegou a foto de Therese e ficou olhando para a mulher, agora borrada e distante atrás do vidro quebrado. E viu, talvez pela primeira vez, a pessoa por trás da foto. Freddy podia achar que elas eram parecidas, mas Laura podia ver as diferenças. Ela já vivera mais quinze anos do que Therese, mas não tinha dúvidas de que Therese vivera sua curta vida mais rápida, intensa e determinadamente do que Laura jamais fizera. Que desperdício.

Laura passou as mãos carinhosamente pelo rosto por trás do cruel mosaico. O que Sarah dissera mesmo? "Já está na hora de parar de se esconder e de começar a se divertir na vida."

— Vou consertar as coisas para você — prometeu a Therese.

Então ela pegou o disco de novo e o colocou para tocar.

— Seja gentil — disse em voz alta para o cômodo ao redor. — Estou tentando ficar do seu lado.

35

Eunice

1994

Eunice nunca se esqueceria do perfume das rosas aquecidas pelo sol que entrava pela janela aberta enquanto estava sentada, com Bomber e Grace, assistindo a Godfrey morrer. Ele já estava quase indo. Só restava um corpo exaurido, que mal funcionava, a respiração superficial demais até para erguer as asas de uma borboleta. O medo, a raiva e a confusão que o devastaram ao longo dos últimos anos finalmente haviam abandonado sua tirania sobre Godfrey e o deixado em paz. Grace e Bomber enfim puderam segurar as mãos dele, e Baby Jane se aconchegou a ele, a cabeça descansando gentilmente em seu peito. Eles já haviam parado havia muito de tentar conversar para preencher o espaço desconfortável entre o estar morrendo e a morte em si. De vez em quando uma enfermeira batia suavemente na porta, levando chá e um pesar silencioso para uma cena de encerramento que já havia presenciado inúmeras vezes antes.

Eunice se levantou e foi até a janela. Do lado de fora, a tarde passava sem eles. As pessoas passeavam nos jardins, ou cochilavam à sombra, e um grupo de crianças corria pelo gramado, rindo, alegres. Em algum lugar, bem no alto das árvores, um torno se rebelava contra o som mecânico de um irrigador. Agora seria um bom momento, pensou Eunice. Para partir na esteira de uma perfeita tarde do verão inglês. Parecia que Grace estava de acordo. Ela se recostou na cadeira e deixou escapar um longo suspiro de resignação. Ainda segurando a mão de Godfrey, ela se esforçou para ficar de pé, as articulações rígidas por estar sentada havia tanto tempo. Grace beijou o marido na boca e acariciou seu cabelo com a mão frágil, mas firme.

— Está na hora, meu amor. Está na hora de ir.

Godfrey se mexeu ligeiramente. As pálpebras translúcidas tremularam e o peito cansado exalou uma última vez, com dificuldade. E ele se foi. Ninguém se moveu, a não ser Baby Jane. A cachorrinha ficou de pé e, com um cuidado imenso, farejou cada centímetro do rosto de Godfrey. Finalmente satisfeita por o amigo ter ido, ela pulou da cama, se sacudiu e se sentou aos pés de Bomber, os olhos fixos nos dele, suplicantes, a expressão dizendo claramente: "E agora eu realmente preciso fazer xixi".

Uma hora mais tarde, eles estavam sentados no que era chamado de sala dos "parentes", tomando mais chá. A sala dos parentes era o lugar para onde a equipe de Folly's End gentilmente levava as pessoas depois que estavam prontas para deixar os entes queridos que haviam acabado de morrer. As paredes eram da cor de prímulas desbotadas, e a luz que entrava pelas cortinas de musselina era suave — as cortinas serviam como um véu, protegendo quem estava na sala de olhos curiosos. Com sofás fundos de veludo, flores frescas e caixas de lenços de papel, era um lugar decorado para amortecer a dor profunda da perda.

Depois de algumas lágrimas iniciais, Grace reagira e estava pronta para conversar. Na verdade, já fazia anos que havia perdido o homem com quem se casara, e agora, com a morte dele, ao menos poderia começar a viver esse luto. Bomber estava pálido, mas composto, e de vez em quando secava uma lágrima que escorria silenciosamente por seu rosto. Antes de deixarem o quarto de Godfrey, ele beijara o rosto do pai pela última vez. Então, tirara a aliança do dedo de Godfrey pela primeira vez desde que Grace a colocara ali uma vida antes. O ouro estava arranhado e gasto, o aro um pouco torto — o testamento de um casamento longo e robusto, em que o amor raramente era verbalizado, mas que era demonstrado diariamente. Bomber entregara o anel para a mãe sem dizer uma palavra. Então, telefonara para Portia.

Grace se sentou perto do filho e pegou a mão dele.

— Agora, meu filho, enquanto esperamos a sua irmã, tenho algo a lhe dizer. Você provavelmente não vai querer que eu fale sobre isso, mas sou sua mãe e tenho que falar.

Eunice não tinha ideia do que estava por vir, mas se ofereceu para lhes dar privacidade.

— Não, não, minha querida. Estou certa de que Bomber não vai se incomodar de você ouvir o que tenho a dizer, e eu gostaria que você me apoiasse, se não se importar.

Eunice voltou a se sentar, intrigada. Baby Jane, que estava acomodada no sofá ao lado de Bomber, foi de fininho para o colo dele, como se para lhe dar apoio moral.

— Muito bem. Lá vai. — Grace apertou a mão do filho e sacudiu devagarzinho.

— Querido, desde que você era pequeno, eu sempre soube que nunca seria o tipo de rapaz que se casaria e me daria netos. Acho que, secretamente, seu pai também sabia, mas é claro que nunca conversamos a respeito. Agora, quero que saiba que não dou a menor importância para nada disso. Sempre tive muito orgulho de ter você como filho, e, desde que esteja feliz e levando uma vida decente, ora, isso é tudo o que importa.

O rosto de Bomber estava ficando cada vez mais vermelho, embora Eunice não pudesse dizer se era por causa das lágrimas ou das palavras da mãe. Eunice se sentia profundamente comovida pelos sentimentos de Grace, mas estava tendo de controlar uma crise de riso por causa daquele jeito peculiar dos britânicos de dizer alguma coisa sem *realmente* dizer.

— Na semana passada, Jocelyn me levou ao cinema. Supostamente era para ser um prazer, para eu me distrair um pouco dos problemas do seu pai.

A voz de Grace ficou ligeiramente embargada, mas ela engoliu em seco e seguiu em frente.

— Não prestamos muita atenção no que estava passando no cinema, só compramos as entradas, umas balas de menta e nos sentamos.

Baby Jane se ajeitou no colo de Bomber, para ficar mais confortável. Aquilo estava demorando mais do que ela esperara.

— O filme era *Filadélfia,* com aquele belo Tom Hanks, a esposa do Paul Newman e aquele camarada espanhol.

Ela pensou com cuidado nas palavras seguintes e finalmente se decidiu:

— Não foi muito animado.

Grace fez uma pausa, com a esperança de talvez já ter dito o bastante, mas a expressão confusa no rosto de Bomber a forçou a continuar. Ela suspirou.

— Só quero que você me prometa que vai ser cuidadoso. Se encontrar um "amigo especial", ou — a ideia claramente acabara de lhe ocorrer — se já tiver um, só me prometa que não vai pegar Hives.

Eunice mordeu o lábio com força, mas Bomber não conseguiu disfarçar um sorriso.

— É HIV, mãe.

Mas Grace não estava escutando. Só queria ouvi-lo prometer.

— Eu não suportaria perder você também.

Bomber prometeu.

— Juro por Deus.

36

— Não fui eu, juro — falou Sunshine.

Elas tinham entrado no escritório para colocar mais algumas coisas no site e encontraram a preciosa caneta-tinteiro de Anthony jogada no meio da mesa, cercada por uma poça de tinta preta. Era uma bela caneta Conway Stewart, e Sunshine a havia admirado muitas vezes — a garota adorava ficar passando a mão na superfície brilhante, preta e vermelha, antes de guardá-la novamente na gaveta com relutância.

Laura viu a expressão preocupada no rosto sério de Sunshine e abraçou a jovem, para tranquilizá-la.

— Eu sei que não foi você, meu bem.

Ela pediu a Sunshine para lavar cuidadosamente a caneta, enquanto limpava a bagunça na mesa. Quando Laura voltou ao escritório, depois de lavar as mãos manchadas de tinta, Sunshine estava ocupada escolhendo mais coisas nas prateleiras.

— Foi A Moça das Flores, não foi? — ela perguntou a Laura.

— Ah, isso eu não sei — blefou Laura. — Talvez eu tenha esquecido que deixei a caneta em cima da mesa, e por algum motivo ela vazou.

Ela sabia como aquilo soava improvável, e a expressão no rosto de Sunshine confirmou que a jovem não estava completamente convencida. Laura andara pensando no que Freddy havia dito e, quanto mais pensava a respeito, mais preocupada ficava. Se todas aquelas coisas que estavam acontecendo fossem obra de Therese, e uma demonstração física do sofrimento dela por ainda estar separada de Anthony, então, com certeza, quanto mais tempo aquilo continuasse, pior ficaria? Ela se lembrou da descrição que Robert Quinlan fizera de Therese como de "uma personalidade intensa, com um temperamento difícil quando provocada". Santo Deus. Naquele ritmo, ela logo estaria colocando fogo nas coisas e quebrando a casa toda, e Laura já estava um pouco cansada de arrumar a bagunça deixada por um fantasma mal-humorado.

— Temos que tentar ajudá-la — disse Sunshine.

Laura suspirou, ligeiramente envergonhada pela generosidade de espírito da garota.

— Concordo, mas como vamos fazer isso, pelo amor de Deus?

Sunshine deu de ombros, o rosto se franzindo em uma expressão de perplexidade.

— Por que não perguntamos a ela? — sugeriu finalmente.

Laura não queria ser indelicada, mas aquela dificilmente era uma sugestão prática. Não estava disposta a organizar uma sessão espírita, ou a comprar uma tábua Ouija no eBay. Elas passaram o restante da manhã acrescentando coisas ao site, enquanto Cenoura roncava satisfeito diante do fogo.

Depois do almoço, Sunshine e Freddy levaram Cenoura para uma caminhada, mas Laura ficou em casa. Estava muito inquieta. Normalmente a tarefa de alimentar o banco de dados do site era uma distração terapêutica, mas não naquele dia. Só conseguia pensar em Therese. Sua pele estava arrepiada como se um animal estivesse roçando o pelo em seu colo, e seus pensamentos ziguezagueavam como um barquinho na superfície de um lago. Precisava fazer alguma coisa a respeito de Therese. Tinha de ser como as "intervenções" do apresentador Jerry Springer. Se ao menos ela soubesse que diabos deveria fazer...

Do lado de fora, a luz fraca do sol se insinuava através de fragmentos claros de um céu que em sua maior parte parecia de um cinza marmorizado. Laura pegou o casaco no hall de entrada e saiu para tomar um pouco de ar no jardim. No galpão, encontrou o maço de cigarros "secreto" de Freddy e pegou um para si. Na verdade, ela só fumava muito raramente, mas naquele dia achou que talvez ajudasse. Laura se perguntou se Therese fumara.

Enquanto andava sem rumo pelo roseiral, soltando a fumaça do cigarro com a expressão culpada de uma colegial, as palavras de Sunshine voltaram a sua mente.

"Por que não perguntamos a ela?" Talvez não fosse muito prático, mas, como nada em toda aquela situação era exatamente corriqueiro, não adiantava nada Laura tentar agir como se fosse. Então, talvez Sunshine estivesse certa. Se fosse mesmo Therese a responsável por todas aquelas coisas que estavam acontecendo — em alguns dias Laura se apegava àquele "se" como um passageiro do *Titanic* se agarrando a um colete salva-vidas —, deixá-la por conta própria só significaria cada vez mais problemas.

"Por que não perguntamos a ela?" Laura ficava constrangida só por considerar a hipótese. Mas o que mais poderia fazer? Tentar se conformar ou se calar até... Laura não queria nem pensar nos possíveis finais para aquela frase. Ela deu uma última tragada no cigarro, olhou furtivamente ao redor para se certificar de que ninguém poderia vê-la ou ouvi-la e deixou as palavras escaparem em voz alta no frio do ar da tarde.

—Therese — começou, só para deixar claro com quem estava falando, caso houvesse outros fantasmas escutando, brincou consigo mesma —, nós duas precisamos ter uma conversa séria. Anthony era meu amigo, e eu sei como ele ansiava desesperadamente por estar com você. Quero ajudar, e, se eu puder fazer qualquer coisa, eu vou fazer. Mas ficar bagunçando a casa, me trancando fora do meu quarto e me mantendo acordada a noite toda com sua música não é exatamente um jeito legal de apelar para a minha boa vontade. Claramente assombrações não são a minha especialidade, por isso, se você souber como eu posso ajudar, então vai ter que tentar encontrar um modo de me deixar saber.

Laura fez uma pausa. Não esperava uma resposta, mas ainda assim tinha a sensação de que deveria deixar um espaço caso houvesse uma.

— Não tenho paciência para charadas e quebra-cabeças, e sou péssima jogando Detetive — continuou, por fim —, por isso você vai ter que tornar as coisas o mais claras e simples possível. De preferência sem quebrar ou colocar fogo em nada... nem em ninguém — acrescentou baixinho.

Mais uma vez, Laura esperou. Nada. A não ser pelos arrulhos e afagos de dois pombos apaixonados no teto do galpão, ensaiando para a primavera. Ela estremeceu. Estava esfriando.

— Falei sério, Therese. Eu faço o que puder.

Ela atravessou o jardim de volta para casa, sentindo-se um pouco tola e precisando de uma xícara de chá e do consolo de um biscoito de chocolate. Já na cozinha, colocou a chaleira no fogo e abriu a lata de biscoitos. Lá dentro, encontrou a caneta de Anthony.

37

— Ora, se essa é a ideia de Therese de "claro e simples", tenho até medo de pensar o que seria "enigmático" para ela.

Laura estava andando de mãos dadas com Freddy e eles conjecturavam sobre o mistério da caneta de Anthony. Cenoura andava a passo rápido na frente, farejando e marcando território em postes de luz alternados. Eles tinham ido tomar um drinque no The Moon is Missing. Freddy achou que o passeio seria uma boa ideia para tentar tirar Therese da mente de Laura, mas todo o elenco de *Uma mulher do outro mundo* estava lá, revivendo o triunfo da primeira noite deles no bar. Marjory Wadscallop, ainda com o penteado e a maquiagem de Madame Arcati, não perdeu tempo em apontar para Winnie a chegada de Laura e Freddy *juntos*. Dificilmente aquele fora o passeio tranquilo que Freddy tinha desejado.

— Você tem certeza de que Sunshine guardou a caneta de volta na gaveta?

— Bom, eu na verdade não a vi fazer isso, mas tenho certeza de que deve ter guardado. Por quê? Você não acha que Sunshine está nos pregando peças, não é?

Freddy sorriu e balançou a cabeça.

— Não, eu não acho. Realmente não. Sunshine provavelmente é a mais honesta de todos nós, incluindo você — disse ele, se dirigindo a Cenoura, enquanto prendia a guia à coleira dele, para que atravessassem a rua.

De volta a Padua, Laura serviu outro drinque para ambos, e Freddy avivou o fogo que se reduzira quase só a brasas no jardim de inverno.

— Agora — falou Freddy, se aconchegando ao lado de Laura no sofá —, vamos ver se o vinho desperta nossos instintos mais selvagens de dedução.

Laura deu uma risadinha.

— Isso soou muito erótico...

Freddy levantou os olhos, fingindo surpresa, e deu um gole no copo.

— Certo. Vamos analisar novamente a prova. Uma caneta dentro de uma lata de biscoitos.

— Não foi só uma caneta, foi a melhor caneta-tinteiro de Anthony, a amada Conway Stewart. O corpo marmorizado de preto e vermelho, com a ponta de ouro dezoito quilates — acrescentou Laura.

— Obrigada, Miss Marple, mas isso realmente ajuda a nossa investigação em alguma coisa? — comentou, referindo-se à famosa detetive dos livros de Agatha Christie.

— Ora, aquela foi a caneta que Anthony usou para escrever as histórias dele.

Eles ficaram sentados em um silêncio contemplativo, ouvindo o estalar do fogo na lareira. Cenoura gemeu satisfeito enquanto esticava as pernas finas mais para perto da lareira. Freddy o cutucou com o pé.

— Cuidado, senhor. Se chegar mais perto, vai acabar assando os dedos.

Cenoura o ignorou e se aproximou um pouquinho mais.

— Você leu todas as histórias de Anthony? Talvez a pista esteja em uma delas.

Laura balançou a cabeça.

— Eu disse a ela que não sou nada boa com pistas. E pedi especificamente que fosse clara e objetiva.

Freddy tomou o restante do vinho e pousou o copo no chão.

— Ora, talvez isso *seja* claro e objetivo para ela.

Laura resistiu à tentação de lembrar que obviamente era porque Therese já sabia a resposta.

— Li tudo o que Anthony me pediu para digitar, claro, e com certeza todos os contos. Mas isso foi anos atrás. Não tenho como me lembrar de tudo o que eu li.

— E quanto ao livro que você me mostrou? A coleção de contos?

— Aquele foi só o primeiro de vários que foram publicados. Acho que ele devia ter cópias dos outros em algum lugar, mas não me lembro de ter visto.

Freddy sorriu.

— Aposto que estão no sótão.

— Por quê?

Ele a encarou com a mesma expressão de Sunshine quando achava que Laura estava sendo particularmente obtusa.

— Porque é onde todo mundo sempre põe as coisas para as quais não sabe que outro destino dar — explicou ele, triunfante. — Embora, se eu tivesse tido um livro publicado, eu o colocaria na minha estante, em um lugar de honra.

Laura pensou a respeito por um momento.

— Mas ele não tinha orgulho de todos os contos que publicou. Lembra que eu te contei? O editor de Anthony queria finais felizes, simples e insípidos, e eles se desentenderam por causa disso no fim.

Freddy assentiu.

— Sim, eu me lembro. Bruce queria limonada, e Anthony lhe deu absinto.

Laura sorriu.

— Você se lembraria mesmo. Qualquer coisa que tenha a ver com álcool... — provocou ela. — Mas acho que vale a tentativa. Ainda não examinei direito o sótão, e, mesmo se os livros não estiverem lá, pode haver outra coisa.

— Amanhã — disse Freddy. Ele se levantou e ajudou Laura a ficar de pé. — Vamos dar uma olhada amanhã.

Ele deu um beijo decidido nos lábios dela.

— Agora, o que você estava dizendo sobre erotismo...?

Laura despertou com um sobressalto que interrompeu sua queda. Estava sonhando que caía ou acordando? Não saberia dizer. Ainda estava escuro, e o silêncio mal era perturbado pelo dueto sussurrado do ressonar de Freddy e Cenoura. A mão quente de Freddy estava apoiada contra a coxa de Laura, e, conforme seus olhos se acostumavam ao escuro, ela conseguiu ver o peito dele subindo e descendo. Laura se perguntou o que Anthony acharia daquilo. Esperava que ele aprovasse, que ficasse satisfeito por ela. Afinal, ele havia lhe dito para ser feliz, e Laura estava feliz. Na maior parte do tempo. Ainda a preocupava a missão de devolver as coisas perdidas. O site estava indo bem, graças a Freddy, e, embora seu medo de decepcionar Anthony estivesse profundamente arraigado no terreno fértil de sua insegurança, agora a coragem caminhava ao lado dele. Finalmente descobrira determinação para tentar. Therese era uma sombra constante, mas o ritmo geral da vida de Laura, seu dia a dia em Padua, sem dúvida era feliz. Ah, e é claro que ela se preocupava com Freddy. Mas com certeza aquilo era um risco previsível em um novo relacionamento, principalmente na idade dela, certo? Laura se preocupava por ele ainda não ter visto o pior das suas terríveis estrias, e os pés de galinha sob a luz impiedosa do sol do meio-dia. Ela se preocupava com a possibilidade de ele ainda não ter percebido a celulite insidiosa enrugando o traseiro antes tão liso dela, ameaçando suas coxas. Também lamentava que Freddy não o tivesse visto em seu auge. Em vez disso, seu auge fora desperdiçado com Vince. Se tivesse conhecido Freddy quando era jovem... Mais jovem, pelo menos. Se, ainda, tivesse se casado com Freddy. Laura sorriu da própria tolice, então parou, preocupada com os pés de galinha, e jurou usar enormes óculos escuros e um chapéu de aba larga caso algum dia fosse tola o bastante para se expor novamente à luz do sol. E não ia nem começar a pensar na menopausa. A pista estava no nome, não é mesmo? E não apenas uma pausa, mas um fim completo da possibilidade de ser remotamente atraente no que dizia respeito aos homens. Laura já estava começando a suar só pela tentativa de *não* pensar a respeito disso. Ela virou o travesseiro e enterrou o rosto no algodão fresco.

— Controle-se, Laura! — disse a si mesma.

Ela pegou a mão de Freddy, que instintivamente apertou a dela, e ficou ali, deitada no escuro, piscando para afastar as lágrimas até acabar resvalando novamente para o sono.

As coisas sempre parecem melhores pela manhã. Não era a luz do sol que se divertia exibindo as imperfeições de Laura, mas a escuridão que, com suas dúvidas insidiosas, zombava dela nos momentos de insônia da madrugada. Depois do café, Laura saiu para o jardim, sem chapéu, e estreitou os olhos por causa do sol da manhã. Freddy tinha ido à cidade, e ela ia subir até o sótão. Laura pegou a escada no galpão e a levou para o segundo andar com certa dificuldade. Cenoura tinha decidido ajudar subindo e descendo, correndo, de um andar para o outro, latindo agitado, em uma tentativa de impedir a invasão daquele artefato barulhento de metal, que certamente era um instrumento do diabo. Quando Laura apoiou a escada contra a parede, já conseguia ouvir Freddy repreendendo-a por não esperar.

— Vamos fazer isso quando eu voltar — disse ele.

Mas Laura estava muito impaciente para esperar. Além do mais, Sunshine logo chegaria, e a jovem era perfeitamente capaz de chamar uma ambulância. Quando abriu o alçapão para o sótão, foi recebida pelo cheiro bolorento de terra úmida e poeira. Ela esticou a mão para acender a luz e, na mesma hora, sua mão ficou coberta de teias de aranha. Por onde começar? Havia algumas peças de mobília antiga, um tapete grande enrolado como uma salsicha e uma variedade de caixas. Laura abriu a tampa das caixas que estavam mais próximas dela e encontrou as quinquilharias normais de uma casa: um serviço completo de chá ainda sem uso, um cantil de prata e várias peças de porcelana decorativa, mas inútil. Uma das caixas guardava livros, mas, até onde ela podia ver, nenhum deles tinha sido escrito por Anthony. Laura abriu caminho cautelosamente através das vigas, inclinando-se desajeitada para conseguir avançar. Um cavalinho de criança, com rodinhas, estava parado solitário em um canto, ao lado de uma mala grande de papel-cartão marrom e de uma caixa de uma estilista de Londres. Laura alisou o nariz macio do cavalo, feito de pelúcia.

— Ora, você não vai ficar aqui em cima — prometeu a ele.

A mala estava coberta de poeira, mas não estava trancada, e, depois de uma rápida espiada, Laura percebeu que ali provavelmente estava sua melhor possibilidade de encontrar alguma coisa útil ou interessante. Ela fechou as trancas enferrujadas da mala e a arrastou até a abertura do alçapão. Como iria descer com aquilo? A mala era pesada, e ela duvidava de que fosse capaz de manejar aquele peso e a escada ao mesmo tempo. A resposta, é claro, era esperar por Freddy, mas, se fosse para fazer isso, ela poderia muito bem ter esperado por ele para subir até ali. Talvez pudesse deixar a mala escorregar pela escada sozinha. Ela parecia bastante resistente, e, pelo que Laura vira, não parecia conter nada que quebrasse. O "deixar escorregar pela escada" acabou sendo mais uma queda mesmo. Quando Laura soltou a mala, ela aterrissou no chão abaixo com um baque forte, levantando uma nuvem de poeira. Laura voltou para pegar o cavalo, que era leve o bastante para que ela descesse a escada segurando-o. Depois de fazer o cavalinho aterrissar com mais suavidade que a mala, Laura retornou e pegou a caixa da estilista de Londres.

Quando Freddy voltou, a escada já tinha sido devolvida para o galpão, Sunshine estava no jardim escovando o cavalinho para tirar a poeira e Laura abrira a mala em cima da mesa do escritório e estava examinando seu conteúdo. Havia vários álbuns de fotografia antigos, com folhas grossas da cor de chocolate amargo intercaladas com papel de seda quebradiço, com um emblema; dois manuscritos datilografados, algumas cartas e documentos diversos. Nos álbuns, ela encontrou fotos dos primeiros anos da vida de Anthony, muito antes de Therese. Um garotinho de cabelo encaracolado, sentado com as pernas abertas em cima de uma esteira em um jardim. Um garotinho robusto montado em um cavalinho de brinquedo, em um gramado bem aparado. Um jovem magro e desengonçado, com um sorriso tímido, usando caneleiras e brandindo um taco de críquete. Estava tudo ali: uma sucessão de férias à beira-mar, piqueniques no campo, aniversários, batizados, casamentos e festas de Natal. A princípio eram três pessoas, e logo apenas duas. O homem alto e moreno, sempre de uniforme, desapareceu das fotos como havia desaparecido da vida da família. Laura tirou com cuidado uma das fotos das cantoneiras marrons que a prendiam ao álbum. O homem tinha a postura ereta e orgulhosa, tão bonito no uniforme elegante. Ele tinha o braço passado com carinho ao redor do ombro da mulher, que usava um vestido de noite Schiaparelli. E no meio deles estava um garotinho de pijama. A imagem perfeita de uma família feliz.

The very thought of you. Só de pensar em você.

Laura conseguia ouvir a música tocando em sua mente, ou talvez fosse no jardim de inverno. Naqueles dias, ela nem sempre conseguia dizer a diferença. Aquela era a foto: a noite que Robert Quinlan descrevera quando estivera ali, lendo o testamento. Fora a última vez que Anthony vira o pai. A última dança, o último beijo, a última foto. Ela colocaria aquela foto em um porta-retratos, ao lado da fotografia de Therese, no jardim de inverno.

— Encontrou alguma coisa interessante?

Freddy entrou no escritório com uma xícara de café e um sanduíche. Ele deu uma olhada na mala, no que estava embaixo dos papéis e pegou um estojo de veludo.

— A-ha! O que é isso? Um tesouro escondido?

Ele abriu a tampa e eles viram um anel de ouro branco, com uma belíssima safira-estrela e diamantes cintilantes. Ele colocou o anel diante de Laura, que o tirou da caixa e o levantou contra a luz. A estrela azul-centáurea no cabochão era claramente visível.

— Era dela. O anel de noivado de Therese.

— Como você sabe? — Freddy pegou a joia para examinar com mais atenção. — Pode ter sido da mãe de Anthony.

— Não. Era dela, eu tenho certeza. Therese não era o tipo de mulher que se contentaria com um diamante solitário trivial — falou, com um sorriso melancólico ao se lembrar do seu próprio solitário de meio quilate, em um anel de ouro nove quilates. — Therese era, ao que tudo indica, extraordinária, como este anel.

Freddy guardou novamente o anel no estojo de veludo e o entregou a Laura.

— É seu agora.

Laura balançou a cabeça.

— Nunca vai ser meu.

Freddy saiu para ajudar Sunshine. Ele havia prometido passar uma camada fresca de verniz nos cascos de madeira do cavalinho. Laura continuou a esvaziar a mala e colocar seu conteúdo sobre a mesa. Ela encontrou uma nota de compra de um buquê de cinquenta rosas: "Albertine" x 4; "Grand Prix" x 6; "Marcia Stanhope", "Mrs. Henry Morse", "Etoile de Hollande", "Lady Gay" — a lista continuava — e um folheto ensinando a plantar todas aquelas espécies de rosas e a cuidar delas. Os manuscritos eram coleções dos contos de Anthony que Laura digitara. Enquanto folheava as páginas, ela as reconheceu. Presa à frente delas, estava uma carta de rejeição dura de Bruce, o editor de Anthony.

"... totalmente inapropriado para o nosso público... desnecessariamente complexo e ambíguo de uma forma autoindulgente... temas sombrios e depressivos..."

Alguém rabiscara os comentários ofensivos com uma caneta vermelha e escrevera "Imbecil!" em cima da assinatura extravagante de Bruce. Era a letra de Anthony.

— Certíssimo — concordou Laura.

Ela iria reler o manuscrito todo mais tarde, mas por algum motivo não achava que encontraria ali a resposta que estava procurando.

Laura ouviu o barulho de rodas de metal atravessando o piso do hall e Sunshine entrou no escritório empurrando o cavalinho, seguida por Freddy e por um Cenoura extremamente curioso.

— Parece um cavalo completamente diferente — exclamou Laura, e Sunshine abriu um sorriso orgulhoso.

— Ele se chama Sue.

Laura olhou para Freddy, em busca de alguma explicação, mas ele apenas encolheu os ombros. Que fosse "Sue", então. Sunshine estava ansiosa para examinar o conteúdo da mala e ficou impressionada com o anel. Quando a jovem enfiou o anel no dedo médio e ficou virando-o de um lado para o outro para "pegar as cintilações", Laura teve uma ideia.

— Talvez seja o anel que Therese quer que a gente encontre. Talvez tudo isso fosse por causa dele.

Freddy não pareceu convencido.

— Hummm, mas qual a ligação com a caneta?

Laura ignorou a falha em seu argumento e, animada com a própria teoria, disse:

— Era o anel de noivado dela. Não vê? Tem tudo a ver com o relacionamento deles, com o vínculo entre eles. Esse é o significado de um noivado.

Freddy ainda parecia em dúvida.

— Mas um casamento também é, e não adiantou a gente organizar um casamento para eles.

A expressão no rosto de Sunshine mostrava claramente que não só o argumento não a convencera como ela estava achando Laura e Freddy particularmente obtusos.

— A caneta era para nos dar uma pista. Significa escrever — disse a jovem.

Sunshine pegou a foto de Anthony com os pais.

— É por isso que ela toca a música — falou e entregou a foto a Freddy. Foi a vez dele de se voltar para Laura em busca de uma explicação.

— É Anthony com os pais dele. Robert Quinlan nos contou a respeito disso. Os pais de Anthony iam sair uma noite, enquanto o pai estava de licença em casa, e Anthony desceu para dar boa-noite e encontrou os pais dançando a música de Al Bowlly. Foi a última vez que ele viu o pai antes de ele ser morto.

— Então, quando Santo Anthony conheceu A Moça das Flores — Sunshine estava ansiosa para revelar o restante da história —, ele contou a ela sobre isso, então A Moça das Flores dançou com ele em Covent Gardens, para que ele não ficasse mais triste. — Ela girou o anel, que ainda estava em seu dedo, e acrescentou: — E agora nós temos que encontrar um jeito de ela não ficar mais triste.

— Ora, acho que vale uma tentativa com o anel — falou Laura, estendendo a mão para Sunshine, que tirou o anel com relutância e entregou a ela. — Vamos colocá-lo no jardim de inverno, perto da foto de Therese. Agora, onde vamos colocar esse esplêndido corcel? — acrescentou, em uma tentativa de distrair Sunshine.

Mas a garota tinha visto a caixa da estilista e levantou a tampa com todo o cuidado. O arquejo de prazer que deixou escapar fez Laura e Freddy se aproximarem para ver do que se tratava. Laura tirou da caixa um vestido estonteante feito de chiffon de seda azul-centáurea. Claramente nunca tinha sido usado. Sunshine passou a mão pelo tecido lindo e delicado.

— Era o vestido de casamento dela — falou, quase em um sussurro. — Era o vestido de casamento da Moça das Flores.

Freddy ainda estava segurando a foto.

— O que eu não entendo é por que todas essas coisas foram enfiadas em uma mala que ficava escondida no sótão. Tenho a impressão de que essas deveriam ser as coisas mais importantes para Anthony: o anel, a foto, o vestido, o começo do roseiral. Até mesmo os manuscritos. Anthony defendeu o texto, se recusou a mudá-lo, portanto devia sentir orgulho desse trabalho.

Sunshine traçava círculos na poeira da tampa da mala.

— Essas coisas deixavam Santo Anthony muito triste — disse ela, com simplicidade.

Cenoura enfiou a cabeça pela porta do escritório e ganiu. Estava na hora do chá dele.

— Vamos — falou Laura. — Temos que colocar o anel e o vestido no jardim de inverno e encontrar um lugar para esse cavalo.

— Para o Sue — disse Sunshine, seguindo atrás de Laura e Freddy. — E não é o anel, é a carta. — Mas Laura e Freddy já tinham ido.

38

Eunice

1997

— Tenho certeza de que esse desgraçado só está fazendo isso para criar constrangimento, droga!

Bruce atravessou o escritório, agitado, e se jogou em uma cadeira, como a heroína trágica de um filme mudo em preto e branco. Eunice quase esperou que ele levasse a mão à testa para ilustrar melhor a angústia e a frustração que sentia. Bruce tinha chegado sem avisar e começado a vociferar antes mesmo de alcançar o topo da escada.

— Fica firme, camarada — disse Bomber, se esforçando para que o divertimento que sentia não contaminasse o chavão. — Vai se colocar em uma situação desagradável.

Baby Jane, acomodada regiamente em uma nova almofada de pele falsa, olhou para Bruce e concluiu que a presença dele não valia a sua atenção.

— Aceita uma xícara de chá? — perguntou Eunice, entre dentes cerrados.

— Só se vier acompanhada de um copo grande de uísque — retrucou Bruce grosseiramente.

Eunice foi colocar a chaleira no fogo, de qualquer modo.

— Muito bem, o que causou tudo isso? — Bomber estava sinceramente interessado em descobrir quem tinha enfurecido Bruce daquela maneira. O cabelo do homem, em estilo Barbara Cartland, mas da cor e da consistência de teias de aranha, tremulava de indignação.

— Aquele Anthony Peardew desgraçado! Para o inferno com aquele homem.

Bomber balançou a cabeça.

— Um pouco agressivo isso, não? A menos, é claro, que ele tenha passado o vinho do porto para a pessoa à direita, em vez de à esquerda, ou que tenha violado a sua única filha.

Quando conhecera Bruce, com aquele jeito exagerado dele, Eunice presumira que ele fosse gay. Mas Bruce era casado com uma alemã grande, com seios do tamanho de um Zeppelin e a sugestão de um bigode, Brunhilde criava ratinhos bonitinhos e os inscrevia em shows de ratos. E, por mais incrível que parecesse, Bruce e ela tinham produzido filhos: dois meninos e uma menina. Aquele era um dos grandes mistérios da vida, por mais que Eunice não estivesse muito inclinada a perder tempo tentando desvendá-lo.

— O homem enlouqueceu de vez — voltou a reclamar Bruce —, passou a escrever o tipo de asneira subversiva que sabe que não vou publicar, cheio de acontecimentos sombrios e finais esquisitos, ou sem qualquer final adequado. Ele deve achar inteligente, ou atual, ou é alguma espécie de catarse pelo luto que está vivendo. Mas não vou aceitar nada disso. Eu sei do que as pessoas normais e decentes gostam, e é de histórias boas, objetivas, com final feliz, em que os maus recebem seu castigo, o cara fica com a garota e o sexo não é *outré* demais.

Eunice pousou uma xícara de chá diante dele com força, propositadamente fazendo o líquido cor de água suja entornar no pires.

— Mas você não acha que alguns dos seus leitores talvez gostem de um desafio? Para exercitar os músculos intelectuais, por assim dizer? Para formar as próprias opiniões, ou extrapolar as próprias opiniões ao menos uma vez?

Bruce levou a xícara aos lábios, mas, ao ver o conteúdo mais de perto, mudou de ideia e a pousou de novo com irritação.

— Minha cara, os leitores gostam do que nós dizemos que vão gostar. Simples assim.

— Então por que você não diz a eles para gostarem das novas histórias de Anthony Peardew?

Bomber falou *touché* baixinho. Mais ou menos.

— Anthony Peardew. Não é ele o cara daquela coleção de histórias que você vendeu muito bem?

Irritado, Bruce levantou as sobrancelhas tão alto que elas se perderam no penteado de teia de aranha.

— Pelo amor de Deus, Bomber! Tente acompanhar. Era isso o que eu estava dizendo. A primeira leva se saiu realmente bem. Histórias felizes, finais felizes, contas bancárias felizes. Mas agora isso acabou. Ele foi de *A noviça rebelde* para *A cidade dos amaldiçoados*. Mas eu impus um limite a ele: é *A noviça rebelde* ou pode cair fora!

Bruce já trabalhara em um escritório no mesmo prédio de Bomber, e ainda passava para fazer uma visita, tomar uma xícara de chá e fofocar um pouco, se estivesse de passagem por ali. Mas, como não conseguiu contar com a simpatia de Bomber em sua reprovação ao terrível Anthony Peardew, e menos ainda a de Eunice, aquela visita durou pouco.

— Gostaria que tivéssemos conseguido assinar um contrato com o pobre Anthony antes de Bruce — comentou Bomber, com um suspiro. — Gostei da primeira coleção dele, mas essas novas histórias me parecem intrigantes. Eu me pergunto se devo tentar uma abordagem clandestina...

Eunice pegou um pacote pequeno na gaveta da mesa dela e entregou a Bomber. Estava embrulhado em um papel grosso, cinza-escuro, e amarrado com uma fita rosa-choque.

— Eu sei que o seu aniversário é só na semana que vem — o rosto de Bomber se iluminou como o de uma criança; ele adorava surpresas —, mas achei que depois da visita de Bruce, o Bicho-Papão, você merecia alguma coisa que o animasse.

Era um DVD de *A gaiola das loucas*. Eles tinham ido ver o filme no aniversário de Bomber do ano anterior, e ele rira tanto que quase se engasgara com a pipoca.

— Gostaria que a minha mãe tivesse visto esse — comentou Bomber. — É bem mais animado que *Filadélfia*.

Grace morrera fazia dezoito meses. Ela vivera apenas mais um ano depois da morte de Godfrey, e morrera subitamente, mas em paz, dormindo, em Folly's End. Tinha sido enterrada perto do marido no cemitério da igreja de cuja congregação tinham sido membros por quase meio século, fazendo parte da equipe animada que cuidava dos arranjos de flores, e dos comitês da festa de verão e do festival da colheita. No dia do funeral de Grace, quando estavam lado a lado no cemitério da igreja matizado em sol e sombra, os pensamentos de Bomber e Eunice se voltaram para as próprias cerimônias de partida.

— Quero ser cremado, não enterrado — declarou Bomber. — Sobra menos espaço para erro — acrescentou. — Então, quero que você misture as minhas cinzas às de Douglas e de Baby Jane, imaginando que ela morra antes de mim, é claro. E espalhe em um lugar incrível.

Eunice ficou vendo as pessoas que tinham comparecido ao funeral voltarem lentamente para seus carros.

— O que o faz ter tanta certeza de que você vai morrer antes de mim?

Bomber deu o braço a ela, e os dois também começaram a deixar o cemitério.

— Porque você é uns bons anos mais nova que eu, e levou uma vida mais pura.

Eunice bufou para mostrar que não concordava, mas Bomber continuou:

— E porque você é a minha fiel assistente e deve fazer o que eu mando.

Ela riu.

— "Algum lugar incrível" não é uma ordem muito específica.

— Quando eu pensar em um lugar mais específico, aviso a você.

Pouco antes de chegarem à parte coberta do cemitério, Bomber parou e apertou o braço dela.

— E mais uma coisa. — Ele olhou bem dentro dos olhos dela, que cintilavam com lágrimas não derramadas. — Me prometa que, se algum dia eu terminar como o meu pai, louco de pedra e enfiado em uma casa de repouso, você vai encontrar um jeito de... você sabe o quê. Me. Liberta.

Eunice forçou um sorriso, lembrando da fala de *Um estranho no ninho*, embora sentisse um arrepio percorrer seu corpo.

— Eu juro por tudo o que é mais sagrado — dissera a ele.

Agora Bomber estava mostrando para Baby Jane o presente que ganhara, mas depois que ela percebeu que não era comestível, não gritava ou saltava, perdeu o pouco interesse que o DVD havia despertado.

— Então, o que você quer fazer no seu aniversário? — perguntou Eunice, enquanto enrolava a fita cor-de-rosa nos dedos.

— Ah — disse Bomber —, que tal combinarmos o meu aniversário com o nosso passeio anual para fora da cidade?

Eunice sorriu.

— Para Brighton, então!

39

— Não era o anel, e agora Therese está mal-humorada.

Laura chutou uma das muitas bolas de tênis de Cenoura para o outro lado do jardim, frustrada. Freddy parou de cavar e se apoiou na pá, pronto para se solidarizar, como exigido. Ela havia saído para o jardim — onde Freddy estava cavando para adubar o roseiral — com o único propósito de desabafar sua frustração. Freddy sorriu.

— Não se preocupe. Vamos acabar descobrindo.

Laura não estava com humor para comentários superficiais. Therese e Sunshine estavam de mau humor — sem dúvida por motivos diferentes, mas no momento desconhecidos em ambos os casos. Laura estava atrasada com a inclusão de dados no site. E Cenoura tinha ficado tão agitado quando o carteiro novo fora entregar uma encomenda que fizera xixi no tapete chinês do hall. Ela tentou chutar outra bola de tênis, mas errou a mira e quase caiu. Freddy voltou a cavar para disfarçar o riso. Laura tinha tido grandes esperanças de que o anel de safira fosse ser a panaceia perfeita. Ela também havia trocado o vidro quebrado no porta-retratos com a fotografia de Therese e colocado a foto de Anthony com os pais ao lado dela. Com o anel na frente. Tinha até tocado a música de Al Bowlly para Therese.

— Como você sabe que Therese está mal-humorada?

Àquela altura, Freddy tinha conseguido se recompor o suficiente para tentar ajudar.

— Porque a porta do quarto ainda está fechada e por causa daquele maldito disco!

Freddy franziu o cenho.

— Mas não me lembro de ouvir o disco tocar há dias.

Laura ergueu as sobrancelhas, irritada.

— Pelo amor de Deus, Freddy! Tente acompanhar. Era isso o que eu estava dizendo.

Freddy enfiou a pá na terra e foi até Laura para abraçá-la.

— Ora, não muito claramente, lamento. Não sou muito bom em deduções. Você precisa falar de forma "clara e simples" — disse ele, marcando a frase com aspas no ar.

— *Touché*. — Laura sorriu, mesmo contra a vontade.

— Certo — disse Freddy. — Como o fato de Therese não estar colocando para tocar o bom e velho Al significa que ela está mal-humorada?

— Porque agora, em vez de tocar o disco de manhã, na hora do almoço e à noite, ela simplesmente não permite que ele seja tocado.

Freddy pareceu cético.

— Acho que não estou entendendo.

Laura suspirou.

— Tentei colocar o disco para tocar várias vezes, mas simplesmente não consigo. A princípio eu queria colocar a música para ser gentil com ela. Arrumei as fotos e o anel, então, como um toque final, achei que poderia colocar música para tocar, a música deles. Mas não toca. Ela não deixa.

Freddy escolheu as próximas palavras com muito cuidado.

— Bom, é um disco velho, e um gramofone velho. Talvez seja necessário trocar a agulha, ou o disco esteja arranhado...

Bastou uma olhada para a expressão no rosto de Laura para ele interromper a argumentação.

— Está certo, está certo. Você conferiu. É claro que conferiu. Não há problema nem com a agulha, nem com o disco.

Laura pegou outra bola de tênis e jogou nele. Mas dessa vez com uma risada.

— Ah, Deus, desculpe. Estou sendo uma vaca resmungona, mas venho tentando fazer o melhor que posso para ajudar Therese, e agora ela começa a agir desse jeito esquisito. Vamos, vou preparar uma xícara de chá para você. Talvez até tenha um biscoito de chocolate para acompanhar, se Sunshine não acabou com eles.

Freddy pegou a mão dela.

— Eu não teria muita esperança.

Na cozinha, Sunshine já colocara a chaleira no fogo.

— Na hora certa! — comentou Freddy. — Estamos entrando exatamente para tomar uma deliciosa xícara de chá.

Sunshine colocou mais duas xícaras e pires na mesa em um silêncio emburrado, enquanto Freddy lavava as mãos na pia.

— Ainda sobrou algum biscoito de chocolate? — perguntou ele à jovem, com uma piscadela.

Uma Sunshine ainda séria colocou a lata de biscoitos diante dele sem dizer nem uma palavra, então se virou para tomar conta da chaleira que fervia. Freddy e Laura trocaram olhares, sem entender o que estava acontecendo, e começaram a conversar sobe o progresso do site. Eles tinham decidido que, para despertar mais interesse, as pessoas que reivindicassem suas posses perdidas poderiam postar suas histórias na página, se quisessem. Freddy colocara um formulário online para que os interessados preenchessem, dando detalhes bem específicos de onde e quando tinham perdido fosse lá o que estivessem reivindicando. O site simplesmente exibia a foto de cada item, o mês e o ano, e a localização geral de onde tinha sido encontrado. Os detalhes específicos nas etiquetas de Anthony eram omitidos, para que eles pudessem se certificar de que as pessoas que se apresentavam eram mesmo as donas legítimas. Laura ainda tinha centenas de itens para fotografar e postar, mas já havia o bastante para justificar colocarem o site no ar. De qualquer modo, aquele sempre seria um trabalho em andamento se eles continuassem a recolher coisas que as outras pessoas tinham perdido.

Haveria uma menção ao site no jornal local, naquela semana, e Laura já dera uma entrevista para uma estação de rádio dali. Agora faltavam poucos dias para o site entrar no ar.

— E se ninguém aparecer para reivindicar nada? — perguntou Laura, preocupada, roendo as unhas.

Freddy deu um tapinha de brincadeira na mão dela, para tirá-la da boca.

— É claro que vai aparecer alguém! — falou ele. — Não é mesmo, Sunshine?

A jovem encolheu os ombros dramaticamente, o lábio inferior projetado para a frente, como a proa de um barco. Ela serviu o chá e colocou as xícaras e pires diante deles com força. Freddy ergueu as mãos em um gesto de rendição.

— Está bem, está bem. Eu desisto. O que houve, garota?

Sunshine levou as mãos ao quadril e encarou Freddy e Laura com seu olhar mais duro.

— Ninguém me escuta — disse baixinho.

Estavam escutando, naquele momento. As palavras dela ficaram pairando no ar, aguardando uma resposta. Nem Freddy nem Laura sabiam o que dizer. Os dois sentiram uma ponta de culpa ao se darem conta de que talvez Sunshine tivesse razão. Com sua baixa estatura e as feições ingênuas, era fácil incorrer no hábito de tratá-la como uma criança e encarar as ideias e opiniões dela da mesma forma. Mas Sunshine era uma jovem mulher — ainda que uma "Downçarina" —, e talvez estivesse na hora de começar a tratá-la dessa forma.

— Peço desculpas por nós dois — disse Laura.

Freddy assentiu, e, ao menos daquela vez, não havia qualquer traço de sorriso em seu rosto.

— Sentimos muito se você tentou conversar com a gente e não escutamos.

— Sim — disse Freddy. — E se fizermos isso de novo pode nos castigar.

Sunshine pensou a respeito por um momento, então deu um puxão na orelha dele, só para reiterar seu ponto de vista. Então, séria de novo, se dirigiu aos dois.

— Não é o anel. É a carta.

— Que carta? — perguntou Freddy.

— A carta de Santo Anthony depois de morto — respondeu ela. — Venham — acrescentou.

Eles a seguiram da cozinha até o jardim de inverno, onde ela pegou o disco de Al Bowlly e colocou no gramofone.

— É a carta — disse de novo. Então, pousou a agulha em cima do disco e a música começou a tocar.

40

Eunice

2005

— A ideia de você publicar essa... — Eunice consultou seu compêndio interno de obscenidades e, como não encontrou nada adequadamente depreciativo, soltou a última palavra como um dardo envenenado: — ... coisa!

O livro vulgar, com sua capa vermelha e dourada exagerada, permanecia deitado, semidespido do papel pardo que o embrulhava, com a garrafa de champanhe que Bruce tinha mandado para acompanhá-la, de acordo com o cartão, "como um consolo por você não ter a coragem de publicá-lo".

Bomber balançou a cabeça, incrédulo.

— Eu nem cheguei a ler. E você?

O livro mais recente de Portia tinha ocupado o alto das listas de mais vendidos durante as últimas três semanas, e, como editor dela, a arrogância de Bruce não tinha limites. A presunção dele era diretamente proporcional a sua conta bancária, que, graças a Portia, agora lhe garantia um cartão de crédito platinum e tratamento privilegiado por parte do gerente da agência.

— É claro que eu li! — exclamou Eunice. — Tive que ler, para poder falar mal dele de uma perspectiva bem informada. Também já li todas as críticas. Você tem noção de que o livro da sua irmã está sendo aclamado como: "uma sátira cáustica aos clichês açucarados da ficção comercial contemporânea?" Um dos críticos o chamou de "uma desconstrução afiada do equilíbrio sexual de poder nos relacionamentos modernos, empurrando os limites da literatura popular para extremos hilariantes, e dando uma banana para as celebridades da literatura estabelecida, que normalmente se ajoelham diante das convenções do Man Booker Prize e de seus colegas sisudos".

Apesar da fúria, Eunice não conseguiu se manter séria, e Bomber estava às gargalhadas. Depois de algum tempo, quando conseguiu se recompor minimamente, ele perguntou:

— Mas do que se trata o livro?

Eunice suspirou.

— Quer mesmo saber? É muito, muito pior do que qualquer coisa que ela fez antes.

— Acho que consigo suportar.

— Bom, acho que como você já deve saber, ele atende pelo intrigante nome de: *Harriet Hotter, a gostosa do telefone, e as balas sagradas*.

Eunice fez uma pausa, para garantir o efeito dramático.

— Harriet, que tinha ficado órfã em tenra idade e fora criada por uma tia maldosa e um tio clinicamente obeso, que suava muito, jura que deixará a casa deles assim que puder abrir seu próprio caminho no mundo. Depois de se formar na escola, ela consegue um emprego em uma loja que vende pizza e kebab, a Pizzbab, perto da King's Cross, no qual é alvo constante de deboche por seu modo de falar refinado e por seus óculos bifocais. Um dia, um velho com uma barba muito longa e um chapéu engraçado entra na loja para comprar um kebab com fritas e diz que ela é "muito especial". O velho entrega um cartão a Harriet e diz para ela ligar para ele. Passam-se seis meses e Harriet está ganhando uma pequena fortuna com sexo por telefone. Os clientes a adoram por causa do jeito de falar refinado, "como se ela falasse com a boca cheia de bala". E assim se explica o título espirituoso. Nossa heroína, não satisfeita com a mera recompensa financeira, também quer se realizar, aumentar sua satisfação com o trabalho. Em parceria com o velho barbudo, conhecido como Chester Fumblefore, ela abre uma escola de treinamento para aspirantes a atendentes de sexo por telefone, chamada Snogwarts, onde Harriet ensina suas alunas a falar com cada cliente como se ele fosse um belo príncipe, mesmo sabendo que a maior parte deles é de sapos cheios de verrugas. Entre suas primeiras pupilas estão Persephone Danger e Donna Sleazy, que se tornam as melhores amigas de Harriet e suas assistentes de treinamento. Entre elas, organizam um amplo call center, em que as alunas podem ganhar a vida honestamente enquanto estão em treinamento. Harriet inventa um jogo chamado Quadribala, para aumentar a produtividade e erguer a moral no local de trabalho. A vencedora, que recebe um bônus em dinheiro e estoque para um mês de balas, é a funcionária que satisfaz a maior parte de clientes em uma hora, enquanto introduz maliciosamente as palavras "bordel", "pênis" (duas vezes) e "vagina de ouro" em cada ligação que atendesse.

Bomber deu uma gargalhada.

— Não é engraçado, Bomber! — explodiu Eunice. — É uma desgraça. Como alguém pode dar espaço na estante para um disparate desses? Milhões de pessoas estão pagando um dinheiro suado por esse excremento! Não é nem mesmo um excremento bem escrito. É um excremento execrável. E, se não fosse o bastante Portia estar sendo entrevistada em todos os programas sensacionalistas que estão no ar, há um rumor terrível e persistente de que ela vai ser convidada para falar no Hay Festival deste ano.

Bomber bateu palmas, animado.

— *Isso* é uma coisa que eu pagaria feliz um bom dinheiro para ver.

Eunice o encarou, chocada, e ele encolheu os ombros em resposta.

— Como eu poderia resistir? Só fico grato que a mamãe e o papai não estejam aqui para testemunhar todo esse circo absurdo. Principalmente porque a mamãe foi presidente da Liga das Mulheres local.

Bomber riu consigo mesmo só de pensar, mas logo colocou uma expressão mais séria no rosto para a sua próxima pergunta.

— Agora, eu quase tenho medo de perguntar, mas provavelmente preciso saber. É terrivelmente... explícito?

Eunice deixou escapar um assovio de escárnio.

— Explícito?! Você se lembra uma vez em que Bruce esteve aqui, bradando contra aquele autor, o Peardew, e dando uma palestra sobre os componentes-chave de um best-seller?

Bomber assentiu.

— E ele nos disse, e eu cito literalmente, que o sexo nunca deveria ser *outré* demais?

Bomber assentiu de novo, mais lentamente dessa vez.

— Bom, a menos que a definição dele de *outré* seja fruto de um relacionamento carnal bem mais ousado com Brunhilde do que jamais lhes demos crédito, acho que ele mudou de ideia.

Bomber pousou as mãos em cima da caixinha de madeira que ficava ao lado de outra, com as cinzas de Douglas, e avisou:

— Cubra as orelhas, Baby Jane, não escute isso.

Eunice deu um sorrisinho triste e continuou.

— Um dos clientes de Harriet transou com uma máquina de fazer pão, outro sente desejo por mulheres de barba, com as costas peludas e unhas dos pés supercrescidas, e ainda há outro cujos testículos são desinfetados com álcool, e depois recebem a crina de um Meu Querido Pônei. E isso é só até o segundo capítulo.

Bomber tirou o exemplar do embrulho e levantou a capa, sendo recebido por uma foto cintilante da irmã, com um sorriso presunçoso no rosto e usando um *négligé* de seda. Ele fechou rapidamente o livro.

— Ora, ao menos dessa vez Portia não roubou apenas o argumento inteiro de alguém. Ela criou alguma coisa.

— Vamos torcer por isso — falou Eunice.

No dia seguinte, Portia foi totalmente afastada da cabeça dos dois pelas ondas azuis cintilantes e pelo vento quente e salgado da orla de

Brighton. Era a "saída anual" deles, e aquela era a primeira sem Douglas ou Baby Jane. Eles vinham fazendo aquilo todos os anos, desde a viagem em comemoração do aniversário de vinte e um anos de Eunice, com Bomber, e o dia seguia um roteiro determinado, que fora afinado ao longo dos anos para garantir diversão e entretenimento a todos os membros do pequeno grupo deles. Primeiro, eles caminhavam pelo calçadão à beira-mar. No passado, quando Douglas, e depois Baby Jane, os acompanhavam, os cachorros se deleitavam com os elogios e mimos que inevitavelmente atraíam dos passantes. Então, havia a visita ao píer e uma hora dedicada às cintilantes e barulhentas máquinas caça-níqueis. Depois, almoço de peixe com fritas e uma garrafa de espumante rosé. Finalmente, o Royal Pavilion. Mas, enquanto eles caminhavam em direção ao píer, a preocupação estava comprometendo a felicidade de Eunice. Bomber já lhe perguntara duas vezes no espaço de dez minutos se eles tinham estado ali antes. Na primeira vez Eunice tivera a esperança de que ele estivesse brincando, mas na segunda ela olhou para o rosto dele e seu mundo se inclinou agudamente no próprio eixo quando viu a expressão de inocência e de dúvida genuína. Foi terrível e devastadoramente familiar. Godfrey. Bomber estava seguindo os dolorosos passos do pai em direção a um destino que Eunice não suportava nem pensar a respeito. Até ali, mal se percebia — era como um rachadura muito fina na sanidade sólida e confiável dele. Mas Eunice sabia que, com o tempo, ele acabaria tão vulnerável quanto um nome escrito na areia, à mercê da maré. Até ali, Bomber parecia não ter consciência de suas breves confusões. Como um homem com crises de ausência, ele passava por aqueles momentos em uma ignorância abençoada. Mas Eunice vivia todos, segundo por segundo, e seu coração já estava partido.

As luzes coloridas, os barulhos e a agitação da área de entretenimento do píer os receberam para que gastassem dinheiro ali. Eunice deixou Bomber parado perto de um caça-níqueis de dois centavos, observando fileiras de moedas apertadas umas nas outras, se desviando para a frente e para trás para ver qual passaria por cima da borda, enquanto ela ia trocar algum dinheiro. Quando voltou, Eunice encontrou Bomber, como uma criança perdida, com a moeda na mão, olhando para a fenda da máquina onde deveria enfiá-la, mas completamente incapaz de fazer a conexão entre as duas coisas. Com toda a gentileza, Eunice pegou a moeda da mão dele e colocou na fenda, e o rosto de Bomber se iluminou quando viu uma pilha de moedas se inclinar e cair, tilintando na bandeja de metal abaixo.

O restante do dia passou tranquilamente. Pela primeira vez eles estavam sem uma companhia canina, e assim puderam experimentar juntos os prazeres exóticos do interior do Royal Pavilion, onde se encantaram com os candelabros e estalaram a língua em reprovação para o espeto giratório na cozinha, que originalmente era acionado por um cachorro infeliz. Quando se sentaram em um banco nos jardins para aproveitar o sol de fim de tarde, Bomber pegou a mão de Eunice e deixou escapar um suspiro de felicidade que ela se lembrou de guardar como uma recordação especial.

— Este lugar é incrível.

41

A luva de couro azul-marinho pertencia a uma mulher morta. Não era o começo mais promissor para O Guardião das Coisas Perdidas. No dia seguinte ao lançamento do site, uma repórter aposentada havia mandado um e-mail. Ela trabalhara por muitos anos para o jornal local e se lembrava muito bem da luva. Foi a primeira notícia de verdade que ela cobriu.

> *Saiu na primeira página. A pobre mulher tinha só trinta anos. Ela se atirou na frente de um trem. O condutor ficou arrasado, o pobre homem. Ele era novo no emprego. Estava dirigindo sozinho fazia apenas duas semanas. O nome dela era Rose. Ela estava doente, tinha o que chamavam de "problemas nos nervos" naquela época. Lembro que a mulher tinha uma filhinha, uma menininha linda. Rose tinha uma foto dela no bolso do casaco. Publicaram a foto no jornal, com a história. Não me senti muito confortável com isso, mas prevaleceu a opinião do editor. Fui ao funeral. Foi um momento horroroso... não havia sobrado muito do corpo para enterrar. Mas a foto ainda estava no bolso do casaco, e ela usava apenas uma das luvas. Era um detalhe tão pequeno, mas achei tão comovente. E estava tão frio naquela noite. Deve ter sido por isso que me lembro de tudo depois de tantos anos.*

Era a luva que Sunshine tinha deixado cair horrorizada quando a peça escapara da gaveta. Na época, a jovem tinha dito que "a moça morreu" e "ela amava a garotinha dela". Laura ficou perplexa. Parecia que Sunshine estava certa e, mais uma vez, eles a tinham subestimado. A garota tinha um dom muito especial, e era melhor que eles passassem a ouvi-la com mais cuidado. Sunshine lera o e-mail e permanecera impassível. Seu único comentário fora:

— Talvez a menininha queira a luva de volta.

Sunshine estava fora com Cenoura. Ela agora saía a maior parte dos dias recolhendo mais coisas perdidas para o site, levando um caderninho e um lápis para poder anotar os detalhes para as etiquetas, antes que esquecesse. Freddy estava fora, instalando um gramado novo para um dos clientes dele, então Laura estava sozinha. A não ser por Therese.

— Eu sei, eu sei! — disse Laura em voz alta. — Vou procurar hoje, prometo.

Desde a revelação de Sunshine de que a carta de Anthony era a pista de que precisavam, Laura vinha tentando lembrar onde a colocara. A princípio ela achou que talvez tivesse deixado a carta na penteadeira do quarto de Therese, mas a porta permanecia trancada, assim não poderia verificar. De qualquer forma, parecia muito improvável que Therese fosse impedir que Laura encontrasse exatamente o que ela queria que fosse encontrado. Nem mesmo Therese poderia ser tão esquisita. Laura entrou no escritório. Só iria ver os e-mails antes. O site estava ficando popular, já com centenas de acessos. Havia dois e-mails. Um de uma senhora que disse que tinha oitenta e nove anos e era usuária da internet havia dois, graças ao centro local para aposentados. Ela tinha ouvido sobre o site no rádio e decidira dar uma olhada. Ela achou que um peça de quebra-cabeça encontrada anos antes na Copper Street talvez fosse dela. Ou melhor, da irmã dela. As duas não se davam bem, e um dia, quando a irmã estava sendo particularmente desagradável, ela tinha levado embora a peça do quebra-cabeça que a tal irmã estava montando. Ela foi dar uma caminhada, para sair um pouco de casa, e jogou a peça na sarjeta. "Infantil, eu sei", disse a senhora, "mas a minha irmã podia ser o diabo em pessoa. E ficou furiosa quando deu falta da peça". A senhora não queria a peça de volta. A irmã já havia morrido fazia muito tempo, de qualquer modo. Mas era bom, disse ela, ter um motivo para praticar a redação de e-mails.

A segunda mensagem era de uma jovem reivindicando a posse do elástico de cabelo verde-limão. A mãe tinha comprado os elásticos para animá-la, na véspera de ela começar em uma nova escola, porque a menina estava nervosa com a novidade. Ela havia perdido um dos elásticos no parque, a caminho de casa, depois de um passeio com a mãe, e seria muito bom ter a presilha de volta como uma lembrança.

Laura respondeu aos dois e-mails e foi procurar a carta de Anthony. Quando Sunshine voltou com Cenoura, Laura estava debruçada sobre a carta, diante da mesa da cozinha. Havia descoberto a carta enfiada na escrivaninha do jardim de inverno. Assim que encontrou, finalmente se lembrou de que ela mesma a colocara ali para mantê-la em segurança. Sunshine preparou uma deliciosa xícara de chá para elas, então se sentou ao lado de Laura.

— O que diz aí? — perguntou a jovem.

— O que diz onde? — perguntou Freddy, entrando pela porta dos fundos, as botas cobertas de lama.

Laura e Sunshine olharam ao mesmo tempo para os pés dele e ordenaram em uníssono:

— Fora!

Freddy riu, enquanto lutava para descalçar as botas e as deixava do lado de fora, em cima do capacho.

— Isso é que é intimidação! — exclamou. — Agora, o que é tudo isso?

— É a carta de Santo Anthony morto e agora nós vamos descobrir a pista — exclamou Sunshine, com muito mais confiança do que Laura sentia.

Laura começou a ler a carta em voz alta, mas a saudade acabou por fazê-la engasgar com as palavras generosas de Anthony antes mesmo de terminar a primeira linha. Sunshine pegou a carta com gentileza das mãos dela e recomeçou, lendo bem devagar, com a ajuda de Freddy para as palavras mais difíceis. Quando chegaram ao parágrafo final, onde Anthony pedia para Laura ser amiga dela, o rosto de Sunshine se iluminou com um sorriso.

— Mas eu pedi a você para ser minha amiga primeiro! — falou.

Laura pegou a mão dela.

— E fico muito feliz por você ter feito isso — disse ela.

Freddy bateu com as mãos espalmadas na mesa.

— Chega dessa rasgação de seda, meninas — falou, equilibrando-se apenas nas duas pernas dá cadeira. — Qual é a pista?

Sunshine olhou para ele com uma expressão divertida, que rapidamente se transformou em um desdém indisfarçado quando se deu conta de que Freddy não estava brincando.

— Você não pode estar falando sério — falou e se virou para Laura em busca de apoio.

— Ah, poderia ser qualquer coisa... — arriscou Laura, sem muita certeza.

Freddy estava examinando a carta de novo.

— Muito bem, vamos, John McEnroe — disse ele para Sunshine. — Nos ilumine.

Sunshine suspirou e balançou a cabeça lentamente, como uma professora muito desapontada com a turma, antes de anunciar.

— É tão óbvio.

E, quando ela explicou, eles perceberam que, é claro, era mesmo óbvio.

42

Eunice

2011

Aquele estava sendo um bom dia. Mas o termo era apenas relativo. Nenhum dia agora era realmente bom. O melhor que Eunice podia esperar eram uns poucos sorrisos confusos, a lembrança ocasional de quem ela era e, mais que tudo, nenhuma lágrima do homem por quem ela passara apaixonada a maior parte da vida adulta. Eunice caminhou de braços dados com Bomber pelo caminho sem graça, de terra batida e chapas de concreto que a responsável pela casa de repouso Happy Haven chamava grandiosamente de "o roseiral". O único traço de rosas ali eram alguns poucos gravetos inclinados saindo da terra como os detritos de um arbusto incendiado. Eunice poderia facilmente ter começado a chorar. E aquele era um bom dia.

Bomber tinha escolhido ir para Folly's End. Antes de se perder com tanta frequência nos surtos aleatórios de esquecimento, mas sabendo do destino inevitável que o aguardava, ele deixara seus desejos bem claros. Sempre tivera a intenção de dar a Eunice a procuração legal para tomar as decisões por ele quando chegasse a hora, mantendo, assim, o mínimo de dignidade e segurança possível em um futuro tão desolador quanto o que o aguardava. Poderia confiar a vida a Eunice, por mais sem valor que essa vida acabasse se tornando. Ela sempre faria a coisa certa. Mas Portia chegou primeiro. Munida com uma combinação absurda, mas onipotente, de riqueza e do fato de ser a parente mais próxima, ela deu um jeito de levar Bomber para ver um "especialista" que, sem dúvida com o encorajamento financeiro dela, declarou legalmente que Bomber "não era mais capaz de tomar decisões racionais" e entregou o bem-estar futuro dele nas mãos da irmã.

Na semana seguinte, Bomber foi instalado em Happy Haven.

Eunice brigou o máximo que pôde para satisfazer a vontade de Bomber e defendeu ferozmente que ele fosse para Folly's End. Mas Portia permaneceu impassível. Folly's End era "longe demais" para que ela o visitasse constantemente, e, de qualquer modo, declarou com uma insensibilidade impressionante, era mesmo só uma questão de tempo antes que Bomber não tivesse ideia de onde estava. Por ora, no entanto, ele sabia onde estava. E aquilo o estava matando.

Surpreendentemente, Portia realmente o visitava. Mas eram encontros tensos, desconfortáveis. Ela oscilava entre mandar nele e se acovardar e ficar longe. A reação de Bomber às duas abordagens era a mesma: uma dolorosa perplexidade. Depois de privar o irmão da única coisa que ele queria, Portia o cobria de presentes caros, com frequência inúteis. Bomber não tinha ideia do que era uma máquina de espresso, menos ainda de como ela funcionava. Ele jogou o barbeador elegante dentro do vaso sanitário e usou a câmera sofisticada como peso de porta. No fim, Portia passava grande parte do tempo de suas visitas tomando chá com Sylvia, a responsável pelo lugar, uma bajuladora, fã ardorosa dos livros de Harriet Hotter, que lamentavelmente já eram uma trilogia.

Eunice fez o melhor possível para transformar o quarto de Bomber em um pedacinho da casa dele. Ela levou coisas do apartamento e espalhou fotos de Douglas e Baby Jane por todas as mesas e prateleiras. Mas não foi o bastante. Ele estava se afastando. Desistindo.

Eunice e Bomber não estavam sozinhos no jardim. Eulalia estava alimentando uma pega com pedacinhos de torrada que guardara do café da manhã. Era uma mulher muito velha e encarquilhada, com a pele da cor de ameixas secas, olhos agitados e uma gargalhada alarmante. Suas mãos retorcidas seguravam bengalas cheias de nódulos, que ela usava para se apoiar e para se mover em um passo arrastado e incerto. A maioria dos outros residentes a evitava, mas Bomber sempre cumprimentava Eulalia com um aceno camarada. Eles andavam em círculos, vezes sem conta e sem perceber, como prisioneiros em um pátio de exercícios. Eunice porque não conseguia suportar pensar, e Bomber só porque, quase sempre, não conseguia mesmo pensar. Eulalia jogou o último pedaço de torrada para um pássaro preto e branco, que pegou o pão do chão e engoliu, sem nunca desviar os olhos cintilantes e redondos da mulher. Ela balançou a bengala para o pássaro e grasnou:

— Vá embora, agora! Vá, antes que sirvam você no jantar! Eles fariam isso, você sabe — disse, virando-se para Eunice e franzindo um dos olhos em uma piscadela grotesca. — Eles nos alimentam com todo tipo de porcaria por aqui.

A julgar pelo cheiro que saía da cozinha, e se espalhava pelo jardim por uma janela aberta, Eunice teve que admitir que a mulher talvez tivesse razão.

— Ele é doido, esse daí — disse Eulalia, acenando com o dedo torto como uma garra para Bomber, enquanto ainda dava um jeito de continuar segurando a bengala. — Doido como uma formiga com a bunda pegando fogo. — Ela plantou as bengalas no concreto e começou seu deslocamento doloroso e esquisito de volta para a casa.

— Mas há um homem incrível dentro desse aí — retrucou Eunice quando a mulher passou por ela. — Incrível, mas morrendo.

De volta ao quarto de Bomber, Eunice abriu as cortinas para deixar entrar um pouco da pálida luz de inverno. Era um bom quarto no segundo andar — limpo e espaçoso, com grandes janelas francesas e uma bela varanda. Que Bomber não tinha permissão para usar.

Eunice tinha aberto as janelas na primeira vez em que visitara Bomber. Era um dia sufocante de verão, e o quarto estava quente e abafado. A chave tinha sido deixada na fechadura, mas uma cuidadora intrometida, que entrara para checar como estava Bomber, tinha fechado as janelas e trancado a chave dentro do armário de remédios na parede do quarto.

— Saúde e segurança — tinha dito, em tom arrogante, para Eunice. Depois daquele dia, Eunice nunca mais voltou a ver a chave.

— Que tal assistirmos a um filme?

Bomber sorriu. Para ele, agora, a história da própria vida era como um manuscrito de páginas bagunçadas e mal editado. Algumas páginas estavam na ordem errada, outras rasgadas, algumas reescritas e outras tantas tinham sumido totalmente. A versão original estava perdida para sempre para ele. Mas Bomber ainda tinha prazer em ver as histórias conhecidas contadas nos filmes a que eles tinham assistido tantas vezes juntos. Agora, havia cada vez mais dias em que ele não sabia o próprio nome, ou o que comera no café da manhã. Mas ainda era capaz de citar, palavra por palavra, diálogos de filmes como *Fugindo do inferno, Desencanto, Top Gun* e vários outros.

— Que tal este? — perguntou Eunice, mostrando uma cópia de *A gaiola das loucas*.

Ele levantou os olhos, sorriu e, por um breve e precioso momento, as brumas clarearam.

— Meu presente de aniversário — disse. E Eunice soube que o Bomber dela ainda estava ali.

43

— Ele ainda está ali — disse Sunshine em uma voz preocupada. Cenoura tinha assumido o posto de sentinela no galpão, depois de farejar um roedor residente, e Sunshine estava ficando cada vez mais ansiosa com a possibilidade de o cachorro ter o rato no cardápio do almoço. Laura estava no escritório, pegando um item para alguém que havia contatado o site e ia passar para pegar naquela tarde.

— Não se preocupe, Sunshine. Tenho certeza de que o rato vai ter o bom senso de não mostrar nem um fio do bigode enquanto Cenoura estiver lá dentro.

A garota não se convenceu.

— Mas ele pode aparecer. Então Cenoura vai matar o rato e se tornar um assassinador.

Laura sorriu. Àquela altura, já conhecia Sunshine bem o bastante para saber que a garota não desistiria até alguma coisa ter sido feita. Dois minutos mais tarde, Laura estava de volta, trazendo um Cenoura recalcitrante pela guia. Na cozinha, ela deu a ele uma linguiça que pegou na geladeira e soltou a guia. Antes que Sunshine pudesse fazer qualquer objeção, Laura a tranquilizou.

— O Mickey ou a Minnie estão a salvo agora. Fechei a porta do galpão, e, agora que Cenoura tem uma linguiça para comer, não vai mesmo ficar com fome.

— Ele está sempre com fome — resmungou Sunshine, vendo Cenoura sair do escritório, ainda cheio de más intenções. — Quando a moça vai vir? — perguntou.

Laura checou o relógio.

— A qualquer momento. A moça se chama Alice, e achei que você talvez quisesse preparar uma deliciosa xícara de chá quando ela chegar.

Como se aproveitando a deixa, a campainha tocou e Sunshine já estava diante da porta da frente antes que Laura ao menos se levantasse.

— Boa tarde, sra. Alice — cumprimentou Sunshine, pegando de surpresa a adolescente do outro lado da porta. — Sou a Sunshine. Por favor, entre.

— Que nome lindo.

A garota que seguiu Sunshine para dentro era alta e magra, com cabelos longos e loiros e uma nuvem de sardas em cima do nariz. Laura estendeu a mão para ela.

— Oi, sou Laura. É um prazer conhecê-la.

Sunshine rapidamente assumiu a tarefa de acompanhar Alice e levou a garota para o jardim, deixando que Laura preparasse o chá. Quando Laura saiu com a bandeja, encontrou as duas garotas comparando ídolos musicais.

— Nós duas adoramos David Bowie — anunciou Sunshine, cheia de orgulho, enquanto Laura servia o chá.

— Tenho certeza de que ele vai ficar encantado com isso — comentou Laura, sorrindo. — Como você toma o seu chá? — perguntou a Alice.

— De operário para mim, por favor.

Sunshine pareceu preocupada.

— Não sei se temos desse aqui, temos? — perguntou a Laura.

— Não se preocupe, Sunshine — disse Alice, que rapidamente percebeu a inquietude da outra —, estou sendo boba. Eu quis dizer bem forte, com leite e dois cubos de açúcar.

Alice estava ali para resgatar um guarda-chuva — um guarda-chuva de criança, branco com corações vermelhos.

— Não o perdi realmente — explicou. — E não posso ter certeza absoluta de que foi deixado para mim...

Sunshine pegou o guarda-chuva, que já estava em cima da mesa, e entregou para Alice.

— Foi, sim — disse apenas.

Embora, a julgar pela expressão indisfarçada de adoração no rosto de Sunshine, Laura tenha deduzido que ela seria capaz de entregar a prataria da família a Alice sem pensar duas vezes, e ainda colocar a escritura de Padua junto.

Alice pegou o guarda-chuva e passou a mão pelas dobras.

— Foi na primeira vez que estive nos Estados Unidos — contou. — A minha mãe me levou a Nova York. Era uma mistura de férias com trabalho para ela. A minha mãe era editora de uma revista de moda e tinha conseguido uma entrevista com um novo estilista super bem conceituado, que estava cotado para ser o novo queridinho da cena fashion de Nova York. E foi isso mesmo o que acabou acontecendo. Mas só o que me lembro dele é de olhar para mim como se eu tivesse fugido de uma colônia de leprosos ou coisa assim. Pelo que parecia, ele não "lidava bem" com crianças.

— O que é uma colônia de leopardos? — perguntou Sunshine.

Alice olhou para Laura e decidiu improvisar.

— É um lugar onde, antigamente, costumavam colocar pessoas que tinham uma doença terrível, que fazia os dedos das mãos e dos pés caírem.

Laura teria apostado dinheiro que Sunshine passou os cinco minutos seguintes contando os dedos de Alice. Por sorte a garota estava usando sandálias.

— Não tivemos muito tempo para passear e fazer turismo — continuou Alice —, mas a minha mãe prometeu me levar para ver a estátua de Alice no País das Maravilhas, no Central Park. Eu me lembro de ter ficado fascinada. Achei que a estátua tinha sido batizada em minha homenagem.

Ela descalçou as sandálias e esfregou os dedos dos pés na grama fresca. Sunshine acompanhou atenta o movimento.

— Estava chovendo naquela tarde, e a minha mãe já estava atrasada para o próximo compromisso dela, por isso não estava no seu melhor humor. Mas eu estava muito empolgada. Saí correndo na frente dela, e, quando cheguei à estátua, havia um homem negro, muito grande, de aparência esquisita, com dreads nos cabelos e botas pesadas, oferecendo guarda-chuvas de graça. Ele se inclinou e trocou um aperto de mão comigo, e eu ainda consigo me lembrar do seu rosto. Tinha uma expressão que misturava bondade e tristeza, e ele se chamava Marvin.

Alice tomou o restante do chá e se serviu de mais, com a confiança fácil da adolescência.

— Minha história favorita na época era "O gigante egoísta", do Oscar Wilde, e para mim o Marvin parecia um gigante. Mas ele não era egoísta. Estava dando coisas. Guarda-chuvas de graça. De qualquer modo, quando a minha mãe me alcançou, me arrastou embora. Mas não foi só isso. Ela foi grosseira com ele. Grosseira de verdade. O Marvin tentou dar um guarda-chuva a ela e a minha mãe foi uma vaca com ele.

Sunshine ergueu bem alto as sobrancelhas, espantada ao ouvir o uso tão casual do xingamento, mas sua expressão era de admiração.

— Eu só o conhecia havia poucos minutos, mas nunca vou conseguir esquecer a expressão no rosto dele quando a minha mãe me arrastou embora. — Alice deixou escapar um suspiro pesado, mas então sorriu, quando outra lembrança eclipsou a anterior. — Eu soprei um beijo para o Marvin — falou —, e ele pegou.

A data na etiqueta do guarda-chuva batia certinho com o dia da visita de Alice ao Central Park e o guarda-chuva tinha sido encontrado junto da estátua. Laura estava encantada.

— Acho que deve ter sido deixado para você.

— Espero sinceramente que sim — falou Alice.

Pelo restante do dia, Cenoura ficou guardando a porta do galpão, e Sunshine não parou de falar sobre Alice, sua nova amiga. Alice estudava "Litera Tour" e Drama Ingleses. Alice gostava de David Bowie, Marc

Bolan e Jon Bon Hovis. E "a deliciosa xícara de chá" tinha sido sumariamente suplantada pela variedade "chá de operário".

Naquela noite, diante de uma travessa de espaguete à bolonhesa, Laura contou a Freddy sobre a visita.

— Está dando certo, então — comentou ele. — O site. Está fazendo o que Anthony queria que você fizesse.

Laura balançou a cabeça.

— Não. Não exatamente. Pelo menos não ainda. Lembra o que a carta dizia? "Se você conseguir fazer ao menos uma pessoa feliz, consertar um coração partido, devolvendo a uma pessoa o que ela perdeu..." E isso eu ainda não fiz. É claro que Alice ficou satisfeita por encontrar o guarda-chuva, mas não podemos ter certeza absoluta de que foi mesmo deixado para ela. E a menina do elástico de cabelo... ah, o coração dela não estava exatamente partido por ter perdido o enfeite.

— Bom, pelo menos é um começo — falou Freddy. Ele afastou a cadeira e se levantou para levar Cenoura para um último passeio ao redor do jardim, antes de o cachorro ir dormir. — Vamos acabar chegando lá.

Mas não era só sobre as coisas perdidas. Ainda havia a pista, a que ficou tão óbvia depois que Sunshine mostrou. A coisa que havia começado tudo aquilo. Anthony havia chamado de "o último elo" que o prendia a Therese, e quando ele perdeu aquilo, no dia em que ela morreu, aquele último elo se rompeu. Se a medalha da Primeira Comunhão de Therese era mesmo a chave para reuni-la com Anthony, como iriam encontrá-la? Freddy havia sugerido que postassem a medalha no site como um item perdido que precisava ser encontrado, mas, como não tinham ideia de como era a medalha, ou de onde Anthony a perdera, havia pouca informação útil para fornecer.

Laura tirou a mesa. Tinha sido um longo dia e ela estava cansada. A satisfação que sentira depois da visita de Alice se dissipara aos poucos e deixara no lugar uma sensação já familiar de inquietude.

E, no jardim de inverno, a música recomeçou.

44

Eunice

2013

No salão comum dos residentes de Happy Haven, a música recomeçou. Baixinho a princípio, depois cada vez mais alto. Alto demais. Edie aumentou o volume o máximo possível. Logo ela estaria deslizando pelo salão de baile ao som de uma série de *glissandos*, em uma nuvem de tule e brilhos. Seus pés girariam e deslizariam em suas melhores sandálias de dança, e as luzes fortes a envolveriam como uma tempestade de neve de arco-íris.

Quando Eunice e Bomber atravessaram o salão a caminho do quarto dele, viram um amontoado de roupas de noite parcamente habitado por uma senhora magra, com o cabelo oleoso penteado para trás, usando chinelos de tecido xadrez. Ela cambaleava pelo salão com os olhos fechados e os braços passados amorosamente ao redor de um parceiro invisível. De repente eles ouviram uma explosão de xingamentos e de bengalas caindo, vindo de uma das poltronas.

— De novo, não! Jesus Cristo e Jeová, cacete! De novo, não! De novo, não! De novo, não!

Eulalia tinha caído da cadeira, praguejando e se debatendo.

— De novo, não, merda. Sua vaca doida, estúpida e suja! Só quero um pouco de paz! — bradou ela, brandindo uma das bengalas para a dançarina, que parara de dançar de repente.

A bengala errou Edie por uma boa distância, mas a mulher deixou escapar um grito angustiado, enquanto a lágrimas escorriam por seu rosto e a urina por suas pernas, molhando os chinelos. Eulalia tinha conseguido se colocar de pé com esforço e estava apontando para a outra mulher com uma das garras.

— Agora ela se mijou! Mijou nas calças. Mijou no chão — falou, gargalhando furiosamente e cuspindo.

Eunice tentou seguir com Bomber, mas ele estava paralisado no lugar. Alguns dos outros residentes tinham começado a gritar e a chorar, e outros olhavam para o nada, perdidos. Ou fingindo estar. Foi necessário que dois funcionários da clínica surgissem para conter Eulalia, enquanto Sylvia levava a pobre Edie embora. Ela tremia e choramingava, com xixi pingando da bainha da camisola, enquanto era levada arrasada, de braços dados com Sylvia, se perguntando aonde tinha ido parar o seu salão de baile.

De volta à segurança do quarto de Bomber, Eunice preparou uma xícara de chá para ele. Enquanto tomava o próprio chá, ela reparou nos acréscimos à coleção de furtos de Bomber. Ele tinha começado a roubar coisas — itens aleatórios, de que não precisava. Um vaso, um abafador de bule de chá, talheres, rolos de sacos de lixo, guarda-chuvas. Nunca roubava dos quartos dos outros residentes, só das áreas comuns. Ao que parecia, era um sintoma da doença. Furto. Mas ele também estava perdendo coisas. Agora rapidamente, Bomber perdia palavras como uma árvore perde folhas no outono. Uma cama passava a ser "um quadrado macio de dormir" e um lápis "um graveto com o meio cinza de escrever aparecendo". Em vez de palavras, ele falava em charadas; ou, o que era mais comum, simplesmente não falava. Eunice sugeriu que eles assistissem a um filme. Era tudo o que lhes restava agora. Eunice e Bomber, que por tanto tempo tinham sido colegas e melhores amigos. Os namorados ocasionais de Bomber tinham vindo e ido, mas Eunice era um constante na vida dele. Os dois eram marido e mulher sem sexo ou certidão, e aqueles eram os últimos escassos fragmentos daquela relação que já tinha sido tão rica: caminhar e assistir a filmes.

Bomber escolheu o filme. *Um estranho no ninho*.

— Tem certeza? — perguntou Eunice.

Ela estava com a esperança de verem alguma coisa mais alegre, pelo bem dela e pelo dele, depois da cena que tinham acabado de presenciar. Bomber permaneceu inflexível. Enquanto eles assistiam aos pacientes do hospital psiquiátrico caminharem em um pátio de exercícios cercado por grades de ferro, Bomber apontou para a tela e piscou para ela.

— Somos nós — falou.

Eunice olhou bem dentro dos olhos dele e ficou chocada ao ver a clareza que encarou de volta. Aquele era o velho Bomber falando: ácido, engraçado e brilhante, de volta para uma rara visita. Mas por quanto tempo? Até mesmo a mais breve visita era preciosa, mas de partir o coração. Porque ele certamente sabia que partiria de novo. E para quê?

Eles já haviam assistido várias vezes àquele filme, mas naquela ocasião foi muito diferente.

Quando o Chefe colocou o travesseiro em cima do rosto tristemente vazio de Mac e o sufocou com ternura, Bomber agarrou a mão de Eunice e falou as duas palavras finais de Mac.

— Me. Liberta.

Ele estava cobrando a promessa que ela lhe fizera. Eunice ficou olhando para a tela e segurando com força a mão de Bomber, enquanto o gigante Chefe arrancava o pedestal de mármore e jogava pelas janelas enormes, então pulava por elas, na direção do amanhecer e da liberdade. Os créditos agora rolavam na tela e Eunice não conseguia se mover. Bomber pegou a outra mão dela também. Seus olhos estavam marejados, mas ele sorria quando assentiu e pediu, apenas com o movimento dos lábios:

— Por favor.

Antes que Eunice pudesse dizer qualquer coisa, uma das enfermeiras entrou sem bater.

— Hora do seu remédio — falou, apressada, sacudindo as chaves do armário de medicamentos.

A mulher destrancou o armário e estava prestes a pegar os comprimidos quando ouviram um grito terrível vindo do corredor do lado de fora, seguido pela gargalhada inconfundível de Eulália.

— Mulher maldita! — praguejou a enfermeira e correu para a porta para investigar, deixando o armário destrancado.

Estava na hora de Eunice ir embora. Ela precisava ir, mas até que fosse ainda teria Bomber, por isso não conseguia suportar a ideia de partir. No entanto, cada minuto era só um marco entre o presente e o futuro, não era para ser acalentado. Porque a decisão tinha sido tomada. Eunice sabia que só haveria uma oportunidade, um único momento em que todo o amor que já sentira por aquele homem se cristalizaria na força inconcebível de que ela precisaria. Estava na hora. O contorno da chave deixara uma marca na palma da mão dela, por ter segurado com tanta força. Eunice destrancou as janelas e as abriu completamente. Queria tão desesperadamente abraçá-lo uma última vez, sentir o calor e o hálito dele contra o corpo. Mas sabia que, se fizesse isso, sua força a abandonaria, então Eunice apenas deixou a chave na mão de Bomber e beijou seu rosto, terminando também com as palavras do filme que tinham acabado de ver.

— Não vou sem você, Bomber — sussurrou. — Eu não o deixaria dessa forma. Você vai comigo. Vamos.

E ela se foi.

45

**IDOSO MORRE EM QUEDA
EM CASA DE REPOUSO**

A polícia investiga a morte de um idoso na casa de repouso Happy Haven, em Blackheath, que caiu de uma varanda no segundo andar, na noite de sábado. O homem, que não foi identificado, sofria de Alzheimer e acredita-se que fosse um editor aposentado. Será feita uma autópsia no final da semana e seguem em andamento os inquéritos do que estão chamando de "uma morte inexplicada".

London Evening Standard

46

— Tem uma pessoa morta no escritório — anunciou Sunshine, em tom de conversa. Ela fora procurar Laura, que estava no jardim cortando rosas para a casa, para dar a notícia e tentar convencer Laura a preparar o almoço. Cenoura estava relaxado, de barriga para cima, tomando sol, as pernas no ar, mas, quando Sunshine se aproximou, ele ficou de pé de um pulo para cumprimentá-la.

Já fazia um ano que o site fora lançado, e ele mantinha tanto Laura quanto Sunshine ocupadas. Sunshine tinha aprendido a fotografar e postar as fotos e os detalhes dos objetos no site. E Freddy a ensinara a cuidar da conta do Guardião das Coisas Perdidas no Instagram. Laura lidava com os e-mails. Eles ainda estavam terminando de catalogar a coleção de Anthony no site, além de acrescentarem as novas coisas que Sunshine recolhia em suas caminhadas com Cenoura. Laura e Freddy também tinham adquirido o hábito de pegar coisas que encontravam aonde iam, e agora as pessoas tinham começado a mandar coisas perdidas para eles também. Naquele ritmo, as prateleiras estariam sempre gemendo.

— Uma pessoa morta? Tem certeza?

Sunshine lançou um de seus olhares para ela. Laura entrou para investigar. No escritório, Sunshine mostrou a ela a lata de biscoitos azul-celeste da Huntley & Palmers. Na etiqueta, lia-se:

Lata de biscoitos Huntley & Palmers
contendo as cinzas de uma pessoa?

*Encontrada no sexto vagão a partir da frente,
no trem das 14h42, indo da Ponte de Londres para Brighton.
Morto desconhecido. Que Deus o abençoe e que descanse em paz.*

A funerária Lupin e Bootle (desde 1927) ficava na esquina de uma rua movimentada, em frente a uma padaria elegante. Ainda parada do lado de fora, Eunice sorriu para si mesma, lembrando-se da sra. Doyle e pensando que era apropriado que Bomber acabasse naquele lugar. Ele já morrera havia seis semanas, e Eunice ainda não resolvera nenhum detalhe do funeral. O médico-legista acabara dando o veredicto de morte acidental, mas a equipe de Happy Haven havia sido severamente criticada pela negligência em relação aos procedimentos de saúde e segurança, e o estabelecimento escapou por pouco de um processo. Portia queria a cabeça de Sylvia. Ela vinha exibindo um luto extravagante pela imprensa e por toda a mídia, mas Eunice não conseguia evitar se perguntar se era por sofrimento real ou para garantir publicidade para a próxima turnê de divulgação do livro dela. Portia agora era famosa demais para conversar diretamente com Eunice. Seus assistentes cuidavam daquele tipo de tarefa superficial. E por isso Eunice estava então olhando através de uma vitrine imaculada para a maquete de um carro funerário puxado por cavalos e uma bela coroa de copos-de-leite. A única informação que ela havia conseguido extrair da assistente mais júnior de Portia, duas gerações mais nova, foi o nome dos agentes funerários que estavam cuidando de todo o processo. Ela poderia ter telefonado, mas a tentação de estar no mesmo prédio que Bomber era grande demais.

A mulher atrás do balcão de recepção levantou os olhos ao som do sino e recebeu Eunice com um sorriso sincero de boas-vindas. Pauline era uma moça grande, vestida no que a Marks & Spencer tinha de mais elegante, com um ar de bondade e eficiência. Ela fez Eunice se lembrar de uma escoteira. Infelizmente, a notícia que a mulher tinha para dar era a mais cruel e chocante que Eunice poderia ouvir.

— Foi um momento muito íntimo. Apenas a família no crematório. A irmã organizou tudo, a que escreve aqueles livros sujos.

Ficou claro, pela repugnância com que Pauline disse a palavra "irmã", que ela e Portia não tinham se dado muito bem. Eunice sentiu a cabeça girar e o chão se aproximar para encontrá-la. Pouco tempo depois, estava sentada em um sofá confortável, tomando um chá doce e quente, com uma dose de conhaque, e Pauline lhe dava palmadinhas carinhosas na mão.

— Foi o choque, meu bem — *falou.* — Seu rosto ficou branco como o de um fantasma.

Fortalecida pelo chá, o conhaque e os biscoitos, Eunice foi colocada a par de toda a terrível história por uma Pauline muito disposta a cooperar. Portia quisera que tudo fosse feito e terminado o mais rápido e discretamente possível.

— Ela estava de partida para uma turnê de lançamento e não queria que a agenda fosse interrompida. — *Pauline deu um gole no próprio chá e balançou a cabeça vigorosamente, em desaprovação.* — Mas está planejando uma grande exibição quando voltar, uma cerimônia fúnebre e depois o enterro das cinzas. Está convidando "todo mundo que é alguém, querida", e a música vai ser fornecida por um coro de anjos com sua Santidade o Papa presidindo a cerimônia, pelo modo como ela está falando. Ao que parece, vai superar tudo o que fizeram para a princesa Diana.

Eunice ouviu horrorizada.

— Mas não era nada disso que ele queria — *sussurrou, chorosa.* — Ele me disse o que queria. Bomber era o amor da minha vida.

E agora, bem no fim, ela ia falhar com ele.

Pauline era boa em ouvir e em secar lágrimas. Era o trabalho dela. Mas no fundo, por baixo do terninho discreto e da blusa bem passada, batia o bravo coração de uma rebelde. Quando era mais nova, o cabelo, que naquele momento eram loiros, em um corte Chanel clássico, já tinham sido um moicano rosa, e o nariz ainda mostrava a minúscula cicatriz de um piercing. Ela entregou outro lenço de papel a Eunice.

— Todos os rapazes estão fora, em um grande funeral, esta tarde. Eu normalmente não faria isso, mas... Siga-me!

Ela atravessou a recepção com Eunice, desceu um corredor, passou pela cozinha dos empregados, pela capela de descanso e por várias outras salas, até o lugar onde os restos mortais cremados ficavam guardados, esperando que alguém viesse pegá-los. Pauline pegou uma urna imponente de madeira e conferiu a etiqueta.

— Aqui está ele — disse, com gentileza. E checou o relógio. — Vou deixá-la a sós com ele por um tempo para que se despeça. Os rapazes só vão voltar daqui a uma hora, por isso você não vai ser incomodada.

Menos de uma hora depois, Eunice estava sentada em um trem, com as cinzas de Bomber em uma lata de biscoitos Huntley & Palmers ao seu lado. Ela precisara pensar e agir rápido depois que Pauline a deixara. Encontrou uma sacola plástica e uma lata de biscoitos na pequena cozinha onde Pauline preparara o chá. Então, passara os biscoitos para o saco plástico e Bomber para dentro da lata. Eunice colocou os biscoitos na urna, mas ficou leve demais. Em sua busca frenética por alguma coisa para acrescentar ali, acabou encontrando uma caixa de amostras de pedrinhas decorativas em uma das outras salas. Ela jogou dois punhados grandes das pedrinhas dentro da urna e fechou a tampa o mais apertado que conseguiu, antes de devolver a urna para a prateleira onde estava antes. Quando Eunice passou pela recepção abraçada à lata de biscoitos, Pauline não levantou os olhos do balcão, mas ergueu os polegares para Eunice em um gesto de boa sorte. Ela não vira nada.

Quando o guarda apitou, Eunice deu uma palmadinha afetuosa na lata e sorriu.

— Para Brighton, então.

Laura estava estupefata. Ela pegou a lata e sacudiu delicadamente. Com certeza era pesada.

— Não sacuda! – disse Sunshine. — Vai acordar ele. — Então riu da própria piada.

Laura se perguntou o que mais estaria espreitando nos cantos escuros do escritório.

— Não é de espantar que este lugar seja assombrado — disse para Sunshine.

Depois do almoço, Laura ajudou a jovem a postar os detalhes da lata no site, mas aquela era uma coisa que ela estava praticamente certa de que ninguém reivindicaria.

Naquela noite, Freddy, Laura, Sunshine, Cenoura, Stella e Stan tiveram um jantar comemorativo no jardim do The Moon is Missing, para celebrar o aniversário do site. Sunshine estava cheia de histórias para contar sobre todas as coisas que tinham sido postadas nos últimos tempos, mas principalmente sobre a lata de biscoitos.

— Sem dúvida é uma coisa esquisita — comentou Stella, enquanto comia suas caudas de lagostim empanadas e salteadas, com batatas fritas cortadas à mão. — E por que alguém colocaria seu ente querido em uma lata de biscoitos, pelo amor de Deus?

— Talvez essa seja a questão, meu bem — disse Stan. — Talvez o camarada na lata não fosse particularmente amado e alguém estivesse só tentando se livrar dele.

— Talvez nem sejam restos mortais humanos. Talvez sejam só as brasas da lareira de alguém. É exatamente o que parece — falou Freddy e deu um longo gole na cerveja gelada.

Sunshine estava prestes a repreendê-lo quando ele piscou para ela, e a garota percebeu que Freddy estava brincando.

— É uma pessoa morta, e ele foi o amor da vida dela. E ela *vai* aparecer para pegá-lo — retrucou a jovem, em tom desafiador.

— Está certo — aceitou ele. — Vamos apostar. O que você quer apostar que alguém vai aparecer para reclamar a lata de biscoitos?

Sunshine franziu o rosto, concentrada, e deu duas batatas a Cenoura, enquanto pensava a respeito. De repente, um enorme sorriso iluminou seu rosto, ela se inclinou na cadeira e cruzou os braços, com um suspiro vitorioso de satisfação.

— Você tem que se casar com Laura.

Laura cuspiu o vinho com o choque.

— Calma, moça — disse Stan. — Meu Deus, Sunshine, você com certeza sabe como agitar as coisas.

Laura podia sentir as bochechas ficando vermelhas. Stella e Stan estavam rindo, animados, e Sunshine tinha um sorriso de orelha a orelha no rosto. Laura desejou que o chão se abrisse e a engolisse, então virou o vinho rápido demais e pediu outra taça grande. Freddy não disse nada. Ele parecia estar entre o aborrecido e o desapontado, mas, quando viu a expressão de Laura, ficou de pé de um pulo e estendeu a mão para Sunshine. — Aposta aceita!

Estava quente naquela noite e o ar estava pesado com o aroma morno e aveludado das rosas, enquanto Freddy e Laura passeavam pelo jardim e Cenoura investigava os arbustos em busca de intrusos. Laura ainda estava incomodada com a aposta que Freddy fizera. Ele voltara do pub em silêncio. Embora estivessem juntos havia mais de um ano, e Freddy praticamente morasse em Padua àquela altura, os dois nunca tinham feito nenhum plano efetivo para o futuro. Laura já se achava uma mulher de muita sorte por ter uma segunda chance na vida e no amor, mas ainda tinha medo de que qualquer tentativa, por mais delicada que fosse, de amarrar o relacionamento deles pudesse assustar o amor e mandá-lo embora. E ela realmente amava Freddy. Não era o amor bobo e juvenil que sentira por Vince. O amor que experimentava crescera aos poucos para um sentimento sólido, que nascera de um faísca de paixão e fora alimentado pela amizade e pela confiança. Mas, com o amor por Freddy, crescia o medo de perdê-lo — as duas emoções cruelmente acorrentadas uma à outra, uma alimentando a outra. Laura precisava dizer alguma coisa.

— Aquela aposta de Sunshine... é só uma brincadeira. Não espero que você... — Ela se sentia tão desconfortável que não soube como continuar.

De repente, Laura se deu conta de que se casar com Freddy talvez fosse exatamente o que ela queria e por isso estava tão aborrecida. Suas esperanças tolas de um "e viveram felizes para sempre" tinham se transformado em uma piada, e ela se sentia como motivo de riso.

Freddy pegou a mão de Laura e a virou para que o encarasse.

— Uma aposta é uma aposta, e eu sou um homem de palavra!

Laura puxou a mão. Naquele momento, todas as dúvidas que tinha sobre o relacionamento deles, todos os medos de fracasso, todas as frustrações com as próprias imperfeições convergiram para criar uma tempestade perfeita.

— Não se preocupe — atacou —, você não vai ter que esperar até conseguir uma rota de fuga digna! Estou perfeitamente consciente de que sou eu que estou fora das minhas possibilidades nesse relacionamento.

— Além — corrigiu Freddy baixinho. — É "além das minhas possibilidades".

Ele estava tentando achar uma forma de penetrar no turbilhão emocional que Laura estava criando, mas ela não estava disposta a ouvir.

— Não sou um caso de caridade! A pobre e velha Laura! Não conseguiu evitar que o marido caísse na cama de outra e o único encontro que teve em anos foi um desastre completo, então o que você acha, Freddy? Leve-a para sair, faça com que ela sinta que tem algum valor, então termine com ela delicadamente quando alguém melhor aparecer?

Como um pássaro em uma rede, quanto mais ela se debatia, mais se enrolava, mas não conseguia se conter. Laura sabia que estava sendo irracional, agressiva, mas não conseguia parar. Os insultos e acusações continuaram a ser disparados enquanto Freddy permanecia parado ali, esperando silenciosamente que a fúria dela se exaurisse. E, quando Laura se virou para voltar para casa, ele a chamou.

— Laura, pelo amor de Deus, mulher! Você sabe quanto eu te amo. Eu ia pedir você em casamento de qualquer jeito. — Ele balançou a cabeça, triste. — Tinha tudo planejado. Mas Sunshine literalmente roubou a minha cena.

Laura parou, mas não conseguiu encará-lo — também não conseguiu se impedir de dar o golpe de misericórdia desesperado e completamente falso, com que finalmente partiu o próprio coração.

— Eu *não* teria aceitado.

Ela entrou em casa com lágrimas silenciosas escorrendo pelo rosto, mas, de algum lugar na escuridão do roseiral, veio o som de mais alguém chorando.

47

Eunice

2013

Portia deu aos biscoitos um funeral magnífico. Ela queria a Catedral de St. Paul, ou a Abadia de Westminster, mas descobriu que nem mesmo a sua riqueza obscena seria capaz de comprar qualquer uma das duas e acabara se conformando com o salão de baile de um hotel pretensioso em Mayfair. Eunice se sentou no lugar que lhe fora designado, que estava enfeitado, como todos os outros, com um laço extravagante de chiffon preto, e olhou ao redor do cenário esplêndido. O salão era realmente deslumbrante, com piso reforçado de madeira, espelhos antigos que iam do teto ao chão e, a julgar pelos sussurros acústicos da "Lacrimosa", de Mozart, no ar rarefeito, um sistema de som de última geração. Era isso, ou Portia colocara toda a Orquestra Filarmônica de Londres e o Coro Sinfônico de Londres escondidos atrás de uma tela em algum lugar. Os espelhos refletiam os arranjos monstruosos de lírios e orquídeas exóticos que assomavam das prateleiras e pedestais como plantas venenosas albinas.

Eunice estava acompanhada por Gavin, um amigo de longa data de Bomber, desde os tempos de colégio, e que agora ganhava a vida cortando, pintando e cuidando dos cabelos de celebridades — tanto as genuínas quanto as fabricadas. A lista de clientes dele era uma das razões para Portia tê-lo convidado.

— Cacete! — sussurrou Gavin, baixinho. Mais ou menos. — Isso é que é "alugar uma multidão". A maior parte dessas pessoas não saberia diferenciar o Bomber da Bardot.

Ele deu um sorriso presunçoso para o fotógrafo que andava para cima e para baixo entre as fileiras de assentos, clicando qualquer um dos "enlutados" que o público pudesse reconhecer. Portia tinha vendido os direitos da ocasião para uma revista que qualquer mulher inteligente mal admitiria ler no cabeleireiro. Os assentos estavam em sua maior parte ocupados pelos próprios amigos de Portia, colaboradores e puxa-sacos, com uma celebridade ocasional se destacando no populacho como uma lantejoula aleatória em um vestido sem graça. Os amigos de Bomber estavam reunidos no fundo, ao redor de Eunice e Gavin, como espectadores de teatro nos assentos mais baratos.

Na frente do salão, em cima de uma mesa enfeitada com mais flores ainda, estava a urna. De um lado dela havia sido colocada uma enorme fotografia emoldurada de Bomber ("Ele nunca teria escolhido essa," sussurrara Gavin. "O cabelo está uma bagunça"), e, do outro lado, uma foto de Bomber e Portia quando crianças, com Portia sentada no cano da bicicleta de Bomber.

— Ela tinha que colocar a própria cara para aparecer, não é mesmo? — comentou Gavin, furioso. — Não é capaz de deixar o irmão ser a estrela nem do próprio funeral, droga! Mas pelo menos consegui persuadi-la a convidar alguns amigos de verdade de Bomber, e a incluir alguma coisa nesse fiasco de cerimônia de que ele realmente teria gostado.

Eunice estava impressionada.

— Como você conseguiu isso?

Gavin sorriu.

— Chantagem. Ameacei procurar a imprensa se ela não fizesse isso. "Irmã egoísta desdenha dos desejos do irmão morto" não é o tipo de manchete que o editor de Portia vai querer ver, e ela sabe disso. Falando nisso, onde está Bruce, o Bufante? — Ele examinou as fileiras de cabeças à frente, procurando pelo penteado ofensivo.

— Ah, imagino que ele vá chegar com Portia — respondeu Eunice.
— O que exatamente você está fazendo?

Gavin pareceu muito satisfeito consigo mesmo.

— É surpresa, mas vou lhe dar uma pista. Você se lembra do casamento no início de *Simplesmente amor*, quando os membros da banda estão escondidos no meio da congregação?

Antes que ele pudesse dizer mais alguma coisa, a música mudou e Portia e sua trupe atravessaram a nave ao som de "O Fortuna", de *Carmina Burana*. Ela estava usando um terninho Armani de blazer e calça e um chapéu com a aba do tamanho de uma roda de trator, coberto por um véu negro.

— Jesus Cristo! — deixou escapar Gavin. — Portia parece prestes a se casar com o Mick Jagger!

Ele segurou o braço de Eunice, mal conseguindo conter a histeria. Os olhos dela se encheram de lágrimas. Mas eram de riso. Só queria que Bomber estivesse ali para se divertir também. Na verdade, queria saber onde Bomber estava, afinal. Ainda não tinha contado a Gavin sobre o que acontecera. Estava esperando o momento certo. A cerimônia em si era estranhamente interessante. Um coral infantil de uma escola local — particular e exclusiva — cantou "Over the Rainbow", Bruce leu um elogio fúnebre em nome de Portia como se estivesse interpretando um solilóquio de *Hamlet*, e uma atriz de uma novela de segunda categoria leu um poema de W. H. Auden. As preces foram feitas por um bispo aposentado, cuja filha, ao que parecia, era uma antiga amiga de Portia. Foram preces breves e difíceis de decifrar, por causa do uísque que o bispo tomara já no café da manhã. Ou que tinha sido o seu café da manhã.

Então, foi a vez de Gavin.

Ele se levantou da cadeira e ficou em pé na nave. Usando o microfone que tinha escondido embaixo da cadeira, se dirigiu aos presentes com um floreio teatral.

— Senhoras e senhores, esta é para Bomber!

Gavin se sentou de novo e um frisson de expectativa percorreu a assembleia. Ele olhou para Eunice e piscou.

— Hora do show! — sussurrou.

Eles ouviram um único acorde trêmulo, então, de algum lugar no fundo do salão, uma voz masculina cantando suavemente, acompanhada apenas por um piano. A voz vinha de um homem espantosamente bonito, de smoking e com um delineado sutil nos olhos, que era um toque especial dele mesmo. As notas de abertura de "I Am What I Am", de *A gaiola das loucas,* se ergueram no ar em meio aos sussurros, e Gavin esfregou as mãos, encantado.

Enquanto o cantor descia até o centro do salão e o ritmo da música se acelerava, ele chamou seis coristas que estavam sentadas estrategicamente na ponta das fileiras. Cada uma se levantou de uma vez e despiu o casaco para revelar figurinos indecentes, bijuterias exageradas e penas impressionantes presas no traseiro. Eunice ficou impressionada, imaginando como as mulheres tinham conseguido se sentar em cima daquelas penas. Quando o lindo cantor e seu grupo extraordinário chegaram à frente do salão, a música estava chegando ao clímax. Ele se virou diante da urna para encarar a audiência e cantou os últimos versos, acompanhado pelas coristas, atrás. Na nota final, desafiante, todas as pessoas no salão, menos uma, se ergueram em uma ovação espontânea, de pé. Portia simplesmente desmaiou.

Gavin se regozijou desavergonhadamente por seu triunfo durante todo o caminho até o cemitério, na área rural de Kent, onde os biscoitos seriam enterrados ao lado de Grace e Godfrey. Portia havia providenciado uma procissão de longas limusines negras para transportar todo mundo, mas Eunice e Gavin preferiram ir por conta própria, ouvindo trilhas de musicais e comendo salgadinhos de sal e vinagre no Audi conversível de Gavin. Eunice se sentiu ligeiramente culpada por Godfrey e Grace serem forçados a compartilhar o túmulo deles com uma urna cheia de biscoitos, sob falsos pretextos, mas tinha a esperança de que, dadas as circunstâncias, eles compreendessem que tinha sido inevitável. Quando já estacionavam no cemitério da igreja, exatamente o lugar onde Eunice tinha prometido a Bomber cumprir seus últimos desejos, ela confessou tudo a Gavin.

— Santa Mãe de Deus e de Danny La Rue, em uma caixa de sapatos! — exclamou ele. — Pobre garota querida, o que você vai fazer agora?

Eunice checou o chapéu no espelho retrovisor e estendeu a mão para a maçaneta da porta.

— Não tenho a menor ideia.

48

Shirley ligou o computador e verificou as mensagens de voz. Era segunda-feira de manhã, e as segundas eram sempre mais ocupadas por causa dos cães desgarrados que eram levados para lá no fim de semana. Ela trabalhava no Abrigo para Cães e Gatos Battersea havia quinze anos e já vira muitas mudanças acontecerem. Mas o que nunca mudava era o fato de cães desgarrados continuarem a chegar. A correspondência já tinha sido entregue, e Shirley começou a examinar a pilha de envelopes. Um deles tinha sido endereçado com caneta-tinteiro. A letra era sinuosa e extravagante, e Shirley ficou curiosa. Dentro, havia uma carta escrita à mão.

Ao responsável.

Por favor, segue anexa uma doação em memória do meu amado irmão que morreu recentemente. Ele amava cães e adotou dois no estabelecimento de vocês. A única condição atrelada a dita doação é que coloquem uma placa em memória dele em algum espaço público no terreno do abrigo. Que nela se leia:

"Em memória do amado Bomber,
filho precioso, irmão adorado, amigo leal e um amante
devotado dos cães.
Que descanse em paz, com Douglas e Baby Jane."

Mandarei um representante no momento devido para garantir que essas instruções foram seguidas de maneira satisfatória.

Atenciosamente,
Portia Brockley

Shirley balançou a cabeça, incrédula. Que abuso! Era verdade que todas as doações eram recebidas com gratidão, mas uma placa como aquela custaria uma bela soma. Ela voltou a atenção para o cheque que estava preso à carta por um clipe de papel meio esquisito e quase desmaiou. Havia tantos zeros na quantia doada que parecia que o "2" no início estava assoprando bolhas.

49

Laura tinha a sensação de estar pairando na beira de um precipício, sem saber se ia cair ou voar. Ela se certificara de que ficaria sozinha naquele dia. Sunshine tinha saído com a mãe, o que era raro acontecer, e Laura não vira Freddy desde o constrangedor ataque que dera no roseiral. Tinha tentado telefonar para ele. A ligação caíra no correio de voz, e ela deixara uma mensagem de desculpas sincera e humilde, mas ao que parecia já era tarde demais. Não recebera qualquer resposta, e Freddy não tinha voltado a Padua desde aquela noite. Laura não sabia mais o que fazer. Sunshine não parava de dizer que Freddy voltaria, mas Laura agora sabia que isso não iria acontecer. Ela vinha dormindo mal e acordava confusa, dividida entre a empolgação e o mau pressentimento. A casa parecia opressiva. Até Cenoura estava inquieto, andando de um lado para o outro, as unhas fazendo barulho no piso. Enquanto Laura se preparava para receber a visita que logo chegaria, tinha a sensação de que uma tempestade estava prestes a desabar. Padua andara muito quieta nos últimos dias. A porta do quarto de Therese permanecia trancada por dentro e não houvera mais música. Não era o tipo de quietude que vinha da paz e da satisfação, e sim um silêncio amargo, fruto da desolação e da derrota. Laura falhara com Therese e, por consequência, falhara com Anthony. Os últimos desejos dele não tinham sido atendidos.

Alguém passaria para pegar as cinzas na lata de biscoitos. Sim, as cinzas tinham sido reivindicadas. Laura não contara a Sunshine, e não fora só por causa da aposta. Ela quis fazer aquilo sozinha. Não conseguia explicar o motivo nem para si mesma, mas era importante. A campainha tocou às duas da tarde em ponto, a hora combinada, e Laura abriu a porta para uma mulher pequena e esguia, com cerca de sessenta anos, vestida com elegância e usando um chapeuzinho de feltro azul-cobalto.

— Sou Eunice — disse ela.

Quando Laura apertou a mão estendida, sentiu a tensão que a dominava se esvair.

— Aceita um chá, ou talvez algo mais forte? — perguntou Laura.

Por alguma razão insondável, parecia que elas tinham algum motivo para celebrar.

— Sabe, eu realmente adoraria alguma coisa mais forte. Nunca ousei ter esperança de algum dia tê-lo de volta e, agora que isso está prestes a acontecer, sinceramente me sinto um pouco abalada.

Elas optaram por gim com limão, em homenagem a Anthony, e levaram os drinques para o jardim, depois de pegarem a caixa de biscoitos no escritório, no caminho. Quando se sentou, o drinque em uma das mãos e a lata de biscoitos na outra, os olhos de Eunice se encheram de lágrimas.

— Ah, meu Deus, sinto muito. Estou sendo uma tonta. Mas você não tem ideia de quanto isso significa para mim. Você acaba de consertar o coração partido de uma mulher tola.

Ela deu um gole no drinque e respirou fundo.

— Bom, imagino que você queira saber do que trata tudo isso, certo?

Eunice e Laura tinham trocado vários e-mails através do site, mas as mensagens abordaram apena detalhes suficientes para garantir que tinha sido mesmo Eunice quem perdera as cinzas.

— Está bem acomodada? — perguntou a Laura. — Devo dizer que é uma longa história.

Eunice começou do início e contou tudo a Laura. Era uma ótima contadora de histórias, e Laura ficou surpresa por ela mesma nunca ter escrito um livro. O sequestro das cinzas de Bomber da funerária fez Laura chorar de rir — riso que Eunice pôde finalmente compartilhar, agora que tinha as cinzas de volta.

— Tudo correu esplendidamente até eu entrar no trem — explicou ela. — Na estação, depois que eu entrei, se juntaram a mim no vagão uma mulher com dois filhos pequenos, que obviamente estavam sofrendo de overdose de doces, a julgar pela boca melada e pelo comportamento incontrolável deles. A pobre mãe mal conseguia mantê-los no lugar, e, quando a garotinha anunciou "preciso fazer xixi agora!", a mãe me pediu para eu ficar de olho no menino enquanto ela levava a filha ao banheiro. Eu não tinha como dizer não.

Eunice deu um gole no drinque e puxou a lata de biscoitos mais para junto do corpo, como se tivesse medo de perdê-la de novo.

— O garotinho se sentou e ficou mostrando a língua para mim até a mãe estar fora de vista, então ficou de pé de um pulo e começou a correr. A lei de Murphy fez questão de garantir que aquele fosse exatamente o momento em que o trem estava parando na estação, e não fui rápida o bastante para impedir que o menino pulasse do vagão quando as portas se abriram. Assim, me vi forçada a acompanhá-lo. Minha bolsa estava pendurada no braço, mas quando percebi que tinha deixado Bomber no assento ao lado do meu já era tarde demais. — Eunice estremeceu ao lembrar. — Tenho certeza de que você pode imaginar o pandemônio que se seguiu. A mãe ficou fora de si, me acusando de ter sequestrado o filho dela. Sinceramente, fiquei exultante de devolver o monstrinho. Estava frenética por ter deixado Bomber no trem, e na mesma hora fui registrar o ocorrido, mas, considerando o tempo transcorrido, o trem já tinha chegado a Brighton e Bomber se fora.

Laura voltou a encher o copo delas.

— Bomber é um nome tão fora do comum.

— Ah, esse não era o nome dele de verdade. Seu nome era Charles Bramwell Brockley. Mas nunca ouvi ninguém o chamar assim. Ele sempre foi Bomber. E teria amado você — disse Eunice para Cenoura, enquanto acariciava gentilmente a cabeça do cachorro, que, àquela altura já estava pousada no colo dela. — Ele amava todos os cachorros.

— Você disse que ele era editor? Eu me pergunto se algum dia teria esbarrado com Anthony. Ele era escritor. De contos principalmente. Anthony Peardew.

— Ah, sim — confirmou Eunice. — Esse é um nome de que eu me lembro bem. É uma grande história, você sabe: Anthony e Therese, o escritório com a coleção dele, o site. Tem que haver um livro sobre isso.

Laura se lembrou de quando era estudante, de seu sonho de ser escritora, e deu um sorriso melancólico. Agora era tarde demais para aquilo.

Eunice ainda segurava a lata de biscoitos com força ao lado do corpo.

— Você ainda trabalha em editoras? — perguntou Laura.

Eunice balançou a cabeça.

— Não, não. Meu coração não está mais nisso, depois que Bomber... — A voz dela falhou. — Mas, se algum dia se interessar em dar andamento ao projeto do livro, eu teria o maior prazer em ajudar. Ainda tenho contatos e poderia lhe recomendar alguns agentes.

As duas mulheres ficaram sentadas em silêncio por algum tempo, desfrutando dos drinques, do aroma das rosas e da paz e tranquilidade de uma tarde ao sol.

— E você, Laura? — Eunice finalmente voltou a falar. — Há alguém na sua vida... alguém que você ame como eu amei Bomber?

Laura balançou a cabeça.

— Havia, até alguns dias atrás. Mas nós tivemos uma briga.

Ela fez uma pausa, se lembrando do que *realmente* acontecera.

— Muito bem... *Eu* comecei uma briga. Patética, absurda, pueril. Bom, não chegou nem a ser uma briga, porque ele não brigou. Ficou só parado, me ouvindo gritar feito uma doida histérica, antes de eu entrar em casa correndo. Não o vejo desde então.

Laura ficou ligeiramente surpresa com o alívio que sentiu por simplesmente dizer aquilo em voz alta.

— Meu nome é Laura, e eu sou uma idiota renomada.

— Está sendo muito dura com você mesma, minha cara. — Eunice apertou de leve a mão dela e sorriu. — Mas você o ama.

Laura assentiu, arrasada.

— Então converse com ele.

— Eu tentei. Mas ele nunca atende o celular, e não posso dizer que o culpo. Eu fui *espetacularmente* terrível. Deixei mensagens pedindo desculpas, mas ele obviamente não está mais interessado.

Eunice balançou a cabeça.

— Não, não é isso o que estou dizendo. Fale com *ele*, não com o celular dele. Encontre-o e fale olhando para ele.

De repente, Eunice enfiou a mão na bolsa e pegou uma caixinha.

— Eu quase esqueci — disse. — Trouxe uma coisa para o seu site. Encontrei isto muitos anos atrás, quando estava a caminho da minha entrevista de emprego com Bomber. Sempre guardei como uma espécie de talismã da sorte. Nunca pensei muito a respeito da pessoa que poderia ter perdido. Mas agora parece justo que você fique com isto. Sei que é improvável, mas talvez você consiga encontrar a pessoa a quem realmente pertence.

Laura sorriu.

— É claro, vou tentar. Só preciso anotar qualquer detalhe de que você consiga se lembrar.

Eunice não precisou nem pensar a respeito. Sabia de cor a data, a hora e o local sem hesitação.

— Você entende — falou. — Foi um dos melhores dias da minha vida.

Laura pegou a caixa da mão da outra mulher.

— Posso? — perguntou.

— É claro.

Quando tirou a medalha da caixa, Laura soube por um momento como era ser Sunshine. O objeto em sua mão falou com ela como se tivesse voz própria.

— Você está bem? — A voz de Eunice parecia vir de muito longe, como em uma ligação telefônica ruim. Laura ficou de pé, cambaleante.

— Venha comigo — disse a Eunice.

A porta do quarto de Therese se abriu com facilidade, e Laura colocou a medalha de Primeira Comunhão, com a imagem minúscula de Santa Teresinha das Rosas emoldurada em ouro, em cima da penteadeira, perto da foto de Anthony e Therese. O reloginho azul, que tinha parado como sempre, voltou a funcionar por vontade própria. Laura prendeu a respiração, e por um momento as duas mulheres ficaram em silêncio. Então, no andar de baixo, no jardim de inverno, a música começou a tocar, baixinho a princípio, e logo cada vez mais alto.

The very thought of you.

Eunice observou estupefata enquanto Laura erguia os punhos no ar em comemoração, e, através da janela aberta, elas viram pétalas de rosa caindo em um redemoinho.

Quando Laura acompanhava Eunice, que saía pelo portão do jardim, Freddy estacionou o Land Rover velho em frente à casa e desceu. Ele cumprimentou Eunice educadamente e olhou para Laura.

— Precisamos conversar.

Eunice deu um beijo no rosto de Laura e piscou para Freddy.

— Foi exatamente o que eu disse.

Ela fechou o portão ao sair e se afastou, sorrindo.

50

Os cinco caminhavam juntos pelo calçadão à beira-mar: Eunice e Gavin de braços dados, carregando Bomber, Douglas e Baby Jane em uma bolsa de compras de lona listrada. Eunice tinha pretendido ir sozinha, mas Gavin não quis nem ouvir falar disso. Quando Bomber fora obrigado a se recolher a Happy Haven, pedira a Gavin para ficar de olho em Eunice, mas Gavin não soubera como fazer isso sem ofender o espírito notoriamente independente de Eunice. No entanto, desde o funeral, quando Eunice se abrira com ele, Gavin encontrara uma brecha na armadura dela e estava usando isso para cumprir o que prometera a Bomber. Era um belo dia de verão à beira-mar: claro, com uma brisa soprando e o céu da cor de Curaçau Blue. Gavin tinha deixado o Audi em casa e os dois foram para Brighton de trem, para que ambos pudessem brindar aos amigos ausentes com dedicação e impunemente.

Eunice quisera que o dia todo fosse uma homenagem póstuma a Bomber, por isso eles estavam seguindo o itinerário tradicional. Enquanto caminhavam na direção do píer, encontraram um jovem casal passeando com dois pugs muito pequenos, usando coleira com brilho onde se lia "ele" em uma e "ela" na outra. Eunice não pôde resistir a parar para admirá-los. Os cachorrinhos se submeteram aos carinhos e elogios devidos e logo continuaram alegremente seu caminho. Gavin olhou para o rosto abatido de Eunice e apertou o braço dela com carinho.

— Levante a cabeça, garota. Não vai demorar muito para Bill Bailey estar em casa.

Eunice finalmente se permitira adotar um cachorro ela mesma. Sempre tivera a intenção de fazer isso depois da morte de Bomber, mas, quando perdeu as cinzas, teve a sensação de que não merecia ter um cãozinho. Precisava honrar suas obrigações com seus velhos amigos antes de poder se permitir um novo. O collie preto e branco com uma faixa branca atravessando o focinho e malhado de preto tinha sido mantido acorrentado pela maior parte de sua vida infeliz, e o pessoal do Battersea não estava muito otimista em relação às chances dele de reabilitação. Mas o cachorrinho tinha um coração grande e corajoso e estava disposto a dar mais uma chance ao mundo. No Battersea, para dar sorte, ele recebeu o nome de Bill Bailey, por causa da música cantada por Ella Fitzgerald, na esperança de que encontrasse a pessoa perfeita para levá-lo para casa. E ele encontrara. Eunice. Assim que o viu, ela se apaixonou pelas orelhas pontudas e pelos olhos grandes e escuros. Bill Bailey ficou cauteloso a princípio, mas, depois de algumas visitas, decidiu que Eunice era a pessoa certa para ele e se dignou a lamber a mão dela. Na semana seguinte, ele seria dela para sempre.

Eunice e Gavin se revezaram carregando a bolsa de lona. No início, Eunice relutou em ceder a bolsa, mas os restos combinados dos três amigos eram surpreendentemente pesados, e ela ficou feliz por ceder a vez a Gavin.

— Nossa! — exclamou ele. — Deveríamos ter colocado eles em um daqueles carrinhos de compras de tecido xadrez que as senhorinhas usam, e não em uma bolsa.

Eunice balançou a cabeça enfaticamente.

— Você deve estar brincando! E me fazer parecer uma senhorinha? — retorquiu.

Gavin piscou para ela.

— Não se preocupe. Você não parece ter nem um dia além de quarenta anos, garota.

Dentro do centro de entretenimento estava quente e barulhento, e o ar carregado com o cheiro de cachorro-quente, donuts e pipoca. Pela expressão no rosto de Gavin, ele achava que Eunice o havia arrastado para a Babilônia. As luzes coloridas giravam e piscavam em uma sincronia frenética com as campainhas e zumbidos. O dinheiro tilintava nas máquinas e se espalhava, embora mais tilintasse do que se espalhasse. Quando um dos melhores sapatos de Gavin escorregou em uma batata frita amassada no chão, ele pareceu prestes a fugir dali, mas Eunice logo encheu sua mão de moedas e indicou com a cabeça a máquina favorita de Bomber.

— Vamos, vá lá! Bomber adorava esta.

Quando enfiou uma moeda na máquina, Eunice se lembrou da expressão confusa no rosto de Bomber na última vez que eles tinham estado ali, e de como ela havia sido rapidamente substituída por um sorriso quando ela fora em seu socorro. Aquele era um dia para lembranças felizes, não tristes. Eunice fez Gavin apostar por quase meia hora, e, no fim, ele estava quase se divertindo. Contra todas as possibilidades (provavelmente determinadas), Gavin ganhou um ursinho de pelúcia muito feio, em uma das máquinas em que garras resgatam os prêmios, e o deu de presente a Eunice, muito orgulhoso de si. Enquanto examinava a cara torta e engraçada do bichinho, ela teve uma ideia.

— Vamos comprar uma lembrança para cada um deles — disse e levantou a bolsa de lona.

Em um dos quiosques no píer, eles encontraram um chaveiro no formato de donut para Douglas. Em uma loja em The Lanes, Gavin descobriu um antigo pug de louça Staffordshire.

— Ele me parece um macho — comentou Gavin —, mas talvez Baby Jane preferisse assim.

Os dois comeram peixe com fritas de almoço e Gavin pediu uma garrafa de champanhe para brindarem ao conteúdo da bolsa listrada, que ocupava uma cadeira própria. Eunice estava determinada a não deixá-la longe de sua vista nem por um instante. O champanhe lhe deu coragem para o que precisava fazer a seguir. Precisava deixá-los ir. O palácio branco cintilava ao sol, e seus domos e pináculos pareciam se assomar e espetar o céu.

Em Xanadu, Kubla Khan manda / Erguer um domo do prazer...

Os versos de Coleridge, inspirados pelo ópio, sempre vinham à mente de Eunice ao ver o Royal Pavilion. Primeiro, eles entraram no palácio. Seria o último passeio de Bomber ali e o primeiro de Douglas e Baby Jane. Eunice passou com cuidado pela cozinha em que os espetos movidos a cães eram exibidos. Na loja de presentes, comprou um globo de neve que guardava uma réplica do palácio, como lembrança para Bomber. Quando já estava prestes a pagar, outra coisa chamou sua atenção.

— Vou levar uma lata desses biscoitos também, por favor — disse à mulher atrás do balcão.

— Já está com fome? — perguntou Gavin, se oferecendo para carregar para ela.

Eunice sorriu.

— Devo uma lata de biscoitos a uma moça chamada Pauline.

Do lado de fora, no gramado perto do lago, eles encontraram um banco e se sentaram. O palácio aparecia de cabeça para baixo no reflexo na água, como uma coleção de bolas de árvore de Natal. Eunice pegou uma tesoura no bolso e cortou um dos cantos no fundo da bolsa listrada. Ela tinha pensado muito sobre como realizar os últimos desejos de Bomber. Depois que decidiu o "onde", teve de resolver o "como". Não sabia nem se era permitido, mas também não perguntou, para o caso de a resposta ser um "não", por isso a discrição era essencial. No fim, como sempre, a inspiração veio de um dos filmes favoritos deles: *Fugindo do inferno*. Se cerca de uma dúzia de homens era capaz de espalhar a terra dos três túneis que escavavam levando-a nas calças, à plena vista de guardas armados, então certamente Eunice conseguiria espalhar as cinzas dos três amigos queridos através de um buraco no fundo de uma bolsa de compras, sem atrair atenção indesejada. Estava prestes a descobrir se isso era verdade.

— Gostaria que eu fosse com você e ficasse de guarda? Eu poderia assoviar a música-tema se isso ajudasse.

Eunice sorriu. Aquela parte ela realmente iria fazer sozinha. Gavin ficou olhando a pequena figura caminhar determinada pela grama, as costas eretas, a cabeça muito erguida. A princípio ele achou que ela estivesse andando aleatoriamente, mas logo ficou claro que o padrão de seus passos era tudo menos aleatório. Quando Eunice se juntou novamente a Gavin, a bolsa listrada estava vazia.

— Bomber estava certo sobre este lugar — disse Gavin, fitando o reflexo no lago. — É absolutamente fabuloso. A propósito — perguntou —, o que você escreveu?

— Prontos para voar! — respondeu ela.

51

O cursor na tela piscou, encorajando-a. O peso do anel de safira-estrela no terceiro dedo da mão direita de Laura ainda pareceu estranho quando ela levantou as mãos para começar a digitar. Freddy, seu noivo havia apenas três dias, estava na cozinha preparando uma deliciosa xícara de chá com Sunshine, e Cenoura dormia aos pés de Laura. Ela finalmente estava pronta para ir atrás do próprio sonho. Havia descoberto a história perfeita, que ninguém poderia descrever como "tranquila" demais. Era uma história arrebatadora, de amor e perda, de vida e morte, e acima de tudo de redenção. Era a história de uma grande paixão que durara mais de quarenta anos e que finalmente encontrara seu final feliz. Sorrindo, ela começou a digitar. Tinha a frase de abertura perfeita...

O Guardião das Coisas Perdidas

Capítulo 1

Charles Bramwell Brockley seguia sozinho e clandestinamente no trem das 14h42, saindo da Ponte de Londres para Brighton...

Agradecimentos

O fato de eu estar escrevendo aqui significa que meu sonho finalmente se tornou realidade e que eu sou uma escritora de verdade. Foi uma longa jornada, com alguns desvios estranhos, engarrafamentos frustrantes e muitos solavancos no caminho. Mas aqui estou. Muitas pessoas me ajudaram a chegar aqui, e, se fosse mencionar cada um, isso em si já seria outro romance, mas vocês sabem quem são e eu sou grata a todos.

Meus pais são, é claro, os culpados. Eles me ensinaram a ler antes de eu entrar na escola, me inscreveram na biblioteca infantil e encheram a minha infância de livros, pelo que sou eternamente grata a ambos.

Obrigada, Laura Macdougall, minha agente incrível da Tibor Jones, por acreditar em mim e no *Guardião*, desde o iniciozinho. Nós nos encontramos pela primeira vez embaixo da estátua de John Betjeman, em St. Pancras (o que definitivamente foi um sinal), e em poucos minutos eu soube que queria trabalhar com você. Obrigada pelo apoio e entusiasmo irrestritos, pelo profissionalismo e determinação inabaláveis, pela exímia orientação nas minhas investidas iniciais no Twitter e no Instagram e pelo seu creme de limão.

Obrigada, Charlotte Maddox, da Tibor Jones, por todo o trabalho dedicado aos meus contratos de direitos para o exterior e por torcer com tanto entusiasmo pelo *Guardião*. E a toda a equipe da Tibor Jones — sem dúvida a agência mais legal do planeta —, por me fazer sentir tão em casa. Vocês são demais!

Obrigada, Fede Andornino, meu editor na Two Roads e fundador do fã-clube Sunshine, por assumir o risco do *Guardião*. Seu humor, sua paciência e seu entusiasmo ilimitados tornaram uma imensa alegria trabalhar com você. Sim! Obrigada também a toda a equipe da Two Roads, especialmente Lisa Highton, Rosie Gailer e Ross Fraser, por me receberem de forma tão calorosa e por todo o trabalho duro para transformar o *Guardião* em um livro de verdade. Agradeço ainda a Amber Burlinson pelo talento brilhante como preparadora de originais, a Miren Lopategui pela revisão cuidadosa e a Laura Oliver por realmente *fazer* o livro. Obrigada, Sarah Christie e Diana Beltran Herrera, por trazerem o roseiral de Padua à vida e criar uma linda capa.

Agradeço a Rachel Kahan, da William Morrow, outro membro do fã-clube Sunshine, pela inestimável contribuição editorial e pelo bom humor com que isso aconteceu. Agradeço também aos meus editores estrangeiros por levarem o *Guardião* para o mundo todo!

Um enorme agradecimento a Ajda Vucicevic. Você estava presente desde o início, e sua fé em mim nunca se abalou.

Peter Budek, da The Eagle Bookshop, em Bedford, é meu amigo, meu mentor e meu ombro para chorar nos bons e maus momentos. Ele também me garantiu intermináveis xícaras de chá, conselhos inestimáveis e montes de maravilhosos materiais de pesquisa. Pete, você é uma lenda. Agora termine de escrever pelo menos um de seus livros!

Tracey, minha amiga louca, você morreu enquanto eu estava escrevendo o *Guardião*, e fico muito triste por você não estar aqui para compartilhar este momento comigo. Mas você me inspirou a continuar tentando, quando eu me senti extremamente tentada a desistir.

Agradeço à equipe dos hospitais Bedford and Addenbrooke's por todo o cuidado e gentileza, e por garantirem que eu ainda estaria por aqui para terminar o livro. Um agradecimento especial à equipe da The Primrose Unit pelo apoio e interesse permanente no meu trabalho de escritora.

Eu deveria agradecer a Paul por me aturar. Enquanto escrevia o *Guardião*, enchi a casa com todas as coisas perdidas que encontrava, deixava pedaços de papel cheios de anotações por todo canto e costumava deixar que minhas "coisas" se esgueirassem por todos os cômodos. Eu me trancava por horas sem fim, e depois emergia rabugenta, exigindo o jantar. E, mesmo assim, você ainda está aqui!

Por fim, gostaria de agradecer aos meus cachorros maravilhosos. Eles tiveram que aguentar ouvir "Vamos sair para dar uma volta assim que eu terminar este capítulo" tantas vezes... Billy e Tilly morreram enquanto eu trabalhava no *Guardião*, e sinto falta deles todos os dias, mas Timothy Bear e Duke estão dormindo no sofá enquanto escrevo agora. Roncando.

Sobre Ruth Hogan

Nasci na casa onde meus pais ainda vivem, em Bedford. Minha irmã ficou tão feliz de ter uma irmãzinha que jogou uma moeda em mim.

Quando era criança, eu amava as Brownies (turma de escoteiras dos sete aos dez anos), mas detestava as Guides (turmas de escoteiras mais velhas), era obcecada por pôneis e lia tudo em que conseguia colocar as mãos. Por sorte, minha mãe trabalhava em uma livraria. Minhas leituras favoritas eram *The Moomintrolls*, *A Hundred Million Francs* e *O leão, a feiticeira e o guarda-roupa*, a parte de trás das caixas de cereais e lápides.

Tive notas boas o bastante para conseguir uma vaga no Goldsmiths College, da Universidade de Londres, onde estudei letras e teatro. Foi incrível e eu amei.

Então, consegui um emprego decente.

Trabalhei por dez anos em um cargo sênior no governo local (Recursos Humanos — Recrutamento, Diversidade e Treinamento). Era uma peça quadrada em um buraco redondo, mas pagava as contas e a hipoteca.

Com trinta e poucos anos, sofri um acidente de carro que me impossibilitou de trabalhar em período integral e me convenceu a começar a escrever pra valer. Consegui um emprego de meio período como recepcionista de um osteopata e passava todo o meu tempo livre escrevendo.

Estava tudo indo bem, mas então, em 2012, tive câncer, o que foi extremamente inconveniente, mas precipitou uma empolgante jornada capilar de careca para um corte à la Annie Lennox, oxigenado. Quando a quimioterapia me mantinha acordada a noite toda, eu passava o tempo escrevendo, e, no fim, o resultado foi *O guardião das coisas perdidas*.

Moro em uma casa vitoriana caótica, com um monte de cães resgatados e meu companheiro, que me atura há muito tempo. Passo todo o tempo livre escrevendo, ou pensando em escrever, e tenho cadernos em todos os cômodos, para poder anotar qualquer ideia antes que esqueça. Sou como uma pega: estou sempre colecionando tesouros (ou "lixo", dependendo do ponto de vista) e sou muito fã de John Betjeman.

Minha palavra favorita é *antimacassar* (capa protetora para poltronas e sofás, em inglês), e ainda gosto de ler lápides.

twitter.com/ruthmariehogan
instagram.com/ruthmariehogan

Impresso no Brasil pelo Sistema Cameron da Divisão Gráfica da
DISTRIBUIDORA RECORD DE SERVIÇOS DE IMPRENSA S.A.